乐府诗断代研究

吴相洲 主编

社会科学文献出版社

乐府诗断代研究
吴相洲 主编

两汉乐府诗研究

陈利辉 著

THE RESEARCH ON YUEFU POEMS
OF THE HAN DYNASTY

社会科学文献出版社
SOCIAL SCIENCES ACADEMIC PRESS (CHINA)

总　序

"乐府诗断代研究"是我主持的教育部人文社会科学重点研究基地重大招标项目，起止时间为2007~2010年。项目最初设计是将汉唐乐府诗分成十个时段研究，即两汉、魏晋、晋宋、齐梁、陈隋、北朝、初唐、盛唐、中唐、晚唐五代，每个时段研究成果为一部专著，结项鉴定等级为优秀。这次推出其中5部成果，即《两汉乐府诗研究》《魏晋乐府诗研究》《齐梁乐府诗研究》《北朝乐府诗研究》《初唐乐府诗研究》。在结项之后的打磨过程中，魏晋、齐梁、初唐三个时段的研究成果，都作为前期成果单独申请到了国家社科基金项目，因而《魏晋乐府诗研究》《齐梁乐府诗研究》《初唐乐府诗研究》同时也是国家社科基金前期成果或阶段性成果。另外王淑梅的《魏晋乐府诗研究》作为其博士毕业论文，2008年获北京市优秀博士论文奖，2009年获教育部百篇优秀博士论文提名奖。

对乐府诗展开断代研究的目的在于深化对汉唐诗歌史的认识。乐府诗最为兴盛的汉唐时期也是中国诗歌史上最为辉煌的时期。深入认识汉唐乐府对于更加清晰地描述汉唐诗歌史有着重要意义。乐府诗是诗中精品，在诗歌发展史上往往具有标志性意义，离开这些诗中精品去描述诗歌史是无法想象的。汉代诗歌自不必说，离开《蒿里行》《短歌行》《步出夏门行》《燕歌行》《白马篇》《从军行》《饮马长城窟》，就无法描述建安诗歌；离开《拟行路难》，就无法描述鲍照诗歌；离开吴声西曲，就无法描述南朝诗歌；离开《临高台》《行路难》《从军行》《独不见》《春江花月夜》《代悲白头翁》，就无法描述初唐诗歌。盛唐边塞诗代表作几乎都是乐府诗；大诗人李白的代表作也几乎都是乐府诗；元白新乐府在诗歌史上影响极其深远。然而，长期以来，人们都未能从乐府学角度深入解读这些作品，这直接影响到了汉唐诗歌史描述的清晰度。所以用乐府学方法重新认识这些诗歌，对于提高诗歌史描述的清晰度具有重要意义。

近十年来我一直倡导乐府学，并为我的团队拟定了研究规划，包括"乐府诗分类研究""乐府诗构成要素研究""乐府诗断代研究""乐府诗史写作""乐府学概论""《乐府诗集》整理""《乐府诗集》续编""乐府学全书编纂"等课题。课题有的已经完成，有的正在研究当中。"乐府诗分类研究"是北京市"十五"社科规划项目和北京市教委人文社会科学重点项目，对《乐府诗集》所收12类乐府的概念定义、收录标准、音乐特性、流传情况、文学特点进行研究，成果9部专著2009年8月由北京大学出版社出版。"乐府诗构成要素研究"是北京市"十一五"社科规划项目和北京市教委人文社会科学重点项目，对乐府诗题名、曲调、本事、体式四个构成要素进行研究，成果4部专著即将于2013年8月由北京大学出版社出版。"乐府诗断代研究"是分类研究的综合，是要素研究的运用，是诗史写作的准备。

乐府诗断代研究目前学界所做工作还不够充分。20世纪30年代到80年代出版的罗根泽《乐府文学史》、朱谦之《中国音乐文学史》、萧涤非《汉魏六朝乐府文学史》、杨生枝《乐府诗史》等，都是通史写作。断代研究成果较少，大陆有张永鑫《汉乐府研究》、姚大业《汉乐府小论》、钱志熙《汉魏乐府的音乐与诗》和《汉魏乐府艺术研究》；台湾有亓婷婷《两汉乐府诗研究》、张修蓉《中唐乐府诗研究》、谭润生《北朝民歌》和《唐代乐府诗》；日本有佐藤大志《六朝乐府文学史研究》等著作。通史虽然能提供乐府诗的总体发展线索，但因篇幅和体例所限，难以深入剖析每个时段乐府诗的特点。断代研究如果时间跨度过大也会遇到同样问题。现有断代研究大多集中在汉魏，南北朝到唐五代成果不多。汉魏乐府虽然重要，但作品留存少，与以后各代留存数量无法相比。尤其唐代，是中国诗歌史上最为辉煌的时期，乐府诗创作数量巨大，值得仔细研究。将汉唐乐府诗分成十个时段逐一考察，就是想改变这种前重后轻的局面。

本课题的基本研究思路是从文献、音乐、文学三个层面考察一个时段的乐府诗。文献层面主要关注乐府诗的文本留存，包括作品种类、留存数量、作者参与等情况。音乐层面主要考察乐府活动，追寻乐府诗的音乐形态，包括创调情况、表演情况、流变情况、创作情况。文学层面主要关注乐府诗的文学特点，包括题材、主题、人物、情节、体式、风格、文学史意义等情况。总体目标是将每个时段乐府诗的文献留存、音乐特性以及文学特点清晰地描述出来，从而提高描述汉唐诗歌史的清晰度。这5部著作都按照这一思路展开，均有一系列创获。

两汉是乐府诗的创始和繁盛时期，两汉乐府一直被后人视为经典，相关研究很充分，创新难度较大。《两汉乐府诗研究》从汉乐府题名、音乐、体式、题材几个角度考察汉乐府，尤其是将汉乐府与《诗经》进行比较，既避免了蹈袭前人之弊，又提出了自己的见解。如提出：汉乐府不同于《诗经》以篇首命名为主，题名中包含了音乐性、文学性等多种因素，且越到后来所含音乐因素越丰富；相和歌在流传过程中音乐品味日趋文人化；汉乐府语言比《诗经》更加接近音乐表演形态，等等。隋代王通开始把乐府看作《诗经》后继，宋代郑樵明确把乐府作为《诗经》的正宗嗣响，并按《诗经》的分类方法给乐府诗分类。但是长期以来，学界很少有人将汉乐府与《诗经》进行体统比对。该项成果在这方面作出了努力，值得肯定。

建安是中国诗歌史上的黄金时代，同样也是乐府诗创作的黄金时代。乐府诗实现了从无主名到有主名的转化，在很多人心目中魏乐府与汉乐府地位同等重要，"汉魏乐府"一直被看作古乐府的典型代表。魏晋在继承汉乐府体制，建立新乐府体制，模拟古乐府等方面，都作了突出贡献。深入考察这一时期的乐府，对描述乐府诗史和乐府学史都有重要意义。《魏晋乐府诗研究》集中探讨了魏晋乐府诗创作与音乐活动的关系。对魏晋乐府诗著录形态及其内涵的辨析，对魏晋乐府活动机制的考察，对鼓吹曲辞、相和歌辞、杂曲歌辞音乐形态和创作情况的研究，都提出了新见。例如对"本辞"含义的考证，对缪袭鼓吹曲辞创作时间的考辨，对魏晋鼓吹树立创作范式的评价，对曹植杂曲歌辞创作与宫廷乐舞关系的考证，都发前人所未发。

齐梁是诗歌由汉魏向唐代演变的重要过渡阶段，而诗歌每个新动向的出现又都与乐府诗创作息息相关。齐梁诗人的许多诗歌革新都是在乐府诗创作中完成的，其中就包括永明体的创立。梁朝君臣诗乐造诣俱高，制礼作乐有很多新举措，南朝乐府活动至此发展到极盛。《齐梁乐府诗研究》考察了齐梁乐府文献著录和创作背景，通过考察齐梁雅乐歌辞、俗乐歌辞文献著录情况，揭示了乐府文献著录背后的音乐观念、创作情境、创作风尚所发挥的重要作用。并以此为基础，考察了萧齐、萧梁宫廷音乐建设与乐府文学的发展过程，描述了中原旧曲、流行新声、鼓吹曲、北方乐歌、杂曲音乐传播等情况。所论问题都很重要。

北朝乐府是北朝礼乐文化建设留下来的诗歌精品。但长期以来人们习惯于把北朝乐府称作民歌，很少从北朝礼乐文化入手研究这些乐府诗。《北朝乐府诗研究》首次从乐府学角度对这些乐府诗进行系统研究。通过对北朝乐府音乐、歌辞使用与分布情况及其文献著录来源的考察，指出北魏是北朝乐府发展的关键时期。指出北魏乐府音乐来源极为广泛，除了北狄乐，尚有中原、江南、西域、辽东、西凉、龟兹、高昌等各国各地的音乐。对《真人代歌》和《梁鼓角横吹曲》的研究也很深入。

初唐上接陈隋，下启盛唐，诗歌演变一直伴随着乐府创作：近体诗律在乐府诗创作中得以完善定型，四杰在长篇乐府中寄托对社会的深度思考，张若虚、刘希夷乐府为初唐诗歌革新画上了圆满的句号。《初唐乐府诗研究》综论初唐乐府诗题名、曲调、本事、体式、风格等各要素，探讨了《长安古意》《临高台》等长篇乐府诗出现的原因，考察了沈佺期、宋之问的乐府诗创作，分析了《代悲白头吟》《回波乐》等乐府名篇，都很有新意。

限于篇幅，上述成果只是探讨了各自时段乐府诗的一些问题，还有许多问题值得深入研究。且已有研究也一定会有不到位甚至错误之处，我们真诚地欢迎广大读者批评指正。因为所有批评指正都是对乐府学事业的有力推进。

吴相洲
2013 年 7 月 18 日

目　录

001	绪　论
018	第一章　汉乐府题名研究
019	第一节　诗骚题名命名情况
023	第二节　汉乐府题名命名情况
077	第三节　汉乐府相通、相同曲名解
087	小　结
089	第二章　汉乐府部分曲类配器研究
091	第一节　郊庙歌辞配器研究
097	第二节　相和歌辞配器研究
111	小　结

113	第三章	汉乐府体式研究
114	第一节	感叹词运用与音乐消长之关系
134	第二节	音乐文学的程式化
148	小 结	
152	第四章	汉乐府题材研究
153	第一节	汉乐府较《诗经》同题材作品的特质
179	第二节	《诗经》、汉乐府非重合题材
188	小 结	
189	结 论	
192	参考文献	
198	附录一	《诗经》题名命名情况分类表
204	附录二	《中国画像石全集》收录汉世乐舞场合配器情况表
242	附录三	明清文学批评论著中与汉乐府相关的论述
257	后 记	

绪　论

汉乐府在乐府诗史上具有典范意义，这是诗评家众口一词的评价。如明许学夷《诗源辩体》云："乐府之诗，当以汉人为首。"[1] 清费锡璜《汉诗说自序》云："夫诗不深入汉魏乐府，破其阃奥，而徒寻摘宋元字句之间，是犹溯水而不穷其源、登山而不极其巅，宜乎去雅而就郑，见伪而不见真也，正今之失。"[2] 牟愿相《小澥草堂杂论诗》"杂论诗"条云："汉乐府自为古奥冥幻之音，不受雅、颂束缚，遂能与三百篇争胜。魏、晋以下，步步摹仿汉人，不复能出脱矣。"[3] 从中可以看出汉乐府的经典地位。

---

[1] 许学夷著，杜维沫校点《诗源辩体》第3卷，人民文学出版社，1987，第54页。
[2] 费锡璜：《汉诗说》，清康熙间（1662~1722）刻本，第3页。
[3] 牟愿相：《小澥草堂杂论诗》，郭绍虞编选，富寿荪校点《清诗话续编》，上海古籍出版社，1983，第916页。

一 本论题研究现状及存在问题

两汉乐府诗以其经典地位,受到许多学人的关注,取得了很多研究成果,为本论题的展开提供了许多有益的借鉴。以下从文献、音乐、文学研究三个层面分别进行综述。

在文献方面,首先是那些对汉乐府进行整理、笺注的著作。郊庙歌辞方面有王先谦《汉书补注》,铙歌方面有董说《汉铙歌发》、王先谦《汉铙歌释文笺正》、庄述祖《汉鼓吹铙歌句解》、谭仪《汉铙歌十八曲集解》、夏敬观《汉短箫铙歌注》等。陈本礼《汉乐府三歌笺注》是对汉郊祀歌、安世房中歌、铙歌的笺注,黄节《汉魏乐府风笺》包括了汉相和歌辞、杂曲歌辞、杂歌谣辞,闻一多《乐府诗笺》、陆侃如《乐府古辞考》、徐仁甫《古诗别解》等则包括了更多类别的汉乐府。其中清人的著作大部分都体现了朴学精神,如王著对铙歌本事的考证、对其中用韵和词语化用的分析,黄著在注音和释义上对前代文献的旁征博引,都力图忠实地揭示歌辞本意,虽然各自的解读歧见纷呈,如王、陈二人关于铙歌《将进酒》的归属等,但都有较为坚实的文献依据。近代以来的笺注工作则加入了现代科学的成分,如闻一多《乐府诗笺》运用了文化人类学等现代学科理论,对汉乐府作了更有文学性灵意味的阐释。陆侃如《乐府古辞考》则在判别、考证之时以白话文学的视角对明清学人著作中的某些观点稍稍加以戏谑的调侃。

其次是历代乐志中的相关记录。此外,《文选》《玉台新咏》《乐府诗集》,逯钦立《先秦汉魏晋南北朝诗》、黄节《魏武帝魏文帝诗注》、赵幼文《曹植集校注》、吴云《建安七子集校注》等,也对汉乐府研究中存在的歌辞归属、时代考证、作者混乱、具体阐释等问题有参考价值。

关于汉乐府的音乐层面，学者们研究中所涉及的问题主要有以下几个方面。

(1) 汉代社会乐舞背景研究。

汉乐府是在汉代音乐文化的土壤中滋生繁衍的，因此长期以来，学人们对汉代音乐文化给予了较多关注。例如陈四海《从秦乐府钟秦封泥的出土谈秦始皇建立乐府的音乐思想》[1] 就从宫廷音乐思想的角度考察了世俗新声日渐占据视听主流的社会现象。文章认为秦始皇喜爱"真秦之声"的俗乐，也喜爱技艺精致的"异国之乐"。统一六国后，他让李斯把俗乐列于雅乐之前，这是大一统思想在音乐上的具体体现。因此，秦代乐府官署的建立即拉开了世俗音乐舞台繁荣活跃的帷幕。至汉武帝立乐府，更是广采赵代秦楚之讴。赵敏俐《重论汉武帝"立乐府"的文学艺术史意义》[2]、王福利《汉武帝"始立乐府"的真正含义及其礼乐问题》[3] 等文章对此问题进行了深入的论述，更使我们看到了世俗新声从秦代开始一直到汉武帝时日渐繁荣的发展流脉。钱志熙《汉乐府诗文艺性质浅谈》[4]、《乐府古辞的经典价值——魏晋至唐代文人乐府诗的发展》[5]、《汉代社会与乐府艺术》[6]、《音乐史上的雅俗之变与汉代的乐府艺术》[7]，于迎春《汉乐府三题》[8]，刘旭青、李昌集《汉

---

[1] 陈四海：《从秦乐府钟秦封泥的出土谈秦始皇建立乐府的音乐思想》，《中国音乐学》2004年第1期。
[2] 赵敏俐：《重论汉武帝"立乐府"的文学艺术史意义》，《社会科学战线》2001年第5期。
[3] 王福利：《汉武帝"始立乐府"的真正含义及其礼乐问题》，吴相洲主编《乐府学》第1辑，学苑出版社，2006。
[4] 钱志熙：《汉乐府诗文艺性质浅谈》，《古典文学知识》1996年第1期。
[5] 钱志熙：《乐府古辞的经典价值——魏晋至唐代文人乐府诗的发展》，《文学评论》1998年第2期。
[6] 钱志熙：《汉代社会与乐府艺术》，《文学前沿》1999年第1期。
[7] 钱志熙：《音乐史上的雅俗之变与汉代的乐府艺术》，《浙江社会科学》2000年第4期。
[8] 于迎春：《汉乐府三题》，《晋阳学刊》1996年第5期。

代乐府的音乐活动与歌诗》[①] 等一系列文章亦针对汉代社会音乐文化展开了深入的探讨。这些文章大都将对汉乐府的研究置于汉代社会乐舞繁兴的大背景下，使人们摆脱了"不识庐山真面目，只缘身在此山中"的困惑，避免了研究视角的孤立片面，给人拨云见日、豁然开朗之感。

（2）汉乐府音乐形态的发生与继承。

《诗经》是诗乐结合的宫廷音乐文学经典，楚辞中的部分篇章也是配合音乐的，汉乐府音乐在创新的同时也延续着前代音乐中的某些质素。黄震云《楚调和汉乐府的写作时地》[②]、郭建勋《论乐府诗对楚声楚辞的接受》[③]、陈松青《汉乐、汉赋与汉诗——汉代诗赋的音乐性考察》[④]、蔡彦峰《论楚歌的体制特点及对汉乐府的影响》[⑤]、陈先明《从音乐的角度看〈诗经〉、汉乐府和楚辞的发生》[⑥] 等文章或是从纵向考察《诗经》、楚调、楚声、楚辞对汉乐府的影响，或是横向比较汉乐府与汉赋等的音乐性，都是从宏观上、整体上进行把握者。而闻一多《什么是九歌》第九部分"楚九歌与汉郊祀歌的比较"[⑦]，萧涤非《汉魏六朝乐府文学史》中的相关论述，王福利《汉郊祀歌中"邹子乐"的含义及其相关问题》[⑧] 等则是对一些具体问题的考察。

---

① 刘旭青、李昌集：《汉代乐府的音乐活动与歌诗》，《扬州大学学报（人文社会科学版）》2003 年第 2 期。
② 黄震云：《楚调和汉乐府的写作时地》，吴相洲主编《乐府学》第 3 辑，学苑出版社，2008。
③ 郭建勋：《论乐府诗对楚声楚辞的接受》，《中国文学研究》2002 年第 4 期。
④ 陈松青：《汉乐、汉赋与汉诗——汉代诗赋的音乐性考察》，《中国文学研究》2007 年第 4 期。
⑤ 蔡彦峰：《论楚歌的体制特点及对汉乐府的影响》，《云梦学刊》2006 年第 3 期。
⑥ 陈先明：《从音乐的角度看〈诗经〉、汉乐府和楚辞的发生》，《鲁东大学学报（哲学社会科学版）》2008 年第 1 期。
⑦ 闻一多：《什么是九歌》，《闻一多全集》第 1 册，生活·读书·新知三联书店，1982，第 276 页。
⑧ 吴相洲主编《乐府学》第 3 辑，学苑出版社，2008。

(3) 汉乐府制度及其音乐形式。

赵敏俐《汉代乐府制度与歌诗研究》①将汉乐府制度与歌诗两者结合起来进行深入讨论,分三编,分别为汉乐府制度与歌诗艺术生产、汉代歌诗艺术分类研究、汉代歌诗艺术成就研究。许继起《秦汉乐府制度研究》以传世文献的考察为基础,同时结合出土文献,对两汉乐府机构的分类、废立、乐人身份与构成、乐器的使用等进行研究,但又不拘泥与停留于这个层面,而是与汉代的礼仪制度结合起来,从更深的层面上来探讨种种现象背后的成因。

关于铙歌的音乐形式,王先谦在《汉铙歌释文笺正》序中讲道:"铙歌十八曲但有辞艳而无声者也。"②他所依据的是:"沈约曰:汉鼓吹铙歌十八曲,案:《古今乐录》皆声辞艳相杂不可复分,盖谓《乐录》之原文相混而休文取入乐志重加厘正,离辞艳与声而二之者也。"③其实这段话并非沈约所言,而是宋人在校刊《宋书》时所下的校语。此外,他在解释"艳"时,追溯到楚歌并征引《文心雕龙》中的相关论述,实是从文辞的角度来阐释音乐术语。而且,我们看后世的记载,铙歌中并不存在如相和歌辞中艳、趋之类的注释。因而,王先谦如此复杂地区分、解释铙歌的音乐形式,从文献记载的角度及其分析的视角来考虑,都未免牵强。

关于相和歌,争论最激烈的首推三调的归属。平调、清调、瑟调三类乐歌,《乐府诗集》《通志·乐略》等,均把它们归入相和歌之下。首先发难的是梁启超,他在《中国之美文及其历史》中认为清商三调不属于相和歌,而是与相和歌并列的乐府类别。此说一出,即引起了较

---

① 赵敏俐:《汉代乐府制度与歌诗研究》,商务印书馆,2009。
② 王先谦:《汉铙歌释文笺正》,清同治十一年(1872)虚受堂王氏刻本,第8页。
③ 王先谦:《汉铙歌释文笺正》,第7页。

为持久的争论。赞同者有陆侃如、冯沅君①、朱自清②、曹道衡③等学者，反对者有黄节④、逯钦立⑤、萧涤非⑥、王运熙⑦等学者。尤其王运熙从相和歌的性质和特点、《宋书·乐志》的记载等五个方面考证了清商三调仍应属于相和歌，具有很强的说服力。其他相关的论文还有朱希祖《汉三大乐歌声调辨》⑧、彭仲铎《述清商三调歌诗之沿革》⑨、丁承运《清、平、瑟调考辨》⑩、龚林《乐府两题之一：相和三调不等于清商三调》⑪、丁纪元《相和五调中的清、平、瑟调新论》⑫、《相和五调中的楚、侧二调考辨》⑬、王运熙《相和歌与清商曲》⑭、王誉声《相和三调"三种音阶"说》⑮、徐荣坤《释相和三调及相和五调》⑯ 等。这些文章大致可以分为两类，即分别从文献和音乐史两个角度出发。文史学家侧重前者，音乐家侧重后者，互为补充、相得益彰，这其中有很多新的说法提出。如龚林的文章认为平、清、瑟相和三调源属于先秦北方《诗经》乐系统，平、清、瑟清商三调则源属于南方楚声乐系统，平、清、瑟相和三调是相和歌三种乐调的专指，平、清、瑟清商三调则是清商乐的一种广义泛指。王誉声不同意传统的相和三调为三种调式或者

---

① 陆侃如、冯沅君：《中国诗史》，百花文艺出版社，1999。
② 《朱自清古典文学论文集》，上海古籍出版社，1981。
③ 曹道衡：《相和歌与清商三调》，《文学评论丛刊》第9辑，中国社会科学出版社，1981。
④ 黄节：《相和三调辩》，《清华周刊》1933年第39卷第8期。
⑤ 逯钦立：《相和歌曲调考》，《文史》第14辑，中华书局，1982。
⑥ 萧涤非：《汉魏六朝乐府文学史》，人民文学出版社，1984。
⑦ 王运熙：《相和歌、清商三调、清商曲》，《文史》第34辑，中华书局，1992。
⑧ 朱希祖：《汉三大乐歌声调辨》，《清华学报》第4卷第2期。
⑨ 彭仲铎：《述清商三调歌诗之沿革》，《学艺》1936年第15卷第1期。
⑩ 丁承运：《清、平、瑟调考辨》，《音乐研究》1983年第4期。
⑪ 龚林：《乐府两题之一：相和三调不等于清商三调》，《音乐艺术》1990年第1期。
⑫ 丁纪元：《相和五调中的清、平、瑟调新论》，《黄钟》1997年第1期。
⑬ 丁纪元：《相和五调中的楚、侧二调考辨》，《黄钟》1997年第3期。
⑭ 王运熙：《相和歌与清商曲》，《中国文化研究》1998年第2期。
⑮ 王誉声：《相和三调"三种音阶"说》，《天津音乐学院学报》2004年第3期。
⑯ 徐荣坤：《释相和三调及相和五调》，《天津音乐学院学报》2005年第1期。

三种调高说，而认为是三种音阶。

关于相和曲中的音乐术语以及相和曲的结构，相关文章有葛晓音《关于"行"之释义的补正》[1]、丘琼荪《汉大曲管窥》[2]、黄仕忠《和、乱、艳、趋、送与戏曲帮腔合考》[3]、王同《相和大曲结构形态考释》[4]等，大体上承继了前人关于汉乐府音乐情调"前舒后急，离合往复""徐疏在前，疾数在后"的论述，将之贯穿于对具体音乐术语的解读，并对每一个环节作了更为细致的区别、解释。王昆吾《隋唐五代燕乐杂言歌辞研究》[5]中第四章《大曲》也对魏晋大曲的体制及其配辞特点、魏晋大曲的形成、魏晋大曲产生和流行的时代等作了分析。此外，朱谦之《中国音乐文学史》、杨荫浏《中国古代音乐史稿》、黄翔鹏《乐问》《传统是一条河流（音乐论集）》等也对这些概念有所论及。

出土文献方面，当代学者的研究著作有方建军《地下音乐文本的解读——方建军音乐考古文集》[6]，其中与铙歌相关者有《论东周秦汉铜钲》《考古所见周汉时期的军乐器——铎》等。王子初《中国音乐考古学》[7]论述洛庄汉墓时也提到了新出土的关于汉乐府的考古资料。

以上音乐学研究的不足在于：文史学家在写作乐府音乐研究的论文时，往往偏重从文献的角度钩稽索隐，走的是对音乐进行文献学透视的路子；而古音乐研究者则走的是纯音乐研究的路子，即使依据不少传世文献与出土文献，也只是对个别音乐问题的考证、破解，并未放在整个乐府学研究的系统中对之进行综合把握。因此，将传世文献、出土文

---

[1] 葛晓音：《关于"行"之释义的补正》，《文学遗产》1999年第4期。
[2] 丘琼荪：《汉大曲管窥》，《中华文史论丛》1962年第1辑，中华书局，1962。
[3] 黄仕忠：《和、乱、艳、趋、送与戏曲帮腔合考》，《文献》1992年第2期。
[4] 王同：《相和大曲结构形态考释》，《中国音乐学》2006年第3期。
[5] 王昆吾：《隋唐五代燕乐杂言歌辞研究》，中华书局，1996。
[6] 方建军：《地下音乐文本的解读——方建军音乐考古文集》，上海音乐学院出版社，2006。
[7] 王子初：《中国音乐考古学》，福建教育出版社，2003。

献与考古知识、古音乐知识等结合起来，以乐府学的整体思路进行乐府音乐层面的研究是非常必要的。

汉乐府的文学研究由来已久，成果也最为丰富。汉以后的诗评家们对汉乐府多有论及。近现代以来，更是出现了多种文学史以及乐府研究著作。如梁启超《中国之美文及其历史》，胡怀琛《中国民歌研究》，胡适《白话文学史》，周群玉《白话文学史大纲》，陆侃如、冯沅君《中国诗史》，郑宾于《中国文学流变史》，陆侃如《乐府古辞考》，王易《乐府通论》，陈钟凡《汉魏六朝文学》，罗根泽《乐府文学史》，郑振铎《中国俗文学史》，萧涤非《汉魏六朝乐府文学史》等。当代学者的成果有倪其心《汉代诗歌新论》、王运熙《乐府诗述论》、赵敏俐《两汉诗歌研究》《汉代乐府制度与歌诗研究》、张永鑫《汉乐府研究》、杨生枝《乐府诗史》、王汝弼《乐府散论》、姚大业《汉乐府小论》等。这些著作或对汉乐府进行综览性的描述，或探寻其中的一些具体问题。台湾学者也有一些相关论著，如潘重规《乐府诗粹笺》、方祖燊《汉诗研究》、中国语文学社编的《乐府诗研究论文集（二）》、张寿平《汉代乐府与乐府歌辞》、陈义成《汉魏六朝乐府研究》、江聪平《乐府诗研究》、胡洪波《乐府相和歌与清商曲研究》、张清钟《两汉乐府诗之研究》、亓婷婷《两汉乐府研究》等。

关于汉乐府的文学研究，众多的文史学家都发挥了自己的所长。如梁启超之作，考证既不繁琐，品评亦饶有趣味，实已从汉学家学问式的研究转入了灌注生命力的文学性灵的开掘。五四时期，受白话文运动的影响，以胡适为代表的众多白话文学史的写作更是把平民性的淳朴等词用来形容汉乐府，主观阐释的倾向更强。相比较而言，王易《乐府通论》则更为严谨，虽然整体的写作框架依然在传统范式之内，但"明流""征辞"等部分的分析却很具有现代性的眼光，是一部新旧折

绪 论

中的著作。罗根泽《乐府文学史》则基本沿袭了梁启超的写作模式，分类更为细致、具体。萧涤非《汉魏六朝乐府文学史》、倪其心《汉代诗歌新论》、王运熙《乐府诗述论》、赵敏俐《两汉诗歌研究》《汉代乐府制度与歌诗研究》等则更细化了很多问题的研究。概括说来，对汉乐府的文学研究主要涉及以下几个方面。

（1）汉乐府辞乐关系研究。

乐府的标志性特征在于它的音乐性，因此诗乐之间存在着相互制约的关系。赵敏俐《汉代歌诗艺术生产的基本特征》[①]、《汉乐府歌诗演唱与语言形式之关系》[②]、《歌诗与诵诗：汉代诗歌的文体流变及功能分化》[③]、《汉代社会歌舞娱乐盛况及从艺人员构成情况的文献考察》[④]，廖群《厅堂说唱与汉乐府艺术特质探析——兼论古代文学传播方式对文本的制约和影响》[⑤]，曾晓峰、彭卫鸿《试析汉乐府文事相依的传播特点》[⑥]，田彩仙《汉魏乐府诗"因声而歌"与"缘事而发"的成诗模式》[⑦]，崔炼农博士学位论文《汉魏六朝乐府辞乐关系研究》等，这些文章都从乐舞体系的背景出发，对汉乐府成诗方式、表演方式及传播方式进行了考察，从而使得汉乐府辞乐之间的互动关系相得益彰地表现了出来。尤其以赵敏俐为代表的一批学者采用了艺术生产理论等现代

[①] 赵敏俐：《汉代歌诗艺术生产的基本特征》，《首都师范大学学报（社会科学版）》2004年第4期。
[②] 赵敏俐：《汉乐府歌诗演唱与语言形式之关系》，《文学评论》2005年第5期。
[③] 赵敏俐：《歌诗与诵诗：汉代诗歌的文体流变及功能分化》，《首都师范大学学报（社会科学版）》2007年第6期。
[④] 赵敏俐：《汉代社会歌舞娱乐盛况及从艺人员构成情况的文献考察》，《中国诗歌研究》第1辑，中华书局，2002。
[⑤] 廖群：《厅堂说唱与汉乐府艺术特质探析——兼论古代文学传播方式对文本的制约和影响》，《文史哲》2005年第3期。
[⑥] 曾晓峰、彭卫鸿：《试析汉乐府文事相依的传播特点》，《中南民族大学学报》2004年第2期。
[⑦] 田彩仙：《汉魏乐府诗"因声而歌"与"缘事而发"的成诗模式》，《福建论坛（人文社会科学版）》2007年第10期。

学术方法对汉乐府进行客观研究，从而对汉乐府音乐对文学的制约以及汉乐府在这种制约之下所形成的文辞方面的特点作了新的阐释。

学人们还注意到了乐府从音乐中分离出来，逐渐成为独立的文学样式。如赵敏俐《汉代文人的乐府歌诗创作及其意义》①、曾晓峰《汉乐府创作主体之分析》②、《从〈乐府诗集〉的统计数据重新审视汉乐府》③等，从创作主体、乐府歌辞本身分析了两汉文人创作的日渐崛起，乐府逐渐被放逐出原来所由滋生的土壤而更多地转为纯文学创作的体裁这一文学史现象。

（2）汉乐府文学特征的历史背景分析。

对于郊庙歌辞，今人有从经学、礼制等角度进行论述的，如徐兴无《西汉武、宣两朝的国家祀典与乐府的造作》④、曾祥旭《论西汉经学背景下的乐府和乐府运动》⑤、吴贤哲《汉代神学思潮与汉乐府郊庙、游仙诗》⑥、李山《经学观念与汉乐府、大赋的文学生成》⑦等，明确了郊庙歌辞的历史定位，并对其文学特质进行分析。

关于铙歌，以王先谦为代表的一批注解家把对它的解读搞成了有些类似以诗证史的味道，对明显不完整的篇章如《翁离》以及难解的篇章如《石留》强为断句，未免牵强。近现代以来的研究者，受白话文运动的影响，倒是出现了对传统反动的解读，虽然有些地方似有合理之处，然而这样的解读又未免随意性太大，还是闻一多《乐府诗笺》

---

① 赵敏俐：《汉代文人的乐府歌诗创作及其意义》，吴相洲主编《乐府学》第1辑，学苑出版社，2006。
② 曾晓峰：《汉乐府创作主体之分析》，《武汉理工大学学报》2004年第1期。
③ 曾晓峰：《从〈乐府诗集〉的统计数据重新审视汉乐府》，《西南民族大学学报》2004年第3期。
④ 徐兴无：《西汉武、宣两朝的国家祀典与乐府的造作》，《文学遗产》2004年第5期。
⑤ 曾祥旭：《论西汉经学背景下的乐府和乐府运动》，《天府新论》2004年第5期。
⑥ 吴贤哲：《汉代神学思潮与汉乐府郊庙、游仙诗》，《西南民族大学学报》2003年第6期。
⑦ 李山：《经学观念与汉乐府、大赋的文学生成》，《河北学刊》2003年第4期。

的思路相对来说折中一些。既有文字、音韵、训诂等方面的考证，又有文化人类学等理论的支撑，还有文献的证据。

（3）汉乐府文学特质与文学技巧。

关于汉郊庙歌辞，相关的研究文章有阮忠《论汉郊庙诗的宗教情绪与人生意蕴》[①]、张宏《汉代〈郊祀歌十九章〉的游仙长生主题》[②]、叶文举《西汉〈安世房中歌〉与〈郊祀歌〉之比较研究》[③] 等。赵敏俐《汉代乐府制度与歌诗研究》[④]、王福利《郊庙燕射歌辞研究》[⑤] 等学术著作不仅详细考证了与汉郊庙歌辞相关的许多外部因素，也涉及了汉郊庙歌辞文本本身的分析与阐释。

现当代学者的研究文章从整体上对铙歌进行把握者有日本学者吉川幸次郎《关于短箫铙歌》[⑥]、孔德《汉短箫铙歌十八曲考释》[⑦]、陈直《汉铙歌十八曲新解》[⑧]、曹道衡《试论"铙歌"的演变》[⑨]、王运熙《汉代鼓吹乐曲考》[⑩]、赵敏俐《汉鼓吹铙歌十八曲研究》[⑪]、姚小鸥《〈汉鼓吹铙歌十八曲〉的文本类型及解读方法》[⑫] 等。这里既有沿着古人的研究道路对铙歌的文学潜质进行开掘的，又有以新的研究方法对

[①] 阮忠：《论汉郊庙诗的宗教情绪与人生意蕴》，《华中师范大学学报（哲学社会科学版）》1995年第2期。
[②] 张宏：《汉代〈郊祀歌十九章〉的游仙长生主题》，《北京大学学报（哲学社会科学版）》1996年第4期。
[③] 叶文举：《西汉〈安世房中歌〉与〈郊祀歌〉之比较研究》，《安徽师范大学学报（人文社会科学版）》2006年第5期。
[④] 赵敏俐：《汉代乐府制度与歌诗研究》，商务印书馆，2009。
[⑤] 王福利：《郊庙燕射歌辞研究》，北京大学出版社，2009。
[⑥] 〔日〕吉川幸次郎：《关于短箫铙歌》，《中国诗史》，复旦大学出版社，2001。
[⑦] 孔德：《汉短箫铙歌十八曲考释》，《东方杂志》第23卷29期。
[⑧] 陈直：《汉铙歌十八曲新解》，《人文杂志》1959年第4期。
[⑨] 曹道衡：《试论"铙歌"的演变》，《中国社会科学院研究生院学报》1994年第3期。
[⑩] 王运熙：《汉代鼓吹乐曲考》，《乐府诗述论》，上海古籍出版社，1996。
[⑪] 赵敏俐：《汉鼓吹铙歌十八曲研究》，《文史》第69辑，中华书局，2004。
[⑫] 姚小鸥：《〈汉鼓吹铙歌十八曲〉的文本类型及解读方法》，《复旦学报（社会科学版）》2005年第1期。

汉铙歌进行总结、观照的。如吉川幸次郎《关于短箫铙歌》认为汉铙歌十八曲所具有的炽烈的内容，在中国诗歌史上划出了一个新的时期，基本上还是从文学的、性灵的角度作出的探讨。曹道衡《试论"铙歌"的演变》探讨了"铙歌"的起源、性质和演变过程，比较了汉铙歌与魏铙歌在文体上的差别。认为，"铙歌"的用途是多方面的，不仅仅是用在较正式的场合；作为庙堂之作的铙歌，它受旧形式的束缚，远比民歌和其他一些文人创作为重。赵敏俐《汉鼓吹铙歌十八曲研究》把不同学者对汉铙歌的解读进行汇集、比较，作出了公允的评价、总结，可以说是汉铙歌研究的一个里程碑式的小结。姚小鸥《〈汉鼓吹铙歌十八曲〉的文本类型及解读方法》则对汉铙歌文本类型加以归类，总结出很有指导意义的解读方法并以之来分析铙歌中的难解篇章《石留》，对其作了最大限度的解读。

还有对铙歌中单篇的研究，如户仓英美《汉铙歌〈战城南〉考——并论汉铙歌与后代鼓吹曲的关系》[①] 从英灵镇抚祭祀的视角出发对其歌词作出新的解释，并对汉铙歌的性质作了一些考察。

关于汉乐府相和歌辞，当今学者的相关研究论文有：范子烨《论〈江南〉古辞——乐府诗中的明珠》[②]（另赵敏俐《两汉诗歌研究》[③] 中亦有论及）、王海波《读〈艳歌行〉札记》[④]、常昭《汉乐府〈妇病行〉"丈人"新解》[⑤]、萧海川《〈东门行〉"今非咄行"考》[⑥] 等。相关的

---

① 户仓英美：《汉铙歌〈战城南〉考——并论汉铙歌与后代鼓吹曲的关系》，吴相洲主编《乐府学》第1辑，学苑出版社，2006。
② 范子烨：《论〈江南〉古辞——乐府诗中的明珠》，吴相洲主编《乐府学》第1辑，学苑出版社，2006。
③ 赵敏俐：《两汉诗歌研究》，台北文津出版社，1993。
④ 王海波：《读〈艳歌行〉札记》，《中国韵文学刊》2004年第2期。
⑤ 常昭：《汉乐府〈妇病行〉"丈人"新解》，《南京师范大学文学院学报》2005年第2期。
⑥ 萧海川：《〈东门行〉"今非咄行"考》，《文史哲》2008年第6期。

绪 论

博士学位论文有王传飞《相和歌辞研究》[①]、王莉《乐府"相和歌辞"研究》[②]等。有些是对其中个别字句的重新解释;有些是结合当时社会背景对诗篇进行的重新阐释;有些探讨了相和歌辞的特性、地域性特征、文学品质及影响;有些则是在汉代音乐文化的大背景下,从艺术生产与消费的角度对汉乐府相和歌作音乐、文学等方面的本体的开掘;还有的是从主题学、民俗学的视角进行观照。

专题研究首先是《陌上桑》,相关的研究论文有:《"陌上桑"本事辩证》[③]、《"陌上桑"时代商榷》[④]、《"陌上桑"异名考释》[⑤]、《"陌上桑"疑义诠释》[⑥]、《"陌上桑"文艺价值》[⑦],赵敏俐《汉乐府"陌上桑"新探》[⑧],骆玉明《〈陌上桑〉与"秋胡戏妻"的故事》[⑨]等。关于《孔雀东南飞》,20世纪五六十年代的研究多是以阶级分析的比较僵硬的非文学的视点介入的,80年代以来,由于心理学、民俗学、西方文艺批评理论等新方法、新视角的运用,研究面貌异彩纷呈。相关文章有:林延君《小议"小姑始扶床"》[⑩]、张纯德《彝族叙事诗中的悲剧色彩——兼与汉乐府〈孔雀东南飞〉比较》[⑪]、崔炼农《〈孔雀东南飞〉文本考索》[⑫]、王建华《白族长诗〈青姑娘〉与〈孔雀

[①] 首都师范大学博士学位论文,2006。笔者按:此文已整理付梓,由北京大学出版社于2009年出版,书名延续论文原貌。
[②] 王莉:《乐府"相和歌辞"研究》,南京师范大学博士学位论文,2007。
[③] 何裕:《"陌上桑"本事辩证》,《经世日报》1948年1月21日第3版。
[④] 何裕:《"陌上桑"时代商榷》,《经世日报》1948年3月3日第3版。
[⑤] 何裕:《"陌上桑"异名考释》,《经世日报》1948年3月17日第3版。
[⑥] 何裕:《"陌上桑"疑义诠释》,《经世日报》1948年3月24日第3版。
[⑦] 何裕:《"陌上桑"文艺价值》,《经世日报》1948年4月14日第3版。
[⑧] 赵敏俐:《汉乐府"陌上桑"新探》,《江西社会科学》1987年第3期。
[⑨] 骆玉明:《〈陌上桑〉与"秋胡戏妻"的故事》,《古典文学知识》1996年第1期。
[⑩] 林延君:《小议"小姑始扶床"》,《辽宁大学学报》1991年第5期。
[⑪] 张纯德:《彝族叙事诗中的悲剧色彩——兼与汉乐府〈孔雀东南飞〉比较》,《云南师范大学学报(哲学社会科学版)》1999年第1期。
[⑫] 崔炼农:《〈孔雀东南飞〉文本考索》,《江汉论坛》2006年第8期。

东南飞〉之比较》[1] 等。杨树达《汉代婚丧礼俗考》第一章"婚姻"第六节"改嫁改娶""亦有被迫不已至于女子自杀者"[2] 下则引此诗作为例证之一。

此外，对汉乐府从文学角度进行整体把握的研究文章亦有各种各样的切入点。有分析爱情故事以及情诗中的女性形象的，如胡大雷《从汉代的采风政策与董仲舒的家庭观看汉乐府民歌妇女形象》[3]，王双、冯倩《汉乐府女性形象分析》[4] 等；有关于汉乐府风格的，如王运熙、邬国平《汉乐府风格论》[5]；有从比较中认识汉乐府特质的，如章沧授《论汉赋的思想价值——与汉乐府民歌比较研究》[6]；有从题材角度进行开拓的，如韦春喜《汉代乐府咏史诗探论》[7]，韩国学者闵丙三《汉代乐府诗里的神仙信仰》[8]；有探讨汉乐府叙事艺术的，如葛晓音《论汉乐府叙事诗的发展原因和表现艺术》[9]；有从采诗传统与汉乐府的关系进行论述的，如洛保生《汉乐府"采诗娱乐说"质疑——乐府采诗缘由浅探》[10]、《上古采诗与汉乐府民歌》[11]，李锦旺《汉乐府"采诗"说再认识》[12] 等。还有李杰玲、李寅生《扇子·女子·符号——从汉乐

---

[1] 王建华：《白族长诗〈青姑娘〉与〈孔雀东南飞〉之比较》，《民族文学研究》2008 年第 2 期。
[2] 杨树达：《汉代婚丧礼俗考》，上海古籍出版社，2007。
[3] 胡大雷：《从汉代的采风政策与董仲舒的家庭观看汉乐府民歌妇女形象》，《玉林师范学院学报》2002 年第 2 期。
[4] 王双、冯倩：《汉乐府女性形象分析》，《社会科学论坛（学术研究卷）》2008 年第 9 期。
[5] 王运熙、邬国平：《汉乐府风格论》，《楚雄师专学报（社会科学版）》1995 年第 4 期。
[6] 章沧授：《论汉赋的思想价值——与汉乐府民歌比较研究》，《安徽大学学报（哲学社会科学版）》1995 年第 6 期。
[7] 韦春喜：《汉代乐府咏史诗探论》，《石油大学学报（社会科学版）》2004 年第 3 期。
[8] 〔韩〕闵丙三：《汉代乐府诗里的神仙信仰》，《宗教学研究》2004 年第 1 期。
[9] 葛晓音：《论汉乐府叙事诗的发展原因和表现艺术》，《社会科学》1984 年第 12 期。
[10] 洛保生：《汉乐府"采诗娱乐说"质疑——乐府采诗缘由浅探》，《河北大学学报（哲学社会科学版）》1997 年第 4 期。
[11] 洛保生：《上古采诗与汉乐府民歌》，《河北学刊》1998 年第 3 期。
[12] 李锦旺：《汉乐府"采诗"说再认识》，《江淮论坛》2003 年第 6 期。

府〈怨歌行〉看"扇子"的文学符号化》① 等从符号学角度考察汉乐府的文章。

对于汉乐府的研究,古人的诗话、笔记等著作中即已开始,但文献层面论述最少,文学层面的论述最为丰富,音乐层面的论述介乎其间,而且已经涉及题名、曲调、本事、体式、风格等要素。虽然所有这些论述都是感发式的只言片语,大都没有系统的理论框架与研究方法的支撑,但由于古人从事学术研究与著述时往往持无功利的、游戏的、纯审美的态度,这些只言片语中又往往会有吉光片羽灵光的闪现,给后人的思考与研究以启发。当然,直觉在带来准确感受的同时,有时也会陷入主观的片面,所以在参考古人的相关论述时要保持科学、理智的态度。

近现代以来,众多有影响力的学者借鉴西方文学中的相关研究方法,纷纷构筑中国古代乐府文学的理论框架,描绘乐府发展之大势。经过时间的沉淀,人们对两汉乐府历史发展走向的整体特征已经达成了很多共识,后来人对相关问题的研究都是从某一角度对汉乐府细节进行的考订、修补。虽然角度较为单一,却可以更加深入。

汉乐府研究的不足之处在于:首先,由于没有乐府学理论的指导,对汉乐府的考察仍然缺乏系统性。乐府是音乐与文学的结合体,不同时期音乐对乐府诗装饰的手段与程度是不同的,乐府诗是在音乐以及相关文学样式的共同作用中发展而来的,在论述时必须从多个层面对其作整体观照,具体到某个曲调,则应该主要把握五个要素。比如不同的曲名及其由来,它本身既标示了音乐性的存在与属性,有时又与本事密不可分。再如对乐府诗抒情方式的考察,则既要考虑音乐的影响,又要考虑到文学层面如修辞手段的日益进步等因素。其次,汉乐府是后世乐

---

① 李杰玲、李寅生:《扇子·女子·符号——从汉乐府〈怨歌行〉看"扇子"的文学符号化》,《唐都学刊》2008年第5期。

府文学之初祖,观《乐府诗集》中诸多拟作,在曲名、本事、体式等方面很多都是沿着汉乐府开创的道路进行的,但是从整个中国古代音乐文学发展的流脉来看,汉乐府又是《诗经》之流裔,它与《诗经》之间在很多方面都有着继承与新变的关系,而后人在研究汉乐府时,却很少注意到这一层,很少从它的老家、中国古代宫廷音乐文学的鼻祖——《诗经》那里追索它传承与新变的质素。

二 本书研究方法与思路

针对以上总结出的汉乐府研究中存在的方法论问题,本书首先在内容上拣择前辈以及当代学者在汉乐府研究中未论及或者未充分论述的若干问题为写作对象,在横向上以三个层面、五个要素这一理论框架为指导,纵向上在讨论所有问题时都将之置于先秦两汉整个诗歌背景之下考察,将对汉乐府的研究置于音乐文学这一大的发展流脉中,尤其以《诗经》为参照,结合传世文献与出土文献,以一种全面的、系统的、历史的、动态的视角来审视本书要研究的汉乐府中的几个问题,在比较中见出其对前代音乐文学的继承与新变,在继承中重温经典的影像。

三 本书主要内容和基本构想

本书共分四章。

第一章是关于汉乐府的题名。本章先考察《诗经》题名命名情况,总结出几种命名类型,继而考察汉乐府,将二者的类型进行比较,从而见出在命名方面汉乐府对《诗经》的继承与开创。在论述的过程中,还将涉及题名的音乐、文学质素、与本事的关系等问题。

第二章是关于汉乐府部分曲类配器。本章利用出土文献,同时结合传世文献，着重研究《乐府诗集》收录的汉乐府郊庙歌辞与相和歌辞的配器。分析了郊庙歌辞配器对诗骚配器的继承与发展，汉世相和歌的配器情况以及汉世至南朝汉乐府相和歌配器演变带来的音乐风格的变化。

第三章是关于汉乐府体式。本章笔者将汉乐府置于先秦两汉诗歌发展的大背景下，尤其是与《诗经》《楚辞》的比照之中，从感叹词的运用与语言相似性的角度对汉乐府体式进行研究。运用统计学的方法，以数据为依据，描述感叹词运用的消长趋势，并探讨音乐文学与非音乐文学抒情方式的差异与演变。探讨汉乐府相对于语言程式化程度非常高的《诗经》的继承与新变，并推测其中的原因。

第四章是关于汉乐府题材。本章总结了《诗经》、汉乐府相同相异的题材，同时，着重对二者重合的九类题材中的不同诗篇从笔法、感情表达等方面进行比较，从中看出不同时代音乐文学之间的差别，有利于我们把握汉乐府对《诗经》的继承与创新，见出汉乐府独有的风貌。

第一章
汉乐府题名研究

  成熟而完整的乐府诗题名应该包括调名、曲名、篇名，即大的音乐归属、曲调特征以及篇题三个组成部分。前两者都标识其音乐属性，区别只在大类与小类、总与属，而篇名则与其内容息息相关，标识其文学性。《诗经》的题名是比较简单的，文学性与音乐性的双重特质完全由一个曲名来承担，而不像乐府诗发展成熟时期的题名，既有代表一首乐府诗音乐属性的曲调，又有代表其文学属性的篇名。因此乐府诗题的记载，经历了由音乐性与文学性的合一到音乐性与文学性的各有分工、由简单到完善的过程。《诗经》奠定了音乐文学领域曲名篇首命题法的典范，但已经有少量篇章突破了这一主流命题法的局限。至汉乐府，绝大多数是对主流命题法的继承，同时，在非主流命题的乐府诗中又出现了更多的创新。因此，汉乐府题名是乐府诗题由简单到完善，由记载信息较少到记载信息较多的转折点。研究它在这一转折中的传承与开创，涉及乐府诗音乐、文学要素的诸多问题，可以使我们从乐府诗题承载信息的角度对乐府诗的发展流脉有一个清晰的认识。

第一节　诗骚题名命名情况

《诗经》每曲题名的完整记载为十五国风、二雅、三颂之名加上具体的曲名，如《周南·关雎》《大雅·民劳》《周颂·噫嘻》等。《诗经》从大的分类上来讲，分为十五国风、二雅、三颂。雅颂以及十五国风各自的音乐特征至今已经很难完全明晰，人们只知道这样的分类更多地是基于音乐用途、音乐风格的差异。由于古谱失传，我们已经无法明确知道其中各自的调式、调性特点。但有一点是明确的，人们这样命名是将诗的音乐性作为根本属性的，这就为后世音乐文学命名确立了一个基本法则，即重视其音乐属性的标识。可以说《诗经》这种命名方法是后来乐府诗题记载中"×调"之属的滥觞。为了给乐府诗的命名提供一个完整的参照，笔者对 305 个曲名进行了全面考察，将之分为以下三大类。[①]

第一类，与首句首几字完全相同者，共 168 篇。例如《邶风·燕燕》首句为"燕燕于飞"，《小雅·伐木》首句为"伐木丁丁"，《周颂·烈文》首句为"烈文辟公"等。

第二类，出自首句首几字或篇中几字，共 124 篇。这里又分首句全同、首句变通、篇中全同、篇中变通四种情况。

首句全同者为命题全取自首句中或句末连续几字者。其实这种情况和第一类相似，只不过第一类的命题是和首句首几字相同，而这里则

[①] 笔者按：具体的分类总结参看附录一"《诗经》题名命名情况分类表"。

变成了句中或句末。如《周南·卷耳》首句为"采采卷耳",命题取首句后两字,《曹风·候人》首句为"彼候人兮",命题取首句中间两字。符合这种情况的共有83篇。

首句变通者为命题取首句中不相连续的几字稍作变通者,共有26篇,如《周南·葛覃》"葛之覃兮",《郑风·溱洧》"溱与洧",《唐风·杕杜》"有杕之杜",《陈风·泽陂》"彼泽之陂",《小雅·节南山》"节彼南山",《小雅·蓼莪》"蓼蓼者莪",《大雅·卷阿》"有卷者阿",《大雅·民劳》"民亦劳止",《周颂·访落》"访予落止"等,这些大多是将虚词以及修饰性词语减缩掉之后提取的题名。

篇中全同者为命题全取自非首句的章中连续几字者,这和第一类以及上面的首句全同者类似,只不过命题提取自章中而已,符合这种情况的共有12篇。如《召南·驺虞》第一章中"于嗟乎驺虞",《小雅·巧言》第五章中"巧言如簧"等。

篇中变通者为命题取非首句的章中不相连续的几字稍作变通者,共有2篇,《周南·汉广》第一章中"汉之广矣",《大雅·韩奕》第一章中"奕奕梁山,维禹甸之。有倬其道,韩侯受命"。

唯有一篇比较特殊,即《邶风·绿衣》"绿兮衣兮,绿衣黄里",既可视为首句变通的情况,又可视为篇中全同的情况。

第三类比较特殊,不能一概而论。除《小雅·鹿鸣之什》:《南陔》《白华》《华黍》;《小雅·南有嘉鱼之什》:《由庚》《崇丘》《由仪》,有其义而亡其辞,特殊命名者有13篇。《小雅·小旻》《小雅·小宛》《小雅·小弁》《小雅·小明》《大雅·大明》《大雅·召旻》《周颂·小毖》几篇命题都是取篇首、篇中一字再前缀一字或取篇首、篇中几字组合而成。这7篇中除了《大雅·召旻》与内容稍稍相关之外,其余题目与内容并无多大关联。《小雅·雨无正》有象征为政暴虐无道之意，已有总括全篇的意味。《小雅·巷伯》以与作者身份相近之人之职为题（孔疏："《周礼》无巷伯之官……时人以其职号之，称为巷伯也，与寺人官相近者。"[①]），与诗章内容无关。《大雅·常武》《周颂·酌》《周颂·赉》《周颂·般》经了小序的解释，题目从情感表达、义理阐释等方面来讲，也都与诗章内容多少有些关联。

综上，《诗经》题名前两类都可以归为篇首命题法[②]，虽然其中也有如《大雅·民劳》这样的对诗章内容进行部分表达的题目，但毕竟是极少数。第三类13篇中《小雅·巷伯》题目与内容基本无关；《小雅·雨无正》《大雅·召旻》《大雅·常武》《周颂·酌》《周颂·赉》《周颂·般》等，虽大多在诗章中找不到相关字眼，但依然与诗章内容相关；余下的6篇仍可列入篇首命题法的范围。因此，《诗经》305篇，其中篇首命题法取名的有299篇，占98%，这些或是与篇首、篇中几字全同，或是取篇首、篇中几字再作加工；《小雅·巷伯》一篇题目既在内容中找不到相关字眼，亦与内容基本无关；《小雅·雨无正》《大雅·常武》《周颂·酌》《周颂·赉》《周颂·般》五篇之题在篇中亦无相关字眼，但已与诗章内容发生或疏或密的关联，甚者已初具总括性的意味。

这305个曲目应当是个个都有其独特的曲调的。据《乐府诗集·晋四厢乐歌》引《晋书·乐志》，魏杜夔传雅乐四曲：《鹿鸣》《驺虞》《伐檀》《文王》，皆古声辞。到了太和年间，左延年改夔《驺虞》《伐檀》《文王》三曲，更自作声节，其名虽同而声实异。唯因夔《鹿鸣》，全不改易。另外，《三礼》中记载用于宴乐歌唱的也只有少数几首。

[①] 《毛诗正义》第12卷，阮元校刻《十三经注疏》，中华书局，1980，第456页。
[②] 笔者按：虽然《诗经》曲名也有取自篇中者，但占少数，而且篇中的位置离篇首一般不远。不过不论取自篇首还是篇中，都属于照搬诗篇中某几字或者稍作加工，因此泛称篇首命题法，这里的"首"比在具体分析时所言的篇首外延要稍广一些。

305篇的传唱在乐官那里曾是保存得很完整的，《左传》季札观乐一段即为明证。但随着礼崩乐坏，古谱的失传，乐家言传身教的中断，大部分诗篇的传唱都被废弃了，只有少数几篇，由于在某些礼仪场合经常使用等原因稍稍得以保存。然而世易时移，人们的音乐趣味也在不断发生着变化，古代俗曲的传唱尚且逐渐陌生、淘汰，雅曲更是无人问津了。像上引材料中所言杜夔所传雅乐四曲，到最后根本就是变成了时世人们新造的音乐旋律，空有文辞得以保存而已。

因此，《诗经》的曲名尚不具备独立的音乐质素，这里的独立性是相对于后世出现的"×篇"而言的。表达独立的、自我的情绪的文人作品日渐增多，于是一曲之下可配不同的辞。在这种情况下，一曲的元辞①或继续流传，或湮没在层出不穷的符合时下欣赏趣味的新作之中。从《诗经》曲名的命名中，我们可以看到，299篇的曲名都是因了元辞而得。元辞中提取不出曲名的，除一篇曲名与内容无关外，余下五篇都与内容有或疏或密的关联，甚者已初具总括性的意味。由此，《诗经》的曲名绝大部分都是因了元辞而得，一个曲名事实上同时承载了一个音乐作品的音乐性与文学性，即提到某一曲，便对应一个调，对应一首辞，每曲的调与辞都有其独特的个性。后世的音乐文学创作中，文人为一个曲子写作歌辞的情况不断增加，同一曲之下可以配不同的文辞，同一文辞也可配在不同的曲名之下。于是，乐府诗题的记载日渐出现了复杂的局面，只用一个名目同时承载一首乐府诗的音乐性与文学性已经不可能了。聪颖敏感的诗人们开风气之先，顺应了这一历史潮流，作出了开创性的改变，曹植的拟篇便是极好的例子。

---

① 笔者按：《乐府诗集》中古辞多指汉乐府，本辞则是相对于作为音乐文本的乐奏辞而言的纯文学文本。笔者这里拈出"元辞"的概念，是为了解决后世诗乐分离中出现的一曲多辞、一辞多曲现象为阐释带来的混乱，主要是指因了某辞而使某曲成为音乐形式定本的文辞，也即某曲最初配乐的歌辞，相对于后世的拟辞而言。

《楚辞》中可以明确为音乐文学的是《九歌》,《东皇太一》《云中君》《湘君》《湘夫人》《大司命》《少司命》《东君》《河伯》《山鬼》《国殇》《礼魂》诸篇的命名都是以祭祀对象为题,较为特别。《楚辞》中其余诸篇是否音乐文学不如《九歌》明显,因此这里不展开讨论。

第二节　汉乐府题名命名情况

汉乐府《郊祀歌》与《安世房中歌》首载于《汉书·礼乐志》,其余曲辞的详细记载首见于《宋书·乐志》。《乐府诗集》中保留了张永《元嘉正声技录》与王僧虔《大明三年宴乐技录》的部分内容,其中有的作品还记录了本辞。出自汉代文献的乐府,其题名的写定与记载成于汉世,而对于后世文献中记载的汉乐府,其题名究竟是否汉世原貌则较难辨别了。

《乐府诗集》收录的汉乐府分布在郊庙歌辞、鼓吹曲辞、相和歌辞、舞曲歌辞、琴曲歌辞、杂曲歌辞、杂歌谣辞当中。杂歌谣辞部分的作品虽然基本都可在《汉书》《后汉书》中找到原文,但史书中并没有如《乐府诗集》中的题名记载,尤其第八十八卷中还出现了如《后汉献帝初童谣》《后汉献帝初京都童谣》等题名,这更可显示出,杂歌谣辞部分的汉乐府是经过汉以后的人编纂的,汉世虽然出现了作品,但并没有如《乐府诗集》收录时的题名。因此,《乐府诗集·杂歌谣辞》部分的汉乐府题名不在本节讨论的范围。横吹曲辞部分虽也有汉乐府曲名的记载,但由于没有古辞流传,所以关于其题名由来即使推测亦不可为,也不在本节讨论的范围。其余各类汉乐府题名,或者由于有文献确切记载,如《郊祀歌》诸篇,或者由题名明显特征可以推测其出现、写定年代,如"×行"之属的汉乐府,或者从最早拟辞作者的时代以及奏乐情形的描述等可以推测其出现、写定年代，总之，大部分还是可以判断或者推测其题名是产生于汉世的。还有一些孤立的题名，既不能从外在信息推测，又无任何相关文献参考、互证，但由于《乐府诗集》在其下收录的是古辞，所以这些题名或者是汉世已有且汉人记载，后人沿袭这样的记载，或者是汉世已有但汉人未作记载，经后人整理而来。由于文献缺失，无从确切知晓这类题名的来龙去脉，但既然将古辞收录于这些题名之下，则产生于汉世还是很有可能性的。所以，表1-1只收录了《乐府诗集》中郊庙歌辞、鼓吹曲辞、相和歌辞、舞曲歌辞、琴曲歌辞、杂曲歌辞部分的汉乐府题名，并对其命名作了分类。

表1-1 汉乐府题名命名情况分类表

与首句首几字完全相同	出自首句首几字或篇中几字	其他
1. 《汉郊祀歌》之《练时日》《帝临》《青阳》《朱明》《西颢》《玄冥》《惟泰元》《天地》《日出入》《天门》《景星》《齐房》《后皇》《华烨烨》《五神》《朝陇首》《象载瑜》《赤蛟》 2. 《汉铙歌》之《朱鹭》《思悲翁》《上之回》《战城南》《巫山高》《上陵》《将进酒》《君马黄》《芳树》《有所思》《雉子斑》《圣人出》《上邪》《临高台》《远如期》《石留》 3. 《相和曲·江南》 4. 《相和曲·东光》 5. 《相和曲·薤露》 6. 《相和曲·蒿里》 7. 《相和曲·鸡鸣》	1. 《汉郊祀歌》之《天马》有两篇，第一篇首两句作"太一况，天马下"，第二篇首句作"天马徕" 2. 《汉铙歌》之《艾如张》"艾而张罗"，解题："如读为而" 3. 《汉铙歌》之《翁离》"拥离趾中可筑室" 4. 《平调曲·猛虎行》"饥不从猛虎食" 5. 《清调曲·豫章行》"白杨初生时，乃在豫章山" 6. 《瑟调曲·西门行》"出西门，步念之" 7. 《瑟调曲·东门行》"出东门，不顾归" 8. 《楚调曲·白头吟》第四解"愿得一心人，白头不相离"	1. 《汉安世房中歌》 2. 《相和六引·箜篌引》 3. 《相和曲·陌上桑》 4. 《平调曲·长歌行》 5. 《清调曲·董逃行》 6. 《瑟调曲·善哉行》 7. 《瑟调曲·陇西行》 8. 《瑟调曲·步出夏门行》 9. 《瑟调曲·折杨柳行》 10. 《瑟调曲·饮马长城窟行》 11. 《瑟调曲·上留田行》 12. 《瑟调曲·雁门太守行》 13. 《瑟调曲·艳歌何尝行》 14. 《瑟调曲·艳歌行》 15. 《瑟调曲·日重光行》 16. 《楚调曲·怨诗行》 17. 《大曲·满歌行》 18. 《后汉武德舞歌诗》

续表

与首句首几字完全相同	出自首句首几字或篇中几字	其　他
8.《相和曲·乌生》 9.《相和曲·平陵东》 10.《吟叹曲·王子乔》 11.《平调曲·君子行》 12.《清调曲·相逢行》 13.《清调曲·长安有狭斜行》 14.《瑟调曲·妇病行》 15.《瑟调曲·孤儿行》 16.《琴曲歌辞·大风起》 17.《琴曲歌辞·力拔山操》 18.《杂曲歌辞·蛺蝶行》 19.《杂曲歌辞·驱车上东门行》 20.《杂曲歌辞·悲歌行》 21.《杂曲歌辞·枯鱼过河泣》 22.《杂曲歌辞·冉冉孤生竹》	9.《杂曲歌辞·武溪深行》"滔滔武溪一何深"	19.《鞞舞歌五篇》:《关东有贤女》《章和二年中》《乐久长》《四方皇》《殿前生桂树》 20.《铎舞歌诗·圣人制礼乐篇》 21.《巾舞歌诗》 22.《散乐·俳歌辞》 23.《琴曲歌辞·采芝操》 24.《琴曲歌辞·八公操》 25.《琴曲歌辞·昭君怨》 26.《琴曲歌辞·胡笳十八拍》 27.《琴曲歌辞·琴歌》(司马相如二首,霍去病一首) 28.《杂曲歌辞·伤歌行》 29.《杂曲歌辞·羽林郎》 30.《杂曲歌辞·前缓声歌》 31.《杂曲歌辞·董娇饶》 32.《杂曲歌辞·焦仲卿妻》 33.《杂曲歌辞·同声歌》 34.《杂曲歌辞·定情诗》 35.《杂曲歌辞·乐府》

从表1-1可以看出，郊祀歌、铙歌这样的类属仍是根据音乐的功能、场合、用途等方面来划分的，从音乐的本体性上来讲，并没有比《诗经》十五国风、二雅、三颂的分类进步多少。倒是相和歌辞中三调的分类，是真正以音乐本位来作的划分。关于三调，《乐府诗集·相和歌辞》解题云："《唐书·乐志》曰：'平调、清调、瑟调，皆周房中曲之遗声，汉世谓之三调。'"[①] 沈约《宋书·乐志》："又有因弦管金石，造哥以被之，魏世三调哥词之类是也。"[②] 因此，乐府之调属在汉代的俗曲中得到了音乐性的还原，比起先前《诗经》中大的分类以及汉郊

---

① 郭茂倩：《乐府诗集》第26卷，中华书局，1979，第376页。
② 沈约：《宋书》第19卷，中华书局，1974，第550页。

祀歌、汉铙歌这样的分类都有了质的飞跃。

表1-1中共102个题名，其中第一、第二列中的延续了《诗经》曲名的主流命题法，即篇首命题法，曲名由文辞一望即知，合起来共有63个，占到了62%。可见从《诗经》开始出现的曲名篇首命题法在汉乐府曲名命名中得到了沿承。正如清人吴景旭在《历代诗话》中所言："窃以乐府之题，亦如关雎、葛覃之类，只取篇中一二字以命诗，非有义也。"[①] 这一方法在汉乐府曲名命名中虽然不如在《诗经》中运用广泛，但从62%的比例来看，它依然占据了主导地位。

第三列"其他"部分的曲名由来并非如前两类由曲辞一望便知，值得着重分析、探讨。

1. 《汉安世房中歌》

《汉书·礼乐志》的记载为《安世房中歌》十七章。每章皆无题名，不似郊祀歌十九章，章章都有单独的名目，而是统一收录在《安世房中歌》这一题名之下。由《汉书·礼乐志》和《乐府诗集》解题可知，"房中"表明的是乐歌的性质、功能以及所用场合。"安世"则既有对十七章内容进行部分概括的意味，又可表明其音乐特征，即房中乐性质的乐歌可以有很多，但《安世歌》组曲有其独特的旋律与文辞。因此，这一题名虽然是音乐性与文学性各有分工，但其大的艺术类属不过是表现在乐歌的性质、功能以及所用场合，都是外在的，而并非本体性的、内在的音乐性体现，如相和五调的分类那样在一定程度上反映了调式、调性等音乐本体特征。

2. 《相和六引·箜篌引》

《乐府诗集》解题云：一曰《公无渡河》。这里，实际的曲名应为

[①] 吴旦生：《历代诗话》第24卷，《文渊阁四库全书》第1483册，上海古籍出版社，2003，第167~168页。

《公无渡河》。据解题中引《古今注》，此曲为白首狂夫之妻所作，丽玉不过是引箜篌而写其声。称《箜篌引》其实就仿佛我们今天说钢琴曲一样，不包含某一乐曲的具体音乐特征。因此，《箜篌引》不过是说此曲的旋律最先是由箜篌这种乐器演绎的，内容为"公无渡河"篇，这就是"一曰"关联发生的所在。所以，这里的"一曰"其实并不恰当。《箜篌引》只是明确了此曲演奏的乐器，并不具有音乐本位的分类特征，因此它不宜作为曲名，实际的曲名应题作《公无渡河》，系篇首命题法所得。

3.《相和曲·陌上桑》

《宋书·乐志》《乐府诗集》均将《陌上桑》曲名归入相和曲。从其所配的三首曲辞来看，该曲在体式上以三三七字为一组的反复为主要特征，而且篇制不大。不同之处在于，同是"日出东南隅"古辞，《乐府诗集》将之配入《相和歌辞·相和曲·陌上桑》曲下，《宋书·乐志》将之归入《大曲·艳歌罗敷行》"罗敷"篇下，那么，这两个曲名得名的由来分别是什么？得名的先后又如何？这同一首歌辞为何会配入两个曲名之下？以下分别作辨析。

《乐府诗集·陌上桑》解题云：

一曰《艳歌罗敷行》。《古今乐录》曰："《陌上桑》歌瑟调。古辞《艳歌罗敷行》《日出东南隅篇》。"崔豹《古今注》曰："《陌上桑》者，出秦氏女子。秦氏，邯郸人有女名罗敷，为邑人千乘王仁妻。王仁后为赵王家令。罗敷出采桑于陌上，赵王登台见而悦之，因置酒欲夺焉。罗敷巧弹筝，乃作《陌上桑》之歌以自明，赵王乃止。"《乐府解题》曰："古辞言罗敷采桑，为使君所邀，盛夸其夫为侍中郎以拒之。"与前说不同。若陆机"扶桑升朝晖",但歌美人好合,与古词始同而末异。又有《采桑》,亦出于此。①

关于《陌上桑》的本事,何裕《"陌上桑"本事辩证》认为:"从诗经的国风里,可以知道当时桑间濮上,演成了许多奇艳的故事,当日风尚大概是如此吧……或许良家妇女采桑,引起了当地轻薄少年的注意,诱惑,挑逗,而有奇艳的故事发生……这种情形,或许是当时的写实。'陌上桑'的故事,也许是在这种情形下,就慢慢的演成了。而且这曲歌辞,经过文人的手笔,把他描写出来,或许有所修润,有所铺张,有所剪裁,而且为了要合于音律,被于管弦,对故事不免有所增损或改变。假如依我这样的推断,那么还能说他的本事是如何如何吗?——即使作者实有所指,故事的本身已经变了质——同时我还要作更进一步的推断,'陌上桑'或许根本无其事,是经过文人的意想作用,无中生有的产品。或许这首歌辞未成熟以前,他早具形态,是当时民间流传的歌谣,经过许多文人的润色和雕饰,才使'陌上桑'这曲歌成了定型。也不一定成于一时,成于一人,既然是这样,你还能固定他的作者和本事吗?所以我前面说,文艺作品没有固定性,其原因也就在此。"② 王运熙《略论乐府诗的曲名本事与思想内容的关系》认为:"《陌上桑》原词是王仁妻秦罗敷为拒绝赵王的强夺而作。"③ 曹道衡、刘跃进《先秦两汉文学史料学》认为:"其本事最早见载于《古今注》:'《陌上桑》者,出秦氏女子。秦氏,邯郸人,有女名罗敷,为邑人千乘王仁妻。王仁后为赵王家令,罗敷出采桑于陌上,赵王登台见而悦之,因

---

① 郭茂倩:《乐府诗集》第28卷,第410页。
② 何裕:《"陌上桑"本事辩证》,载《经世日报》1948年1月21日第3版。
③ 王运熙:《乐府诗述论》,第352页。

置酒欲夺焉。罗敷巧弹筝，乃作《陌上桑》之歌以自明，赵王乃止。'吴兢《乐府古题要解》引此说后又案曰：'案其歌辞，称罗敷采桑陌上，为使君所邀，罗敷盛夸其夫为侍中郎以拒之，与旧说不同。'郑樵《通志·乐典》又云：'古辞《陌上桑》有二，此则为罗敷也……另有《秋胡行》，其事与此不同。以其亦名《陌上桑》，致后人差互相说，如王筠《陌上桑》云：'秋胡始停马，罗敷未满筐。盖合为一事也。'秋胡故事见刘向《列女传》，两个故事在当时本不相同，但王筠将此合二为一，所以郑樵说亦有所本。"① 对于这些分歧，笔者见解如下。

《陌上桑》解题里讲罗敷"作《陌上桑》之歌以自明，赵王乃止"，由此，则罗敷所唱《陌上桑》曲的歌辞内容应该是自明心迹的，通过乐曲让赵王收敛其不轨之举。关于采桑，《魏风·汾沮洳》即有"彼汾一方，言采其桑"之辞，而且《诗经》中已经将桑的意象与表达男女之情的曲辞、情调相联，如《鄘风·桑中》"期我乎桑中"，《郑风·将仲子》"将仲子兮！无逾我墙，无折我树桑"。《汉书·地理志》亦有提到桑的意象与男女之情相联："卫地有桑间濮上之阻，男女亦亟聚会，声色生焉，故俗称郑卫之音。"② 然而曲辞内容定性为女子拒绝陌生男子调戏，保守对丈夫忠贞之节的则自刘向《列女传》"秋胡洁妇"故事开始。《秋胡行》解题中，郭茂倩分别引《西京杂记》《列女传》讲述了这一故事：

《西京杂记》曰："鲁人秋胡，娶妻三月，而游宦三年，休还家。其妇采桑于郊。胡至郊而不识其妻也，见而悦之，乃遗黄金一

---

① 曹道衡、刘跃进：《先秦两汉文学史料学》，中华书局，2004，第409页。
② 班固：《汉书》第28卷下，中华书局，1962，第1665页。

镒。妻曰：'妾有夫，游宦不返。幽闺独处，三年于兹，未有被辱于今日也。'采桑不顾，胡惭而退。至家，问：'妻何在？'曰：'行采桑于郊，未返。'既归还，乃向所挑之妇也，夫妻并惭。妻赴沂水而死。"《列女传》曰："鲁秋洁妇者，鲁秋胡之妻也。既纳之五日去，而宦于陈，五年乃归。未至其家，见路傍有美妇人，方采桑而说之。下车谓曰：'力田不如逢丰年，力桑不如见国卿。今吾有金，愿以与夫人。'妇曰：'采桑力作，纺绩织纴以供衣食，奉二亲养。夫子已矣，不愿人之金。'秋胡遂去。归至家，奉金遗母，使人呼其妇。妇至，乃向采桑者也。妇污其行，去而东走，自投于河而死。"[1]

郭茂倩在《陌上桑》解题中引《古今注》罗敷故事，似乎是意在说明《陌上桑》曲名之由来，而事实上《陌上桑》之曲不过是故事中的一个元素而已，《陌上桑》之曲的元辞所据之本事当为秋胡洁妇之事，《陌上桑》曲名亦由元辞而得，罗敷所唱当系《陌上桑》元辞、铺写秋胡洁妇之事。由于对方是有权有势的赵王，罗敷这一婉谏之法非常得体，既没有造成表面上的剧烈冲突，又使对方明白自己的心意，很有春秋时期赋诗言志、主文谲谏之风。而《古今注》中记载的故事大概也曾经被写入《陌上桑》曲下，王运熙《略论乐府诗的曲名本事与思想内容的关系》讲道："《陌上桑》原词是王仁妻秦罗敷为拒绝赵王的强夺而作，其辞早已不传，魏晋时乐府所奏《陌上桑》古辞，即为我们现在所见的《日出东南隅》篇。篇中女角虽亦名秦罗敷，且采桑于陌上，但并非拒绝赵王强夺，而是拒使君求婚，故事已有不同。按《乐府诗

---

[1] 郭茂倩：《乐府诗集》第36卷，第526页。

集》引《古今乐录》云：'《陌上桑》，歌瑟调古辞《艳歌罗敷行·日出东南隅》篇。'原来《日出东南隅》篇本为《相和歌辞·瑟调曲》中的《艳歌罗敷行》曲，与相和歌辞相和曲中的《陌上桑》不是一曲；只因《陌上桑》曲古辞不传，而《日出东南隅》篇题材接近，女子巧拒豪贵（这种事情在古代是相当多的）的主题又相同，因此《陌上桑》曲借用其歌辞入乐。后来《陌上桑》、《日出东南隅》二曲的作品，有不少是沿袭《日出东南隅》篇的；罗敷婉拒赵王强夺的本事，因无古辞流传，不再发生影响了。"[1] 关于《陌上桑》元辞，笔者观点与这段话稍有差异，上面已论述过。不过与这段表述相同的是，笔者也认为罗敷婉拒赵王强夺的本事曾谱入《陌上桑》曲名下歌唱。再以后的"日出东南隅"篇乃汉人铺写、改编罗敷拒赵王事件而成，即如今看到的罗敷拒使君事。此辞一出，大概更为风靡，于是把根据秋胡洁妇之事、罗敷婉拒赵王强夺之事而写作的《陌上桑》曲辞统统湮没了。此外，秋胡洁妇事、罗敷拒使君事又都是由采桑衍生出的故事，本就容易混淆，再加上《陌上桑》曲的体式一般是三三七句一组的反复，篇制不如"日出东南隅"复杂宏大故事性强，这更促成了《陌上桑》元辞的消失。后人的诗中也常常不辨彼此，将二者相提并置，如王筠《陌上桑》"秋胡始停马，罗敷未满筐"[2]，李白《陌上桑》"使君且不顾，况复论秋胡"[3]，江总《梅花落》"著作秋胡妇，独采城南桑"[4]，《通志·乐略第一》"秋胡行，亦曰陌上桑，亦曰采桑，亦曰在昔"[5] 等。

下面来讨论《艳歌罗敷行》曲名的由来。郑樵《通志·乐略第

---

[1] 王运熙：《乐府诗述论》，第352~353页。
[2] 郭茂倩：《乐府诗集》第28卷，第413页。
[3] 郭茂倩：《乐府诗集》第28卷，第413页。
[4] 郭茂倩：《乐府诗集》第24卷，第351页。
[5] 郑樵撰，王树民点校《通志》上册，中华书局，1995，第897页。

一》："陌上桑，亦曰艳歌罗敷行，亦曰日出东南隅行，亦曰日出行，亦曰采桑曲，曹魏改曰望云曲。"①郑樵所言，《乐府诗集》中除了《艳歌罗敷行》《望云曲》，其余都在《陌上桑》曲后有出现。按照郭茂倩编辑之意，《采桑》《罗敷行》《日出东南隅行》《日出行》都是由《陌上桑》曲辞流衍出的新曲名。而且这些曲名命名之法也都延续了《诗经》开创的篇首命题法，均取自《日出东南隅》篇辞。但《乐府诗集·陌上桑》曲下还出现了《艳歌行》曲名，没有出现如沈约《宋书·乐志》以及郑樵《通志》中所言《艳歌罗敷行》。对此，我们来作进一步辨析。

艳与趋、乱等一样，是后世发展成熟的大曲中的一个组成部分。关于它的起源，左思《吴都赋》云"荆艳楚舞，吴愉越吟"，刘渊林注："艳，楚歌也。"②黄仕忠在《和、乱、艳、趋、送与戏曲帮腔合考》一文中，认为和的实际形式至少有四类："……（四）用于曲前，引起正曲，烘托气氛……曲调一般较为舒缓明艳。"然后讲了艳歌的特点："'艳歌'的特点，大致相当于第四类的'和'，也是由多人合唱以引起正曲、制造气氛。它的形式作用大略相当于近代地方戏曲中主角出场时的幕后合唱，或道出其内心，或制造气氛……所以其所用并不限于'增强音调上的强度'。此外，艳也用于过渡"，最后总结："艳具有引起正曲和过渡的特点。"③也许是艳歌自身独特的音乐特点，首先它本身日益成熟，之后，又被纳入大曲的表演形式。至于它何时发展成熟，由于没有明确的文献记载，无法断定，但至汉世，它应该是比较成熟的了。从逯钦立辑《先秦汉魏晋南北朝诗》汉诗卷十"乐府古辞"收录

---

① 郑樵撰，王树民点校《通志》上册，第896页。
② 萧统编，李善注《文选》第5卷，中华书局，1977，第93页。
③ 黄仕忠：《和、乱、艳、趋、送与戏曲帮腔合考》，《文献》1992年第2期。

《艳歌》一首、《古艳歌》六首可以看出，汉世之时，艳歌已经比较多地被人们拿来配辞，这种音乐形式已经比较活跃。另据《乐府诗集·瑟调曲》解题所引荀《录》，已经收录有《罗敷艳歌行》古辞、《艳歌行》双鸿、福钟，则此处荀《录》或许是照录汉世"艳歌"曲辞相配的原貌。

既然艳歌在汉世即已比较活跃，配之以"行"，则乐府诗题"行"的命篇应该也是在汉世就已出现。关于"行"的产生以及"行"之一体的本义，很多学者都写过文章进行探讨，较有代表性的如李纯一《关于歌钟、行钟及蔡侯编钟》[①]，清水茂在1984年《日本中国学会报》上发表的《乐府"行"的本义》，葛晓音《初盛唐七言歌行的发展——兼论歌行的形成及其与七古的分野》[②]、《关于"行"之释义的补正》[③]等。从以上文章中可以看出，"行"的缘起是很早的，不过它定型为乐府诗之一体则应该是在汉代。汉乐府曲名的记载较为详细具体的，如今所见，当属张永、王僧虔之作首录，其次有《宋书·乐志》，很多都是我们今天见到的"×行"。我们可以确切地说这是南朝时期汉乐府曲名出现的面貌，这是否就是汉世的原貌，我们不可能从这些记载本身来推断，下面我们来看一些超越这些记载之外的证明，然后再来判断这些记载的可靠程度。

《乐府诗集·晋四厢乐歌》解题："《古今乐录》曰：'汉故事，上寿用《四会曲》。魏明帝青龙二年，以长笛食举第十一古大置酒曲代《四会》，又易古诗名曰《羽觞行》，用为上寿曲，施用最在前。《鹿

---

① 李纯一：《关于歌钟、行钟及蔡侯编钟》，《文物》1973年第7期。
② 葛晓音：《初盛唐七言歌行的发展——兼论歌行的形成及其与七古的分野》，《文学遗产》1997年第5期。
③ 葛晓音：《关于"行"之释义的补正》，《文学遗产》1999年第4期。

鸣》以下十二曲名食举乐,而《四会之曲》遂废。'"① 魏明帝青龙二年易古诗名曰《羽觞行》,这是较早的"行"作为乐府之体的记载,可见,"行"作为乐府曲名最晚不晚于魏明帝青龙二年。而曹植也已有"篇"的拟辞。"×篇"的出现,是以曹植为代表的敏感的文人顺应文学史发展趋势的举动,因此,这也从侧面说明了"行"作为音乐文学之体当在汉代即已出现,只是在汉代的记载尚处于曲调与篇名不分的混乱状况(详下《艳歌行》分析),曹植开创拟篇的作法正是要打破曲调与篇名的混淆,自此之后,文人们大都延续了曹植这一作法,乐府诗题的命名也进入了更为完善的阶段。冯班《钝吟杂录·正俗》即表达了"行"之产生于汉世的看法:"文苑英华又分歌行与乐府为二。歌行之名不知始于何时,晋魏所奏乐府如艳歌行、长歌行、短歌行之类,大略是汉时歌谣,谓之曰行,本不知何解。宋人云体如行书,真可掩口也。既谓之歌行,则自然出于乐府,但指事咏物之文,或无古题。英华分别,亦有旨也。"② 因此,《元嘉正声技录》《大明三年宴乐技录》《宋书·乐志》所记载的汉乐府曲名当是汉世原貌。不过,里面关于汉乐府曲辞解、艳、乱、趋的区分,就不一定是汉世原貌了。关于和、艳、乱、趋,黄仕忠在《和、乱、艳、趋、送与戏曲帮腔合考》有详细分析,它们在先秦时期即有萌蘖。而解的命题汉世即已出现,《乐府诗集·吴声歌曲》解题:"半折、六变、八解,汉世已来有之。八解者,古弹、上柱古弹、郑干、新蔡、大治、小治、当男、盛当,梁太清中犹有得者,今不传。"③ "八解"到底为何今天已很难完全弄懂,但从上下文来看,它在汉世已经是音乐范畴中的一个名词。阴法鲁《〈摩诃兜

---

① 郭茂倩:《乐府诗集》第13卷,第184页。
② 冯班:《钝吟杂录》第3卷,《文渊阁四库全书》第886册,第535页。
③ 郭茂倩:《乐府诗集》第44卷,第640页。

勒〉曲非张骞所传》认为："作为音乐术语的'解'字大概出现在魏晋时期。"① 综合这两则材料，笔者以为，将"解"的出现定在汉魏之际比较合适。《乐府诗集》中汉乐府古辞有的为魏晋乐所奏，不过三曹乐府中为魏晋乐所奏的，其分解情况等音乐信息当属可信，汉乐府由于没有最原初的文献记载，我们无法判断从魏世开始的记录是否忠于汉乐府原貌，遑论张永、王僧虔、沈约的著录了。不过既然和、艳、乱、趋等后世大曲的组成部分在先秦即已出现，《诗经》每曲即有分章，解这一音乐术语在汉魏之际也已出现，那么《乐府诗集》中收录的魏乐所奏的汉乐府古辞以及沈约、张永、王僧虔等人对汉乐府古辞艳、趋、分解等音乐信息的记载应该是部分可信的。关于《宋书·乐志》十五大曲的时代，丘琼荪主汉说，逯钦立主晋宋说，王昆吾《隋唐五代燕乐杂言歌辞研究》第四章《大曲》则主张从动态的发展角度来认识大曲的产生、发展、成熟，所有这些争论也都是由于汉代当时以及距离汉乐府较近时代文献对部分汉乐府记载的缺失。因此，通过上面的考察，我们只能说"×行"的曲名尚可视为汉代原貌，而由于音乐形式的发展，解、艳、乱、趋以及曲本身的调与旋律等汉乐府曲辞的音乐信息则不一定是汉世原貌。

《乐府诗集》卷三九《瑟调曲·艳歌何尝行》收录"飞来双白鹄"古辞一首，且《艳歌何尝行》一曰《飞鹄行》；《瑟调曲·艳歌行》收古辞"翩翩堂前燕""南山石嵬嵬"两首。《艳歌行》解题曰：

> 《古今乐录》曰："《艳歌行》非一，有直云'艳歌'，即《艳歌行》是也。若《罗敷》《何尝》《双鸿》《福钟》等行，亦皆

---

① 阴法鲁：《中国古代音乐史料杂记三则》，载《阴法鲁学术论文集》，中华书局，2008，第69页。

'艳歌'。"王僧虔《技录》云："《艳歌双鸿行》，荀录所载，《双鸿》一篇；《艳歌福钟行》，荀录所载，《福钟》一篇，今皆不传。《艳歌罗敷行》'日出东南隅'篇，荀录所载。《罗敷》一篇，相和中歌之，今不歌。"①

由以上记载可以看出，古人已经察觉到《艳歌行》曲名内部的混乱。事实上，"艳歌"作为一种独特的音乐形式，它相当于对整个一首乐府诗音乐属性的规范，大致相当于十五国风、二雅、三颂以及三调等试图从音乐本位对一首曲子所作的分类，而"《罗敷》《何尝》《双鸿》《福钟》等行，亦皆'艳歌'"，不过是在大的音乐类属之下更为具体细致的曲名。从"《双鸿》一篇""《福钟》一篇""《艳歌罗敷行》'日出东南隅'篇"等可以看出，"《罗敷》《何尝》《双鸿》《福钟》等行"的命名除《罗敷》取于篇中，大多取元辞首句首几字，依旧延续了《诗经》开创的篇首命题法。至于命篇，则更是以首句为准。我们再来看一则《齐瑟行》解题的材料：

《歌录》曰："《名都》《美女》《白马》，并《齐瑟行》也。曹植《名都篇》曰：'名都多妖女。'《美女篇》曰：'美女妖且闲。'《白马篇》曰：'白马饰金羁。'皆以首句名篇，犹《艳歌罗敷行》有《日出东南隅篇》，《豫章行》有《鸳鸯篇》是也。"②

至此，我们可以看出，《艳歌行》诸曲名记载的混乱，主要是因为混淆了调名、曲名、篇名，或者说大的音乐类属、更为细致的小的音乐属性

---

① 郭茂倩：《乐府诗集》第39卷，第579页。
② 郭茂倩：《乐府诗集》第63卷，第911页。

与篇名。之所以艳歌里面又有《罗敷》《何尝》《双鸿》《福钟》等行，主要是因为文辞的缘故，存在"罗敷""何尝""双鸿""福钟"等不同的篇，曲名的差别事实上显示了人们是想要标出文辞、篇名的差别，但却混淆了曲名、篇名，又让曲名一兼二职。一般来讲，"×行"的曲名一旦产生，便有它独特的调与旋律，但是在这种情况下，新出现的这些"×行"的曲名是又都有了自己独特的调与旋律，还是仅仅以曲名的形式区分了文辞而配乐方面还都相似或者一致，已经茫然不可考了。不过既然以"×行"为标志且名称不同，那么至少从形式上来讲姑且可以认为是不同的曲。因此，笔者以为，这些乐府诗题应当记为如表1-2所示的形式。

表1-2 "艳歌"系列相关篇章的诗题记法表

调 名	曲 名	篇 名
瑟调·艳歌	罗敷行	罗敷篇或日出东南隅篇
瑟调·艳歌	何尝行	何尝篇
瑟调·艳歌	双鸿行	双鸿篇
瑟调·艳歌	福钟行	福钟篇

至于《瑟调曲·艳歌何尝行》收录"飞来双白鹄"古辞一首，且《乐府诗集》解题中讲《艳歌何尝行》一曰《飞鹄行》，这和上面的情况类似，仍是本想区分篇名与文辞，却硬是要以曲名的形式区分，混淆了曲名与篇名。所以，应记为《瑟调·艳歌·何尝行·飞来双白鹄篇》，这里是借用了《何尝行》曲的音乐特征，而配以"飞来双白鹄"的文辞，《飞鹄行》纯粹是从《艳歌·何尝行》所配"飞来双白鹄"文辞首句所提取的新的曲名。它虽具备"×行"为显著标志的曲名的形式，事实上只是在显示"飞鹄"篇文辞的独特存在。

"艳歌"不仅在形式上有其独特的音乐特征,从《乐府诗集·艳歌行》所收歌辞,我们还可以看出,在内容上,由于《艳歌罗敷行》"日出东南隅"篇的广泛流传,而"桑"的意象自《诗经》即已沉淀得与爱情相关,于是这一曲辞的演唱也使得人们将音乐的"艳"更赋予了内容表达上情感的"艳",因此《乐府诗集》中《艳歌行》曲名之下表现男女之情的文辞的收录大概就是这种混杂意识的结果。

综上,对于《陌上桑》与《艳歌罗敷行》曲名的由来,我们可作一小结。《陌上桑》在汉世完整的题名记载应为《相和曲·陌上桑》,该曲本事当为秋胡洁妇之事,曲名由铺陈本事的元辞而得,曲名与篇名重合,因而造成了后世对该曲之下所配曲辞究竟为何的认知混乱。《乐府诗集》中《陌上桑》曲名在后世又流衍出《艳歌行》与《罗敷行》,前者是取其大的音乐归属而命名,后者则是从"日出东南隅"篇析出的,仍属篇首命题法所得。沈约《宋书·乐志》以及郑樵《通志》中所言《艳歌罗敷行》,则是将曲调与篇名混淆的结果,实际应记作《瑟调·艳歌·罗敷行·罗敷篇》或者《瑟调·艳歌·罗敷行·日出东南隅篇》。

关于《陌上桑》与《艳歌罗敷行》两曲名出现的先后,何裕《"陌上桑"异名考释》认为:"'陌上桑'是以事而命名的,'艳歌罗敷行'是以故事性质及主要人物而命名的……不过在这里我还得略略推断一下,大概'陌上桑'之名居早,当为本诗之原名。因为这首歌辞,在文字表面看来,侧重叙述故事……诗人寓目,而直叙其事,其所以言'陌上'者,因事发生于城南的陌上,这是叙明其事发生之地;其所以言'桑'者,实因一女子采桑而有此一段奇艳的故事,说明了原因的所在……至于'艳歌罗敷行'之名,我想大概应当在'陌上桑'名之后……依《古今注》的考证,按情理的推测,当以'陌上桑'为本诗的本名,'艳歌罗敷行'则为后人据本诗而起的别名。"① 此处对两曲得名由来的分析尚有部分可取之处,对两曲出现时间先后的结论笔者也赞同,然而里面推测的成分居多。笔者认为,从两曲得名的由来看,《陌上桑》本事系秋胡洁妇事,在崔豹《古今注》记载的罗敷拒赵王故事中即已由女主角歌唱过,而《艳歌罗敷行》曲名中,"艳歌"标明了此曲的性质,"罗敷行"则是由篇首命题法所得,系歌辞中出现了罗敷字眼而得,因此至少是在《古今注》所记故事或者罗敷拒使君故事之后才出现的,所以从这个角度判断,《陌上桑》曲名产生在《艳歌罗敷行》曲名之前。从音乐角度来看,张《录》、《宋书·乐志》与《乐府诗集》都将《陌上桑》曲名归入相和曲,而综合《乐府诗集·相和曲》解题与《陌上桑》解题中引《古今乐录》之语可知,《陌上桑》曾经歌瑟调古辞《艳歌罗敷行》"日出东南隅"篇,则《艳歌罗敷行》曲曾归入瑟调,《宋书·乐志》又将此曲归入大曲类目。王昆吾说:"《技录》是音乐律制的分类,《宋书》是表演形式的分类,《通志》是历史文献的分类。但它们都意味着:先有相和歌,而后有相和歌同清商三调的结合,然后才在瑟调的律制中产生了大曲。"② 所以从这个角度判断,《陌上桑》曲名的产生亦在《艳歌罗敷行》曲名之前。综上两点,《陌上桑》曲名之产生无疑在《艳歌罗敷行》曲名之前。

现在来回答最后一个问题,同是"日出东南隅"曲辞,何以配入两个曲名之下?笔者以为,这应该从配乐情况的时代差别来看。由于乐府诗是配乐演唱的,所以在不同时代,辞、乐相配不断变化。据《乐府诗集·相和曲》解题所引张《录》可知,刘宋元嘉时期,《陌上桑》曲归入相和曲类目中,《艳歌罗敷行》曲归入瑟调曲类目中,二者皆配

---

① 何裕:《"陌上桑"异名考释》,《经世日报》1948年3月17日第3版。
② 王昆吾:《隋唐五代燕乐杂言歌辞研究》,第132页。

以"日出东南隅"歌辞。郭茂倩将"日出东南隅"篇归入相和曲《陌上桑》之下的作法实则延续了张《录》。《宋书·乐志》将"日出东南隅"歌辞收入大曲《艳歌罗敷行》，则沈约这一作法应该反映的是元嘉之后至梁代《宋书》成书之间某个时期"日出东南隅"歌辞的配乐情况，即这一时期，"日出东南隅"篇以大曲、艳歌的音乐形式表演，配入《艳歌罗敷行》曲下。

4.《平调曲·长歌行》

《乐府诗集·平调曲·长歌行》解题云：

> 《乐府解题》曰："古辞云'青青园中葵，朝露待日晞'，言芳华不久，当努力为乐，无至老大乃伤悲也。"魏改奏文帝所赋曲"西山一何高"，言仙道茫茫不可识，如王乔、赤松，皆空言虚词，迂怪难信，当观圣道而已。若陆机"逝矣经天日，悲哉带地川"，则复言人运短促，当乘间长歌，与古文合也。崔豹《古今注》曰："长歌、短歌，言人寿命长短，各有定分，不可妄求。"按古诗云"长歌正激烈"，魏文帝《燕歌行》云"短歌微吟不能长"，晋傅玄《艳歌行》云"咄来长歌续短歌"，然则歌声有长短，非言寿命也。唐李贺有《长歌续短歌》，盖出于此。①

《长歌行》曲名及古辞沈约《宋书·乐志》未载。由《乐府诗集》解题中引《乐府解题》"魏改奏文帝所赋曲'西山一何高'"之语可知，《长歌行》曲名当在汉世即已产生，古辞"青青园中葵"汉世已配入《长歌行》曲下。严羽《沧浪诗话·考证》云："《文选》长歌行，只

---

① 郭茂倩：《乐府诗集》第30卷，第442页。

有一首《青青园中葵》者。郭茂倩《乐府》有两篇,次一首乃《仙人骑白鹿》者。《仙人骑白鹿》之篇,予疑此词'岩岩山上亭'以下,其义不同,当又别是一首,郭茂倩不能辩也。"① 关于"岩岩山上亭"一篇,曹道衡《乐府诗二题》之一《试论〈长歌行〉古辞"仙人骑白鹿"的下半首和建安曹氏父子的〈诗经〉学说》有详细考证,最后做出推测:"因此'岩岩山上亭'以下十二句,似乎可以从《艺文类聚》,作为曹丕的作品来对待。"②

关于《长歌行》曲名的命意,《乐府诗集》先是引了崔豹《古今注》的说法:"长歌、短歌,言人寿命长短,各有定分,不可妄求。"然后引了古诗、魏文帝《燕歌行》、傅玄《艳歌行》中的诗句对之进行了驳斥,树立了新的观点,即:"歌声有长短,非言寿命也。"郑樵《通志·正声序论》亦云:"古有长歌行、短歌行者,谓其声歌之长短耳。崔豹、吴兢,大儒也,皆谓人寿命之短长,当其时已有此说,今之人何独不然?"③ 与郭茂倩的观点相同。

笔者也赞同郭茂倩与郑樵对《短歌行》曲名命意的解释,这里再作一点补充。逯钦立辑《先秦汉魏晋南北朝诗·汉诗卷十》之《前缓声歌》有"长笛续短笛",《古歌》亦有"长笛续短笛"之句,受之启发,笔者认为,长笛、短笛当为器乐范畴的名词,长歌、短歌当为声乐范畴的名词。大自然的天籁之外,人声为贵,不论怎样精致的器乐,说到底都是对自然界的音响与人声的模拟。长笛、短笛的分别大概也是受了长歌、短歌歌唱特点差别的影响,同时也为适应这种差别而产生。因此,和《艳歌行》一样,《长歌行》的命名是从音乐本位出发的,这是

---

① 郭绍虞:《〈沧浪诗话〉校释》,人民文学出版社,1983,第 194 页。
② 曹道衡:《乐府诗二题》,《齐鲁学刊》1995 年第 1 期。
③ 郑樵撰,王树民点校《通志》上册,第 887 页。

汉世乐府诗题命名较《诗经》时代的进步。不过,笔者以为,《长歌行》与《艳歌行》一样,是不宜作为曲名的。前面已经分析过,"艳歌"下有许多不同的曲、篇,说明不同的歌辞都可以"艳歌"这一独特的音乐形式来演唱,但不同的曲自身又是有自己的调、旋律与歌辞的,"艳歌"的表达方式只能说是以之演唱的曲在音乐形式上的部分类似,"艳歌"之下不同的曲的命名依然延续了《诗经》开创的篇首命题法。同样,"长歌"之下有不同的曲辞,因此,"长歌"与"艳歌"一样,只是音乐风格与形式结构有其自身的规定性,只宜作为乐府诗题大的音乐类属,而不宜作为标志某曲独特性的曲名。

5.《清调曲·董逃行》

《乐府诗集·清调曲·董逃行》解题云:

崔豹《古今注》曰:"《董逃歌》,后汉游童所作也。终有董卓作乱,卒以逃亡。后人习之为歌章,乐府奏之以为儆诫焉。"《后汉书·五行志》曰:"灵帝中平中,京都歌曰:'承乐世,董逃,游四郭,董逃。蒙天恩,董逃,带金紫,董逃。行谢恩,董逃,整车骑,董逃。垂欲发,董逃,与中辞,董逃。出西门,董逃,瞻宫殿,董逃。望京城,董逃,日夜绝,董逃,心摧伤,董逃。'"案"董"谓董卓也。言欲跋扈,纵有残暴,终归逃窜,至于灭族也。《风俗通》曰:"卓以《董逃》之歌,主为己发,太禁绝之。"杨阜《董卓传》曰:"卓改《董逃》为'董安'。"《乐府解题》曰:"古词云'吾欲上谒从高山,山头危险大难(言)。'言五岳之上,皆以黄金为宫阙,而多灵兽仙草,可以求长生不死之术,今天神拥护君上以寿考也。若陆机'和风习习薄林',谢灵运'春虹散彩银河',但言节物芳华,可及时行乐,无使徂龄坐徙而已。晋傅玄有《历九秋篇》十二章,具叙夫妇别离之思,亦题云《董逃行》未详。"[1]

关于该曲的曲名归类及所配古辞,《乐府诗集》与《宋书·乐志》一致。郭茂倩引《古今注》说《董逃歌》是后汉游童所作,继而引《后汉书》中的记载以及《风俗通》、杨阜《董卓传》中关于董卓对此歌的行为与反应以为佐证。关于《董逃行》曲名的来历,他并没有给出正面的判断与结论,只是引了上述关于《董逃歌》的一些史料。所引《乐府解题》则已开始涉及《董逃行》曲辞的内容、风格,借吴兢对傅玄《历九秋篇》十二章"亦题云《董逃行》未详"之语,同时表达了自己的疑惑。郭茂倩这里的态度是审慎的。

《董逃行》古辞纯是游仙的内容,而所传《董逃歌》则是缘于后汉董卓之事,曲名内涵与内容之间的分裂使得郭茂倩感到疑惑,于是在解题中没有贸然下断语。事实上,《董逃行》与《董逃歌》是不同的,《董逃行》另有来历。

清人吴景旭《历代诗话》录《董逃行》:"古辞言神仙事,傅休奕九弈篇十六章乃叙夫妇别离之思,非也。"接下来有吴景旭的议论:"乐府原题谓此辞作于汉武之时,盖武帝有求仙之兴。董逃者,古仙人也,后汉游童竞歌之,终有董卓作乱,卒以逃亡,此则谣谶之言,因其所尚之歌,故有是事实,非起于后汉也。余观别本逃一作桃,梁简文《行幸甘泉宫歌》云:'董桃律金紫,贤妻侍禁中。'似引董贤及子瑕残桃事,终云'不羡神仙侣,排烟逐驾鸿',皆所未详。诗话又引《汉武内传》王母饷帝,索桃七枚,以四啗帝,自食其三,因命董双成吹云和笙侑饷,作者取此。"[2] 闻一多《乐府诗笺》中也赞同吴景旭的说法:

---

[1] 郭茂倩:《乐府诗集》第 34 卷,第 504~505 页。
[2] 吴景旭:《历代诗话》第 24 卷,《文渊阁四库全书》第 1483 册,第 167~168 页。

"按吴说是也。《宋书·乐志》作《董桃行》，梁简文帝《行幸甘泉宫歌》亦有'董桃律金紫'之句，疑古辞本作桃，后人傅会东京童谣号曰'董逃歌'者，乃改桃为逃耳。实则《董逃行》为乐府古辞，《董逃歌》为后汉童谣（原辞载《后汉书·五行志》），截然二事，崔氏混而为一，最为纰缪。古辞虽不必作于武帝时，如乐府原题所说，其在后汉灵帝以前，则无可疑。"① 可见，《董逃行》来源于古仙人董桃，最初应作《董桃行》，由此，其曲辞的游仙内容也就是可以理解的了。只不过后汉有董卓之乱，又有游童所作《董逃歌》，后世遂将二者混淆，湮没了《董桃行》曲名的本事，而且曲名也误作了《董逃行》。另外，《乐府诗集》清调曲解题引荀《录》所载九曲，即有《董逃行》"上谒"篇，说明或者是西晋时将"上谒"篇配入《董逃行》曲下，或者是汉时已配入《董桃行》曲下，荀《录》所载不过是曲名发生了讹变而已。

《董逃行》曲名的本事乃由董桃仙人而来，现今流传下来的汉世古辞虽然没有出现董桃相关字眼，但亦是关于仙人、仙境等游仙内容，末了还有长寿的祈祷，所以这首古辞或系元辞，或系后来所配辞，但不管文辞属于哪种情况，曲名都是概括性的命名，而且"董桃"其实也已经成为游仙内容的标志性符号。若这首古辞是后来所配辞，说明在汉世人们为该曲选辞配乐时还是尊重了曲名背后的本事的，游仙的内容与董桃仙人的本事相契合。

关于"董逃"到底何解以及古辞的作者问题，曹道衡《关于乐府诗的几个问题》之（六）《关于〈董逃行〉及〈上留田〉》这样讲：

  《风俗通》和杨阜《董卓传》，均见刘昭《续汉书注》引。其

---

① 《闻一多全集》第 4 册，《乐府诗笺》，第 127～128 页。

中《风俗通》的话最可注意，因为应劭在灵帝时已任车骑将军何苗的掾属，中平二年就议论过讨伐羌族及边章韩遂之事，他以建安年间卒于邺城（据《后汉书》本传），对此曲流行的情况最为清楚。他说："卓以《董逃》之歌主为己发，大禁绝之，死者千数。"看来像董卓这样的军阀出于迷信心理，禁绝《董逃行》这歌曲是完全可能的。但从《续汉书·五行志》所载文字来看，与董卓并无任何关系。晋代陆机曾作过《董逃行》，本集作《董桃行》，可见"逃"字亦可作"桃"，本是声辞，并无实义。笔者设想这二字可能原为记录演唱时的伴奏乐器声。因为《相和歌》据《宋书·乐志》说："凡乐章古辞存者，并汉世街讴谣（笔者按：此处当为'街陌讴谣'）。"一般老百姓在歌唱时可能伴以某种简单的打击乐器，如李斯在《谏逐客书》中所谓"击瓮叩缶"之类，其声正如击鼓时发出的"鼕嗒"之声。有时人们手头并无乐器，就用口发出类似的声音，正如现在人唱京剧，手头无胡琴时，就以"朗格里朗"的声音代替一样。后来出现的《董逃行》，不论《乐府诗集》所载"古辞"或傅玄、陆机的拟作，均无"董逃"字样。该是乐官们明知是声辞，所以不记。在这个问题上，还有一点很可注意，即据《三国志·魏志·袁绍传》裴注引《英雄记》载，曹操曾作有《董卓歌辞》云："德行不亏缺，变故自难常，郑康成行酒，伏地气绝。郭景图命尽于园桑。"这段歌辞是否全文，已无可考。但所谓"董卓歌辞"，疑即《董逃行》，因为在当时已经把此歌与董卓联系了起来。再看傅玄、陆机拟作的《董逃行》，也都有感叹命运无常，欢乐难久的用意，与《续汉书》所载的歌辞及曹操的拟作均有近似的成分。只有《乐府诗集》中的"古辞"却只讲游仙，可能倒是乐官另行创作的。因为此首末段说："服尔神药,莫不欢喜,陛下长生老寿。四面肃肃,稽首天神,拥护左右。陛下长与天相保守",全像官员祝颂之词。所以《乐府解题》把此首与傅、陆之作加以比较,说"未详"。此曲到了唐代,人们似乎只着眼"董逃"二字,而对曹操、傅玄、陆机所作及所谓"古辞"不再注意。①

该文并未提及古仙人董桃之事,只是从陆机本集作《董桃行》推测"可见'逃'字亦可作'桃',本是声辞,并无实义",继而推测"这二字可能原为记录演唱时的伴奏乐器声",即"击鼓时发出的'鼕嗒'之声"。这里没有揭示《董桃行》曲名本事及其命名所由,但对"董桃"原为声辞的推测是很有意义的,可备一说。另外,该文也注意到从曹操《董卓歌辞》开始,《董桃行》已经变成了《董逃行》,与董卓联系在了一起,即曲名由于董卓之事而发生了讹变,且自《后汉书·五行志》开始,曹操、傅玄、陆机而下,《董逃行》曲辞都是"感叹命运无常,欢乐难久的用意"(笔者按:傅玄《历九秋篇》虽托为夫妇离别之思,但从"乐既极兮多怀,盛时忽逝若颓""明月不能常盈,谁能无根保荣,良时冉冉代征"等语句,亦可见"感叹命运无常,欢乐难久的用意"),与最古的《董桃行》游仙之辞已经分道扬镳、另辟蹊径了。而到了唐代,人们只着眼于"董逃"二字,敷衍董卓之事,表达历史兴亡、道德劝诫之意。

所以,按照曹文的理解,"董逃"亦可作"董桃",本为声辞,《后汉书·五行志》中所记载即是。由于军阀董卓的迷信心理,"董"与其姓同,桃、逃的谐音,逃字的消极意义,都使他认为这是不祥的谶语,

---

① 曹道衡:《关于乐府诗的几个问题》,《齐鲁学刊》1994年第3期。

遂对《董逃歌》禁绝，虽然其实它的内容与董卓并无任何关系。再后来，由于董卓的败落，更使得人们认为《董逃歌》与这个历史事件之间是有某种神秘联系的。于是，从曹操开始，古时的《董桃行》曲名开始发生讹变，成为《董逃行》，而且自曹操开始，之后傅玄、陆机等的拟辞都与《后汉书·五行志》中的歌辞内容一脉相承，"感叹命运无常，欢乐难久的用意"，这既可视为由董卓事件而生发的感慨，亦可视为纯粹的对历史、人生的感叹。

综上，《后汉书·五行志》中之"董逃"或系声辞。《董逃行》最初当作《董桃行》，由古仙人董桃而命名，即由本事而来，这样的曲名命名已经具备了对曲辞内容的概括性质。后来由于《董逃歌》的出现以及董卓暴兴暴亡的历史事件，曲名遂讹变成《董逃行》，这从曹操拟辞即已开始。关于《董逃行》曲辞的内容，从《乐府诗集》所收录历代曲辞，大致分为三种：第一，以古辞为代表的游仙内容。它或者是《董桃行》元辞，或者是在汉世配在《董桃行》曲下的同类性质的歌辞（笔者按：由于篇中的仙人没有明确写作董桃，所以无法判断它是否《董桃行》元辞）；第二，即以《后汉书·五行志》、曹操、傅玄、陆机等为代表的"感叹命运无常，欢乐难久的用意"的歌辞；第三，即以唐人为代表的纯粹敷衍董卓事件进而生发历史兴亡、道德劝诫之感的歌辞。

6.《瑟调曲·善哉行》

《乐府诗集·瑟调曲·善哉行》解题云：

《乐府解题》曰："古辞云：'来日大难，口燥唇干。'言人命不可保，当见亲友，且永长年术，与王乔八公游焉。又魏文帝辞云：'有美一人，婉如青扬。'言其妍丽，知音，识曲，善为乐方，令人忘忧。此篇诸集所出，不入乐志。"按魏明帝《步出夏门行》曰："善哉殊复善，弦歌乐我情。"然则"善哉"者，盖叹美之辞也。①

关于该曲的曲名归类及所载古辞，《乐府诗集》与《宋书·乐志》一致。《乐府诗集》收古辞"来日大难"、魏武帝辞两首、魏文帝辞三首，六首均为魏、晋乐所奏。后魏明帝辞两首亦为魏、晋乐所奏。以后有宋谢灵运辞、梁江淹辞、唐僧贯休辞、僧齐己辞；李白《来日大难》，曹植、元稹《当来日大难》。李白辞题取自古辞首句，内容与古辞极其相似。《通志·乐略第一》："善哉行，亦曰日苦短。"② 实是混淆了曲名与篇名。

汉世古辞在魏时尚且入乐，且"魏之三祖"曲辞亦收入此曲之下，则《善哉行》曲名系汉世产生无疑，且入乐之时，既仍以《善哉行》作为曲名，则入乐曲调或系汉世原貌。再据《乐府诗集·瑟调曲》解题引荀《录》，以"来日"配《善哉行》，则汉世此曲名与此辞均已产生，而且已经发生了这样的辞乐相配关系，荀《录》所记大概是延续汉世辞乐相配原貌。按照郭茂倩的推测，"'善哉'者，盖叹美之辞也"，而《乐府解题》概括古辞"来日大难"篇的内容为"言人命不可保，当见亲友，且永长年术，与王乔八公游焉"，与叹美之意并不吻合。而且古辞除一解中"今日相乐，皆当喜欢"、五解中"以何忘忧，弹筝酒歌"有魏明帝《步出夏门行》中的叹美之意以外，余者皆无。因此，像《善哉行》这样无确切本事可考、抒情性很强而且不过是对一种情绪泛泛概括的曲名，很可能仍是由篇首命题法所得，"善哉"可

---

① 郭茂倩：《乐府诗集》第 36 卷，第 535 页。
② 郑樵撰，王树民点校《通志》上册，第 898 页。

能是取自已佚元辞首句或者篇中，元辞内容大概不出祈福颂祷的范畴，因为"介尔景福，万寿无疆"之类的祝颂词在《诗经》中就已经不胜枚举，所以这类曲辞在汉世的出现也是很正常的。此外，既有魏明帝《步出夏门行》曰"善哉殊复善，弦歌乐我情"，则《善哉行》曲名很可能取自"善哉殊复善"这样的句子，这种祝颂语乐府中往往相承而用，既然魏明帝辞中就有，那么汉世产生这样的句子也有很大可能性。《善哉行》元辞大概仿佛《艳歌何尝行》曲下流衍出的江总的《今日乐相乐》中那样的祝颂辞，因为"今日乐相乐"就是取《艳歌何尝行》"飞来双白鹄"篇末"今日乐相乐，延年万岁期"的祝颂语，曲辞也纯是美酒歌舞氛围中的祝祷之词。《善哉行》曲名同样可能是取自这样的祝颂语，内容也是祈福颂祷的范畴。而现存的"来日大难"篇并非《善哉行》元辞，不过是汉世亦配入此曲之下的一篇曲辞而已。也许汉世还有多曲曾配入《善哉行》之下，但后来只保留下此曲。元辞湮没无闻大概是与此曲内容有关。"欢日尚少，戚日苦多。以何忘忧，弹筝酒歌"的歌辞，与曹操《短歌行》"对酒当歌，人生几何？譬如朝露，去日苦多。慨当以慷，忧思难忘，何以解忧，唯有杜康"何其相似！我们看三曹乐府诗中也有不少祝颂语的套话，但那不过是形式的需要，他们写的更多的是抒发人生感慨的内容。所以像《善哉行》元辞那样全篇纯粹表达祝颂内容的曲辞在汉魏之时被淘汰也并不奇怪。这篇古辞得以流传正是缘于它符合了汉魏之际人们的内心感受和审美需求，可以说是时代的选择。

综上，由于有《诗经》祝颂词大量存在的背景，笔者推测，《善哉行》元辞亦不出祝颂范畴，且曲名或系从元辞篇首或篇中而得，仍系篇首命题法。魏世入乐的《善哉行》曲辞均系新创，但既然曲名仍取汉世原貌，则在音乐特征方面当是延续了汉世。汉世《善哉行》曲下或有多篇曲辞,现存的"来日大难"古辞之所以得到保存,则与当时特殊的时代背景有关。

7.《瑟调曲·陇西行》

8.《瑟调曲·步出夏门行》

《乐府诗集·瑟调曲·陇西行》解题云:

> 一曰《步出夏门行》。《乐府解题》曰:"古辞云'天上何所有,历历种白榆'。始言妇有容色,能应门承宾。次言善于主馈,终言送迎有礼。此篇出诸集,不入《乐志》。若梁简文'陇西战地',但言辛苦征战,佳人怨思而已。"王僧虔《技录》云:"《陇西行》歌武帝'碣石'、文帝'夏门'二篇。"《通典》曰:"秦置陇西郡,以居陇坻之西为名。后魏兼置渭州。《禹贡》曰:'导渭自鸟鼠同穴',即其地也。"今首阳山亦在焉。[①]

据解题引《通典》"秦置陇西郡,以居陇坻之西为名",则陇西之名至少秦代即已存在。另《汉书·艺文志》载有陇西歌诗的名目,故《陇西行》曲名当在汉世即已产生。歌辞中用日常生活的场景片段描画出了一个健妇形象,展现了陇西民风,或即陇西歌诗。萧涤非《汉魏六朝乐府文学史》:"按《汉书·艺文志》有《燕代讴、雁门云中陇西歌诗》九篇之目,此篇题为《陇西行》,而其所表现之女性,亦复豪健有丈夫气,与其他诸篇,如《东门行》《艳歌行》《白头吟》等之为文弱者迥异,当即所采《陇西歌诗》也……所惜班氏于此种慷慨歌谣,皆未记录。今之所存,吾人亦难辨别。此篇虽可确认为出于陇西,然是否

---

① 郭茂倩:《乐府诗集》第37卷,第542页。

为西汉所采,在《艺文志》所列'《陇西歌诗》九篇'之内,吾人亦无法断言。向使班氏一载其词,则此歌时代,便成铁铸。"① 因此,由于文献失载,无法断言该篇的产生时代。关于《步出夏门行》,《后汉书·百官志》载洛阳城十二门,夏门乃其中之一,所以该曲名产自东汉可能性很大。

检今本《宋书·乐志》,未载《陇西行》曲名及古辞,只有《步出夏门行》曲名,且被归入了与平、清、瑟三调歌诗并列的大曲中,亦未收录古辞,而录魏武帝"碣石"、魏明帝"夏门"两篇。这两篇按照解题所引王僧虔《技录》云"《陇西行》歌武帝'碣石'、文帝'夏门'二篇",则《大明三年宴乐技录》是将此二篇配入《陇西行》之下歌唱的。沈约将二者归入大曲《步出夏门行》则反映出大明三年之后至《宋书》成书之前某个时期二篇的配乐情况。《乐府诗集》将此二篇归入《步出夏门行》曲下,且在此二篇之后云"右二曲,魏、晋乐所奏",可知魏晋时期此二篇即已配入《步出夏门行》演唱。荀《录》未载《陇西行》《步出夏门行》,但既然《步出夏门行》武帝、文帝辞在魏晋时入乐,则《步出夏门行》曲名可能在汉魏之际已经产生,因此,《陇西行》也不排除在荀《录》之前即已存在的可能性,二者未被荀《录》载录可能是荀《录》失载或者散佚的缘故。

这两个曲名明显并非由本事而得,本事也不可考,而且单从名字来看,"陇西"不过是一个地名,"步出夏门"不过是一个动宾词组,也不像是对全篇有概括性的曲名,由此,笔者以为,这两曲的命名或仍系取自篇首或篇中几字的篇首命题法所得。"邪径过空庐"一篇纯

---

① 萧涤非:《汉魏六朝乐府文学史》,第93页。

是游仙，与"步出夏门"这样一个现实中的行为以及由此可能引发的现实中的物、事毫不相关，因此肯定不是《步出夏门行》的元辞。《陇西行》写一健妇形象，或系陇西民风，但这个画面与《陇西行》曲名之间也并不存在直接关联的痕迹，比起这个画面要表达的，曲名有点过于笼统、庞大，因此它很可能也不是《陇西行》曲的元辞，很可能是后人由于它的内容与陇西民风相关将之配入《陇西行》曲下而已。

综上，荀《录》对这两个曲名均没有记载，可能是失载或者散佚的缘故。若没有《乐府诗集》入乐情况的记载，单从荀《录》来看，我们或许会将两个曲名的产生时间定得更晚，产生一个错误的时间判断。现在既然可以断定《步出夏门行》曲名汉魏之际即已产生，而陇西由于秦代即已存在，因此不排除《陇西行》曲名在荀《录》之前亦已存在的可能性。只是由于没有确切记载，我们无法判断《陇西行》曲名是在《步出夏门行》之前还是之后产生。另外，两首古辞何时出现以及何时被分别配入《陇西行》《步出夏门行》曲下歌唱，也已不可确考，不知郭茂倩辞乐相配之所据。

《陇西行》为何又"一曰"《步出夏门行》呢？下面试作分析。先来看《乐府诗集》所载两曲曲辞：

《陇西行》：
天上何所有，历历种白榆。桂树夹道生，青龙对道隅。凤凰鸣啾啾，一母将九雏。顾视世间人，为乐甚独殊。好妇出迎客，颜色正敷愉。伸腰再拜跪，问客平安不。请客北堂上，坐客毡氍毹。清白各异樽，酒上正华疏。酌酒持与客，客言主人持。却略再拜跪，然后持一杯。谈笑未及竟，左顾敕中厨。促令办粗饭，慎莫使稽留。废礼送客出,盈盈府中趋。送客亦不远,足不过门枢。取妇得如此,齐姜亦不如。健妇持门户,一胜一丈夫。①

《步出夏门行》:

邪径过空庐,好人常独居。卒得神仙道,上与天相扶。过谒王父母,乃在太山隅。离天四五里,道逢赤松俱。揽辔为我御,将吾上天游。天上何所有,历历种白榆。桂树夹道生,青龙对伏趺。②

《步出夏门行》描写的是游仙的情形,从"天上何所有"开始,描述与赤松一同上天游览之所见,文辞似乎并未结束,应该是一个残篇。《陇西行》开篇四句与《步出夏门行》最后四句除最后两个字以外,完全相同,下面逐渐转入生活场景的描写、健妇形象的刻画。《宋书·乐志》《乐府诗集》在《步出夏门行》入乐的魏武帝"碣石"、魏明帝"夏门"两篇都标示了何处为艳、何处为趋,只是两书的标注略有不同,故《陇西行》前半部分与后半部分在内容上的不连贯或系乐工选辞配乐时的拼凑、分割所致。由"邪径过空庐"篇更为全面而《陇西行》不过是借用了其中四句可以推测,"邪径过空庐"篇当产生的更早些,但为何配入《步出夏门行》曲下原因不明。而描写陇西健妇这样一种现实性、通俗性色彩更为浓厚的篇章产生之后,《陇西行》下所配这首古辞或许得到了更为广泛的传唱,于是比《步出夏门行》曲更多地被演奏,并日渐占据了主导地位,而把《步出夏门行》及其下所配的那首游仙内容的曲辞挤到了附属的、陪衬的位置。从郭茂倩把《步出夏门行》曲记在《陇西行》之后就可以看出他对二者衍生关系的判断,仿佛《陇西行》为根本,《步出夏门行》为枝叶。可是,从前面的

---

① 郭茂倩:《乐府诗集》第37卷,第542页。
② 郭茂倩:《乐府诗集》第37卷,第545页。

分析我们可以看出，二者之所以发生关联，之所以《陇西行》一曰《步出夏门行》，大概全是因了那重合的四句，而那四句最初是《陇西行》借用《步出夏门行》的！因此从曲辞内容来看二者之间的衍生关系时，倒是应该把《步出夏门行》放在前面。郭茂倩在收录曲名、曲辞时，一般是按照顺序的衍生关系来安排，而这个地方却一反常态，将《步出夏门行》曲放在《陇西行》曲后。从以上由文辞分析的衍生关系来看，郭茂倩如此安排是有些标示出处、追本溯源之意的。这从最后的《丹霞蔽日行》也可看出。表1-3为《陇西行》曲下《乐府诗集》的收录情况。

表1-3　《乐府诗集·陇西行》曲后各曲名及文辞作者

曲　名	作　者
陇西行	无名氏古辞；晋陆机；宋谢灵运、谢惠连；梁简文帝、庾肩吾；唐王维、耿㵸、长孙左辅
步出夏门行	无名氏古辞；魏武帝、明帝
丹霞蔽日行	魏文帝、曹植

《丹霞蔽日行》录魏文帝、曹植两篇曲辞，然而从前面所收曲子的曲名、曲辞内容来看，都找不到《丹霞蔽日行》所从化出之处。《陇西行》曲之后为《步出夏门行》，录魏武帝"碣石"、魏明帝"夏门"两篇歌辞，接下来就是文帝《丹霞蔽日行》，共十句，而这十句全部被明帝"夏门"篇借用："夏门"篇第二解借用文帝《丹霞蔽日行》辞前六句，"蹙迫"之下"趋"的部分又借用了文帝辞的后四句，有些句子全从文帝辞原样采录，只是变了个别的字而已。如将《丹霞蔽日行》中的"采虹垂天""谷水潺潺""木落翩翩""悲鸣云间""古来有之""嗟我何言"分别改为"彩虹带天""弱水潺潺""叶落翩翩""悲鸣其

间""古来之说""嗟哉一言"。《乐府诗集》明确标示魏明帝辞为魏、晋乐所奏，由此，我们又可以看到乐人对入乐歌辞的拼凑、分割，为了合乐的需要，将原属于文帝的作品借用来。因此，与前面将《步出夏门行》"邪径过空庐"篇放在《陇西行》"天上何所有"篇之后以暗示部分文辞的出处、追本溯源之意相同，这里将《丹霞蔽日行》"丹霞蔽日"篇放在《步出夏门行》"夏门"篇之后，也起到了标注文辞出处的作用。只是《丹霞蔽日行》曲名不知从何处化出，也许是魏文帝的新创。不过不管怎样，此曲名都与《陇西行》《步出夏门行》无关，并非自其流衍而出。而且《陇西行》与《步出夏门行》也是两个独立的曲名，不具备衍生关系，不像如前面《艳歌何尝行》之所以"一曰"《飞鹄行》是从《艳歌何尝行》"飞来双白鹄"所从化出，两个曲名之间还有比较紧密的关联，这里，"一曰"关系的发生大概只是因为那四句的重复出现而已。

9.《瑟调曲·折杨柳行》

《乐府诗集·瑟调曲·折杨柳行》解题云：

> 《古今乐录》曰："王僧虔《技录》云：《折杨柳行》歌，（笔者按：此处当不点断）文帝'西山'、古'默默'二篇，今不歌。"①

据解题引王僧虔《技录》所言，大明三年之时，文帝"西山"、古"默默"都配入瑟调《折杨柳行》曲下歌唱。《宋书·乐志》将《折杨柳行》"西山"归入大曲，当是反映了大明三年之后至《宋书》成书之前

---

① 郭茂倩：《乐府诗集》第 37 卷，第 547 页。

某一时期的配乐情况。郭茂倩这里延续了王僧虔《技录》，依据的仍是大明三年该曲辞的配乐情况。

《折杨柳行》曲名王《录》、《宋书》均有记载，但从《乐府诗集·瑟调曲》解题中可以看出，荀《录》未载此曲名，曲辞更不必说。不过从前面《步出夏门行》曲名产生时间的判定可以看出，由于荀《录》或许有失载或散佚，因此不能因为如今所见它里面没有记载就断言某曲名一定在西晋之前不存在。《折杨柳行》亦是如此。据王淑梅考证，《折杨柳行》至迟于汉魏时期即已产生，初期的内容多写离别情状。[①] 从折杨柳三字来看，它只是表示一个动作，因此从这个角度来说，曲名或者仍系篇首命题法所得。不过杨柳从《诗经》开始即成为离别之际表达挽留之意的常用物象，可以上升为标示别情的符号，从这个角度来讲，也可以说或许曲名与元辞虽然并非完全的概括与被概括的关系，但也是稍稍相关的。由于元辞不存，所以无法准确判断这个曲名到底为何如此命名。

"默默"一篇从历史典故中提炼哲理，根本没有什么离情别绪，当不是元辞。《乐府诗集》载"默默""西山"两曲为魏、晋乐所奏，则此首古辞或者汉代即已配入《折杨柳行》曲下，或者是魏晋时期才如此。

10.《瑟调曲·饮马长城窟行》

据《乐府诗集·瑟调曲》解题，此曲名荀《录》无载，遑论曲辞。王《录》有《饮马行》，但并未讲明所配曲辞。《宋书·乐志》曲名、曲辞均未著录。所以，郭茂倩将《饮马长城窟行》置于《瑟调曲》，当是根据王《录》，王《录》中的《饮马行》当是《饮马长城窟行》的

---

① 参见王淑梅《魏晋乐府诗研究》，首都师范大学博士学位论文，2007。

缩写（有下引解题为证）。至于古辞"青青河畔草"何时配入此曲名之下，已不可考，郭茂倩如此收录不知何据。《乐府诗集·瑟调曲·饮马长城窟行》解题云：

> 一曰《饮马行》。长城，秦所筑以备胡者。其下有泉窟，可以饮马。古辞云："青青河畔草，绵绵思远道。"言征戍之客，至于长城而饮其马，妇人思念其勤劳，故作是曲也。郦道元《水经注》曰："始皇二十四年，使太子扶苏与蒙恬筑长城，起自临洮，至于碣石。东暨辽海，西并阴山，凡万余里。民怨劳苦，故杨泉《物理论》曰：'秦筑长城，死者相属。'民歌曰：'生男慎勿举，生女哺用脯。不见长城下，尸骸相支拄。'其冤痛如此。今白道南谷口有长城，自城北出有高阪，傍有土穴出泉，挹之不穷。歌录云：'饮马长城窟'，信非虚言也。"《乐府解题》曰："古词，伤良人游荡不归，或云蔡邕之辞。若魏陈琳辞云：'饮马长城窟，水寒伤马骨。'则言秦人苦长城之役也。"《广题》曰："长城南有溪阪，上有土窟，窟中泉流。汉时将士征塞北，皆饮马此水也。按赵武灵王既袭胡服，自代并阴山下至高阙为塞，山下有长城，武灵王之所筑也。其山中断，望之若双阙，所谓高阙者焉。"《古今乐录》曰："王僧虔《技录》云'《饮马行》，今不歌。'"[①]

筑长城以备胡，是秦汉时重大社会事件，该曲极有可能产生于汉代。《饮马长城窟行》曲辞内容大致分为三类：第一，偏重在秦筑长城，百姓苦其役，如陈琳辞；第二，与征战相关，饮马、长城窟都是描写征战

---

① 郭茂倩：《乐府诗集》第38卷，第555~556页。

的关键意象;第三,妇女思念征人,如古辞"青青河畔草"。这三类内容之间是有渐进性的,最早的曲辞应该是对秦代长城之役的铺写,重在"长城"二字,后来由于"汉时将士征塞北,皆饮马此水",于是内容转向了征战,饮马、长城窟的字眼也联系起来,既有征战,便有征夫思妇之思,于是又派生出第三种情况的内容。如此丰富而多样的曲辞内涵,不是"饮马长城窟"五个字就可以概括的,所以笔者以为,此曲名或系篇首命题法所得,但曲名所从出的元辞已经很难说清到底是怎样的面貌了。今传陈琳之作古朴稚拙,颇有汉乐府之风,反倒是古辞"青青河畔草"则是介于民歌与文人作品之间的规整的五言诗。因此,不管从内容还是形式上来看,这篇古辞都不能说是《饮马长城窟行》的元辞。至于它何时配入此曲之下歌唱、此曲名的确切产生时代以及元辞的面貌,都已不可确考,只能说此曲名可能是依然延续了《诗经》开创的篇首命题法而得。

11.《瑟调曲·上留田行》

此曲荀《录》、《宋书·乐志》无载,据《乐府诗集·瑟调曲》解题引王《录》所存瑟调曲有此曲。所以郭茂倩此处的记载因循了王《录》。《乐府诗集·瑟调曲·上留田行》解题云:

《古今乐录》曰:"王僧虔《技录》有《上留田行》,今不歌。"崔豹《古今注》曰:"上留田,地名也。人有父母死不字其孤弟者,邻人为其弟作悲歌以风其兄,故曰《上留田》。"《乐府广题》曰:"盖汉世人也。云'里中有啼儿,似类亲父子。回车问啼儿,慷慨不可止。'"[①]

[①] 郭茂倩:《乐府诗集》第38卷,第563页。

据解题，则《上留田行》曲名汉代已产生，而且《乐府广题》还保留了四句古辞。"上留田"何解呢？据解题，它是地名，辞作内容为"人有父母死不字其孤弟者，邻人为其弟作悲歌以风其兄"。但除了更晚的李白和僧贯休的拟作以外，较早的拟作如魏文帝、陆机、谢灵运、梁简文帝所作文辞都与此毫无关系。魏文帝和谢灵运之作每句句末都有"上留田"三字，王运熙《乐府诗述论》中将其视为送和声。曹道衡《关于乐府诗的几个问题》之（六）《关于〈董逃行〉及〈上留田〉》据诗作中重复状况而考证出："曹、陆二诗当是本辞，而谢诗则为入乐的歌辞，可能前二者演唱时也要像谢诗那样作一些重复……据《南齐书·王僧虔传》载，王僧虔在刘宋末年已讲到这些汉魏以来旧曲'而情变听移，稍变销落，十数年间，亡者将半'。王僧虔说这话时，上距谢灵运的卒年（433）有40多年，可见谢灵运当时是曾亲闻此曲的演唱的。至于此曲的停止演唱，当在齐梁时代。从《乐府诗集》所载梁简文帝萧纲所作的《上留田行》看来，不但形式上是七言，而内容则偏于欢乐，与曹、陆、谢三诗之情调忧伤大异其趣，可能他那时已不复演奏此曲。"[①] 但不管将它视为地名还是表演时的送和声，它都不可能具备与元辞之间的概括与被概括关系，很可能还是篇首命题法所得。至于《乐府广题》中保留的四句古辞是否系元辞的一部分、何时产生以及何时配入《上留田行》曲下，无可确考。

12.《瑟调曲·雁门太守行》

据《乐府诗集·瑟调曲》解题，此曲最早见于王《录》。《宋书·乐志》将之归入大曲，记作"洛阳行·雁门太守行·古词八解"。[②] 篇

[①] 曹道衡：《关于乐府诗的几个问题》，《齐鲁学刊》1994年第3期。
[②] 沈约：《宋书》第21卷，第622页。

名作"洛阳行",其实不确,因为"行"是曲名在形式上的主要标志之一,是一个反映音乐属性与特征的字眼,记作"洛阳令"倒还合适,这样的话既符合《宋书·乐志》记录乐府诗题的标准,又遵循了篇首命题法的原则,因为这首辞首二句为"孝和帝在时,洛阳令王君",而且《乐府诗集》解题引王《录》也说"歌古洛阳令一篇",所以篇题作《洛阳令》更合适。郭茂倩的记载延续了此曲在大明三年的配乐情况,而沈约的记载则反映了此曲大明三年之后至梁代《宋书》成书之前某一时期的配乐情况。《乐府诗集·瑟调曲·雁门太守行》解题云:

《古今乐录》曰:"王僧虔《技录》云:'《雁门太守行》歌古洛阳令一篇。'"《后汉书》曰:"王涣,字稚子,广汉郪人也。父顺,安定太守。涣少好侠,尚气力,晚改节敦儒学,习书读律,略通大义。后举茂才,除温令。讨击奸猾,境内清夷,商人露宿于道。其有放牛者,辄云,以属稚子,终无侵犯。在温三年,迁兖州刺史。绳正部郡,威风大行。后坐考妖言不实论,岁余征拜侍御史。永元十五年,还为洛阳令。政平讼理,发摘奸伏,京师称叹,以为有神算。元兴元年病卒。百姓咨嗟,男女老壮相与致奠醊,以千数。及丧西归,经弘农,民庶皆设槃案于路,吏问其故,咸言平常持米到洛,为卒司所抄,恒亡其半。自王君在事,不见侵枉,故来报恩。其政化怀物如此。民思其德,为立祠安阳亭西。每食辄弦歌而荐之。永嘉二年,邓太后诏嘉其节义,而以子石为郎中。延熹中,桓帝事黄老道,悉毁诸旁祀,唯存卓茂与涣祠焉。"《乐府解题》曰:"按古歌词,历述涣本末,与传合。而曰《雁门太守行》,所未详。若梁简文帝'轻霜中夜下',备言边城征战之思,皇甫规雁门之问，盖据题为之也。"①

雁门，古地名，《史记·秦本纪》有秦孝公二十四年与晋战雁门的记载。《汉书·地理志》言秦置雁门郡，此曲很可能产生于汉代。《雁门太守行》元辞应该是铺陈雁门之地某位贤能爱民太守事迹的作品，曲名是总括曲辞内容而得。而现存曲辞都是歌颂洛阳令王涣的辞作，这是为何呢？王运熙《略谈乐府诗的曲名本事与思想内容的关系》认为《雁门太守行》的原辞当为歌颂雁门太守某某的诗，早已不传，后人写作洛阳令一篇歌颂地方长官，因主题类似，故即借用《雁门太守行》曲调。② 笔者基本赞同，以下作更详细的阐释。

　　王涣得到了朝廷的褒奖，其子也由此得官，而且桓帝"悉毁诸旁祀"之时，却唯独把卓茂与王涣的祠留下了，可见汉代朝廷以循吏教化官员的用意。洛阳在东汉乃首善之区，而雁门自古就地处偏远，所以元辞中的雁门太守没有得到像洛阳令王涣那样高的待遇，可能只是为雁门一带百姓所传唱。可这只曲子为什么又得以流传下来呢？洛阳令王涣及丧西归经弘农时，得到了弘农百姓的隆重纪念，原因是这些弘农人曾到洛阳行商却为贪婪的卒司所侵，自王涣为洛阳令，再也没有这种事情发生。王涣卒后，这些人再去洛阳的话，或许会听到洛阳以及附近的人民为纪念王涣传唱的歌辞，待他们归乡或者再去往别的地方，或许就会把这歌辞一起再传到所到之地。同样道理，《雁门太守行》起初可能只限于雁门及其附近的居民传唱，但由于本地以及外地居民往来于雁门和其他地方，或许就会在这个过程中把《雁门太守行》的曲调和歌辞一起传播出去。当人们在歌颂洛阳令时，便借用了

---

① 郭茂倩：《乐府诗集》第39卷，第573~574页。
② 详参王运熙《乐府诗述论》。

这首歌颂循吏的歌曲，久而久之，该曲名也就变成了歌颂良吏的符号。《通志·乐略第一》："按古辞是后汉孝和时洛阳令王涣也。涣尝为安定太守，有安边恤民之功，百姓歌之。然此则雁门太守，若非其事偶相合，则是作诗者误以安定为雁门。"① 郑樵的说法和上引《乐府解题》同样是拘泥于曲辞为歌颂洛阳令王涣而标题却是《雁门太守行》这个无法解决的矛盾。其间的道理正如《乐府诗集》卷八十七《杂歌谣辞五·黄昙子歌》解题所言："凡歌辞考之与事不合者，但因其声而作歌尔。"②

13.《瑟调曲·艳歌何尝行》

14.《瑟调曲·艳歌行》

《宋书·乐志》大曲类"艳歌何尝一曰飞鹄行"收"飞来双白鹄"古辞，《乐府诗集》配辞与之同；《艳歌何尝行》收古辞"何尝快独无忧"，但《乐府诗集》此曲下作者作"魏文帝"。《艳歌行》下《乐府诗集》收"翩翩堂前燕""南山石嵬嵬"两首古辞，《宋书·乐志》无《艳歌行》，亦无此二首辞。据《乐府诗集·瑟调曲》解题引荀《录》，有《艳歌行》"双鸿""福钟"，王《录》有《艳歌双鸿行》《艳歌福钟行》《艳歌何尝行》，则此处郭茂倩关于《艳歌行》瑟调的归属、其下所曾配文辞的篇题实与荀《录》、王《录》一脉相承，将两者的作法合二为一，但其所收"翩翩堂前燕""南山石嵬嵬"两首古辞不知何时产生，亦不知何时配入《艳歌行》下。关于《艳歌何尝行》，沈约将之归入大曲，郭茂倩仍将之归入瑟调，所配曲辞二者并无分别。郭茂倩将《艳歌行》《艳歌何尝行》同归入瑟调，显示出他对"艳歌"的独特性以及"艳歌"内部曲名记载的混乱有较为清醒的认识，但囿于前人的

---

① 郑樵撰，王树民点校《通志》上册，第898页。
② 郭茂倩：《乐府诗集》第87卷，第1219页。

记载，所以未作更改。如《艳歌行》解题下说"艳歌"非一，就避免了王《录》中《艳歌双鸿行》《艳歌福钟行》《艳歌何尝行》这样曲调与篇题混淆的记载。但沈约未记载《艳歌行》，只有《艳歌何尝行》"飞来双白鹄"篇，所以曲名方面他只记下了《艳歌何尝行》。关于此二曲的其他相关分析见上《相和曲·陌上桑》部分。

15.《瑟调曲·日重光行》

《乐府诗集·瑟调曲·日重光行》解题云：

> 《古今乐录》曰："王僧虔《技录》有《日重光行》，今不传。"崔豹《古今注》曰："《日重光》《月重轮》，群臣为汉明帝作也。明帝为太子，乐人作歌诗四章，以赞太子之德。一曰《日重光》，二曰《月重轮》，三曰《星重辉》，四曰《海重润》。汉末丧乱，后二章亡。旧说云，天子之德，光明如日，规轮如月，众辉如星，沾润如海。太子比德，故云重也。"[1]

据《乐府诗集·瑟调曲》解题引荀《录》，无载此曲，王《录》则有。所以此处郭茂倩的记载遵从了王《录》。这四章辞已无存，但从"明帝为太子，乐人作歌诗四章，以赞太子之德"可以推知，这四曲的曲名应该是取篇首或者篇中几字而得。《诗经》305篇每篇都有分章，最少者如颂，只有一章，多者如大雅里面个别篇章甚至有十几章之多，但曲名绝大多数都是篇首命题法所得。这里，乐人既然"作歌诗四章"，根据"歌诗""章"这些字眼，笔者以为，这四曲很有可能仍是延续了《诗经》开创的曲名篇首命题法。

---

[1] 郭茂倩：《乐府诗集》第40卷，第589页。

16.《楚调曲·怨诗行》

据《乐府诗集·楚调曲》解题，王《录》有《怨诗行》。今本《宋书·乐志》作：

楚调怨诗
明月　东阿王词七解①

丘琼荪《汉大曲管窥》对此做了更正：

《怨诗行》为楚调曲中一曲名，末有一"行"字……这"楚调"二字也应独立一行，其下一行应为"明月"二字，这是歌名，歌名下应为曲名《怨诗行》三字，再下为"东阿王词七解"六字，例如：

楚调
明月　怨诗行　东阿王词七解

这样才合成例。今本《宋志》以"楚调怨诗"四字独占一行，下一行"明月"二字下脱曲名《怨诗行》三字，这显然是今本《宋书》的误刻。②

所以，今本《宋书·乐志》仍是将《怨诗行》曲名归入楚调曲之内的。郭茂倩对《怨诗行》曲的归类延续了王《录》与《宋志》。《宋志》收曹植"明月照高楼"，《乐府诗集》不仅有此篇，亦收有古辞"天德悠且长"，曹植那篇则明确标出为晋乐所奏。

---

① 沈约：《宋书》第21卷，第622页。
② 丘琼荪：《汉大曲管窥》，《中华文史论丛》1962年第1辑，第191页。

第一章　汉乐府题名研究

《乐府诗集·楚调曲·怨诗行》解题云：

> 《古今乐录》曰："《怨诗行》歌东阿王'明月照高楼'一篇。"王僧虔《技录》曰："荀录所载'古为君'一篇，今不传。"《琴操》曰："卞和得玉璞以献楚怀王，王使乐正子治之，曰：'非玉。'刖其右足。平王立，复献之，又以为欺，刖其左足。平王死，子立，复献之，乃抱玉而哭，继之以血，荆山为之崩。王使剖之，果有宝。乃封和为陵阳侯。辞不受而作怨歌焉。"班婕妤《怨诗行》序曰："汉成帝班婕妤失宠，求供养太后于长信宫，乃作怨诗以自伤。托辞于纨扇云。"《乐府解题》曰："古词云：'为君既不易，为臣良独难。'言周公推心辅政，二叔流言，致有雷雨拔木之变。梁简文'十五颇有余'，自言姝艳，以谗见毁。又曰'持此倾城貌，翻为不肖躯'。与古文意同而体异。若傅休弈《怨歌行》云：'昭昭朝时日，皎皎最明月。'盖伤十五入君门，一别终华发，不及偕老，犹望死而同穴也。"①

据曹植辞为晋乐所奏，则在晋时曹植"明月照高楼"已配入《怨诗行》曲下演唱，《宋志》《古今乐录》亦是记载《怨诗行》配"明月照高楼"，可见曹植此篇明确的入乐情况是：自晋一直到梁陈，都曾配入《怨诗行》下演唱。又据王僧虔《技录》之言，则荀《录》尚载有"古为君"一篇，到大明三年已经没有流传了。由此，荀《录》所载"古为君"篇，或者是汉世即已配入《怨诗行》曲下，荀勖照录而已，或者是西晋时取"古为君"篇配入《怨诗行》曲下，"古为君"篇在汉世

---

① 郭茂倩：《乐府诗集》第41卷，第610页。

另有所配曲。

关于此曲的本事，据《乐府诗集》解题，有两说：卞和献玉璞而刖足事，班倢伃失宠托辞于纨扇作诗以自伤。然而，此二说俱与解题中所引古辞不符。王僧虔《技录》说荀《录》所载"古为君"一篇不传。然而郭茂倩引《乐府解题》中却有"古词云：'为君既不易，为臣良独难。'言周公推心辅政，二叔流言，致有雷雨拔木之变"的记载。《乐府解题》后出，此篇王《录》的时代即已不传，而《乐府解题》却引了残篇，当另有所本。据此，则本事似乎又上推到了周公、二叔故事。曲调名为《怨诗行》，抒情性太强，提供不了可以据以考证本事等的线索，只要能与"怨"扯上关系，似乎都能成立，所以后世异说纷出。周公、二叔故事也好，卞和献玉璞而刖足故事也好，班倢伃失宠托辞于纨扇作诗以自伤也好，都是与"怨"情有关。三事俱在汉以前（包括汉），说明该曲名产生于汉世是完全可能的。《乐府诗集》收录古辞"天德悠且长"，对人生苦短感慨之后转入了及时享乐的价值取向，与《古诗十九首》的部分篇章所表达的情绪非常接近，与"古为君"古辞所要表达的君臣相处之道不同，然而也配入《怨诗行》曲下演唱，应该是契合了"怨"字的缘故，怨人生之短暂、美好时光不能久长，怨"嘉宾难再遇，人命不可续"。因此，《怨诗行》曲名可能在汉代即已产生，但元辞为何已不可考，一来其本事纷出，二来曲名表达的不过是哀怨情绪，所以很难确定元辞面貌到底为何，只能说也应该是一种"怨"情的抒发而已。《怨诗行》曲名之得应当是对曲辞表达情绪的一种概括，《乐府诗集》所录古辞的产生年代无可确考，而且它何时配入《怨歌行》下演唱也无从考证。

17.《大曲·满歌行》

此曲郭茂倩记载延续了《宋志》的作法，两书都将《满歌行》

曲名归入大曲之下，都配入古辞"为乐"篇。"大曲"有它独特的表演程式与规范，是音乐内在的、本体性的表征，但关于大曲的出现时间，各家仍存争议，所以不好判断它是否一定在汉世即已出现。观"为乐"篇，通篇充斥着远离世间的旋涡纷争、乐天保命的情绪，主张知足常乐、涵养德性而全真养生。由此，则《满歌行》曲名的所得大概是对知足、满足情绪的概括，仿佛《怨诗行》重在"怨"，此处《满歌行》重在"满"。由于是一种泛泛的情绪概括，《满歌行》曲名的产生时代以及元辞的面貌都很难确考。《宋志》与《乐府诗集》所收"为乐"篇不知是否为元辞，即使不是，它配入《满歌行》曲下也还是相宜的，因为尊重了曲名所概括、所集中表达的情绪。"为乐"篇所表达的情绪与感情虽然与《古诗十九首》部分篇章相类，但很难由此断言它的确切产生时代。它何时配入《满歌行》曲下也很难确考，只能从"晋乐所奏"中确知它在晋代已经被谱入《满歌行》曲下演唱。由于"为乐"篇为古辞，而《乐府诗集》收录的"古辞"绝大多数是汉乐府，因此，《满歌行》曲名之产生于汉世以及"为乐"篇在汉世被谱入《满歌行》曲下演唱存在一定可能性。

18.《后汉武德舞歌诗》

由《汉书·礼乐志》及《乐府诗集》解题可知，汉高祖四年造《武德舞》，"象天下乐已行武以除乱也"[①]。辞系东平王刘苍所作，则在东汉之世或者即有《武德舞歌诗》之名，只是后人在记载时又加上"后汉"二字，以示区别，因为《武德舞》之名可能延续整个汉世，而歌辞却在不同时期或有差别。因此，《武德舞歌诗》这一题名其实是不

---

① 郭茂倩：《乐府诗集》第 52 卷，第 754 页。

完整的，它仅仅是标示了舞乐的性质，这依然是音乐的外在属性，而并非其音乐本体特征的表征，而且题名也并未体现刘苍所作文辞的任何信息。

19.《鞞舞歌五篇》：《关东有贤女》《章和二年中》《乐久长》《四方皇》《殿前生桂树》

《乐府诗集》解题引《古今乐录》云：

> 汉曲五篇：一曰《关东有贤女》，二曰《章和二年中》，三曰《乐久长》，四曰《四方皇》，五曰《殿前生桂树》，并章帝造……陈思王又有五篇：一《圣皇篇》，以当《章和二年中》；二《灵芝篇》，以当《殿前生桂树》；三《大魏篇》，以当汉吉昌；四《精微篇》，以当《关中有贤女》；五《孟冬篇》，以当狡兔。按汉曲无汉吉昌、狡兔二篇，疑《乐久长》《四方皇》是也。①

《鞞舞歌》标示了以所持舞具区别的乐舞类型。汉曲五篇之辞早已亡佚，无从对证五篇题名之由来。但仅从形式来看，似乎不具备对内容总括性的意味。另外，从曹植拟篇来看，皆是取首句首二字命篇，也许曹植这一作法是延续了汉曲写作的体例。因此，汉曲《鞞舞歌五篇》之曲名很有可能是由篇首命题法所得，既是曲名，内蕴了音乐性的特征，又是篇名，体现了文学性的信息。

此外，据《乐府诗集》卷五四《齐鞞舞曲·明君辞》与《梁鞞舞歌》解题可知，《明君》本汉世《鞞舞曲》，辞为汉章帝造。《明君》到底是上述五曲其中某曲的别名抑或是有别于上述五曲的其他曲目，

---

① 郭茂倩：《乐府诗集》第 53 卷，第 772 页。

由于本辞不存，又无文献旁证，不可得而知。同时，本辞不存也使我们无法确知这一曲名得名的由来，因此，《明君》附带提及于此，不在表格中标示，也不单独再做推测与讨论。

20.《铎舞歌诗·圣人制礼乐篇》

《铎舞歌诗》标示了以所持舞具区别的乐舞类型。《圣人制礼乐》的文辞至今已很难完全破译，不过从其中的部分文辞来看，《圣人制礼乐》之名应该是对整篇文辞的概括性名目，而其自身又是如上述《鼙舞歌》五曲一样，是曲名与篇名、音乐性与文学性的合一。

21.《巾舞歌诗》

《巾舞歌诗》，以舞具入题，曲名中包含了舞蹈某一方面的信息。由此可知，所录古辞是表演巾舞之时所唱。然而这样的题名是不完整的。沈约录辞之后题"右《公莫巾舞歌行》"。由《汉书》中对《安世房中歌》题名的记载可知，"安世"对文辞进行了部分概括，标示的是《安世歌》组曲独特的旋律与文辞，"房中歌"则表明此组曲大的艺术类属、音乐性质等。由这一汉代乐府诗题记载的范例推测，则汉世此曲题名或系《公莫巾舞歌行》。这一题名中"巾舞歌行"表示的是此曲大的艺术类属，而"公莫"则是由篇首命题法从文辞中所得，它既代表了此曲有独特的旋律，又部分地表现了此曲的文学信息。如果按照沈约一贯的乐府诗题名记载体例并参照上面几首舞曲歌辞的记载，则此处应记作《巾舞歌行·公莫篇》，而事实上沈约却记作了《公莫巾舞歌行》，因此沈约可能是照录汉世原貌。

22.《散乐·俳歌辞》

此题名中"散乐"如同百戏一样，只是标示这类歌辞大的艺术类属，俳歌只是表明这类歌辞的歌唱主体，这样的题名在音乐性方面有些缺失，在文学性的表征方面根本就是空白。

23. 《琴曲歌辞·采芝操》

从文辞的内容来看，是描写四皓避世隐遁于长林丰草之志的，因此，"采芝"二字既总括文辞内容，又有些隐喻的意味。不过据《乐府诗集》解题引崔鸿语，此篇又名《四皓歌》。郭茂倩此处也未遽下判断，只是说"二说不同，未知孰是"[①]。若确有此名，则是以创作主体命篇。由于文献缺失，不知汉世此曲究竟题名为何，存疑。

24. 《琴曲歌辞·八公操》

由《乐府诗集》解题及文辞内容可知，以"八公"命篇因表现对象而来，曲名对文辞具有概括意味。

25. 《琴曲歌辞·昭君怨》

由《乐府诗集》解题及文辞内容可知，篇名因描写对象及表达情愫而得，此曲名对文辞具有概括意味。

26. 《琴曲歌辞·胡笳十八拍》

此题名只是表明了文辞所由演绎的乐器及其部分音乐特征，至于蔡琰诗作的文辞内容以及所要表达的情愫则没有任何体现，题名的文学性表征缺失，因此它并不是一个完整意义上的乐府诗题名。

27. 《琴曲歌辞·琴歌》（司马相如二首，霍去病一首）

此题名以乐器而得，所标示的音乐性过于空泛，至于司马相如、霍去病诗作的文辞内容以及所要表达的情愫也没有任何体现，文学性也已经缺失，因此它并不是一个完整意义上的乐府诗题名。

28. 《杂曲歌辞·伤歌行》

《乐府诗集》解题云：

---

① 郭茂倩：《乐府诗集》第58卷，第851页。

《伤歌行》，侧调曲也。古辞伤日月代谢，年命道尽，绝离知友，伤而作歌也。①

据向回研究："汉代的相和调中包括了相和三调与楚调及侧调等，这就表明'相和曲辞'中本是有'侧调曲'一类的。但在《乐府诗集·相和歌辞》中，却没有收录侧调曲的歌辞，而本为侧调曲的《伤歌行》，又被郭茂倩置入了杂曲歌辞内，其实它是可以归入相和歌辞中的。"②《乐府诗集》解题说《伤歌行》是侧调曲，所以将它归入相和歌辞是合理的，它在汉世完整的题名记载应为《侧调曲·伤歌行》。

《伤歌行》与上面《怨诗行》《满歌行》一样，都没有确切的本事可考，曲名都是来自一种情绪的集中概括，《伤歌行》重在"伤"。汉世有平、清、瑟、楚、侧五调，则属于侧调曲的《伤歌行》曲名当产生于汉代。据解题对古辞含义的概括，都是围绕"伤"而展开，符合《伤歌行》曲名的内涵，但古辞的确切产生时间、古辞是否为《伤歌行》曲元辞以及古辞何时配入《伤歌行》下演唱，则无可确考。

29.《杂曲歌辞·羽林郎》

关于此诗，《乐府正义》疑为窦景而作，是托往事以讽今，萧涤非《汉魏六朝乐府文学史》亦同意其看法，云："武帝增置期门羽林，以属南军。增置八校以属北军，更名中尉为执金吾……题曰《羽林郎》，本属南军，而诗云'金吾子'，则知当时南、北军制败坏，而北军之害为尤甚也。"③可见题为《羽林郎》，却是写金吾子之事。不过不管是羽

---

① 郭茂倩：《乐府诗集》第62卷，第897页。
② 参见向回《杂曲歌辞与杂歌谣辞研究》，北京大学出版社，2009，第51页。
③ 《乐府正义》语，转引自萧涤非《汉魏六朝乐府文学史》，第108页。

林郎还是金吾子，正如《乐府正义》所云，都是托古讽今。"羽林郎"不过是篇中所写行为轻薄浮浪的权势之家男子的符号。《乐府诗集》题《羽林郎》作者为后汉辛延年，则《羽林郎》曲名之产生于汉世毋庸置疑，只是它在汉世大的艺术类属无从得知。

30.《杂曲歌辞·前缓声歌》

《乐府诗集》解题云：

> 晋陆机《前缓声歌》曰："游仙聚灵族，高会曾城阿。"言将前慕仙游，冀命长缓，故流声于歌曲也。宋谢惠连又有《后缓声歌》，大略戒居高位而为谗诟所蔽，与前歌之意异矣。按缓声本谓歌声之缓，非言命也。又有《缓歌行》，亦出于此。①

解题中"言将前慕仙游，冀命长缓，故流声于歌曲也"纯是把《前缓声歌》曲名的四个字全部附会进去，不一定恰切。此后，谢灵运有《缓歌行》，亦出于此。谢惠连《后缓声歌》曲意与前歌之意不同。郭茂倩在按语中判断，缓声乃是歌声之缓，非言命也。这与《长歌行》解题中类似。由此，将《前缓声歌》作为曲名是不合适的，"缓声歌"和"长歌"一样，都是一种独特的声乐表演形式，前缓声歌与后缓声歌相对，长歌与短歌相对。具有独特旋律的不同的曲或许都能以这种形式来演唱，因此曲名当另取以示区别。

31.《杂曲歌辞·董娇饶》

此曲《乐府诗集》无解题，篇中也并未发现任何可以推测曲名由来的线索，所以此曲曲名之由来暂且存疑。

---

① 郭茂倩：《乐府诗集》第65卷，第944~945页。

32.《杂曲歌辞·焦仲卿妻》

此篇亦载入《玉台新咏》,题为《古诗为焦仲卿妻作》,题目具有很强的浓缩概括之意,全篇写刘、焦悲壮惨烈的爱情抗争,以对刘兰芝的刻画为主,一定程度上可以说是焦仲卿妻的小传,篇名的文学概括性很强。

33.《杂曲歌辞·同声歌》

《乐府诗集》解题云:

《乐府解题》曰:"《同声歌》,汉张衡所作也。言妇人自谓幸得充闺房,愿勉供妇职,不离君子。思为莞簟,在下以蔽匡床;愿为衾裯,在上以护霜露。缱绻枕席,没齿不忘焉。以喻臣子之事君也。"晋傅玄《何当行》曰:"同声自相应,同心自相知。"言结交相合,其义亦同也。①

张衡《同声歌》写夫妇之情,《乐府解题》的概括很恰当,但是最后又附会到君臣之事则略显牵强。《周易·乾·文言》云:"子曰:'同声相应,同气相求。'"孔颖达《正义》曰:"'同声相应'者,若弹宫而宫应,弹角而角动是也。"②张衡辞作通篇以赋法铺陈女子尽心竭力以事君子的情形,《同声歌》曲名取夫妇同心之意,与辞作内容之间具有概括关系。

34.《杂曲歌辞·定情诗》

《乐府诗集》解题云:

---

① 郭茂倩:《乐府诗集》第76卷,第1075页。
② 《周易正义》第1卷,阮元校刻《十三经注疏》,第16页。

《乐府解题》曰："《定情诗》，汉繁钦所作也。言妇人不能以礼从人，而自相悦媚。乃解衣服玩好致之，以结绸缪之志，若臂环致拳拳，指环致殷勤，耳珠致区区，香囊致扣扣，跳脱致契阔，佩玉结恩情，自以为志而期于山隅、山阳、山西、山北。终而不答，乃自伤悔焉。"①

《乐府解题》所概括的繁钦《定情诗》内容为妇人自媚于人，最终没有得到回应，因而自伤，由放情而止情。《尔雅·释诂下》："讫、徽、妥、怀、安、按、替、戾、底、废、尼、定、曷、遏，止也。"② 定情即止情，题目是对内容的概括。

35.《杂曲歌辞·乐府》

辞载《乐府诗集》卷七七，即"行胡从何方"古辞一首。黄节《汉魏乐府风笺》在"乐府"下有双行小字注："郭茂倩《乐府诗集》古辞。左克明《古乐府》同载。"③ 又引朱柦堂曰："以失题无所附丽，故郭氏统曰乐府而编诸杂曲。"④ 因此，此处的《乐府》并不具备曲名或者篇题的性质。

以上对表1-1"其他"一列中的39个难以直接看出题目与曲辞相关性的汉乐府特殊题名逐一作了考察。其中只有《安世房中歌》由于在《汉书》中有记载，才得以窥见它在汉代确切的题名记载形态。后世完整的乐府诗题形态为调名、曲名、篇名的合一，如《宋书·乐志》载《相和·江南·江南可采莲》《平调·短歌行·周西》等，这既标示出大的音乐类属，又标明了具体的曲名，不同的篇辞配入同一曲下演唱

---

① 郭茂倩：《乐府诗集》第76卷，第1076页。
② 《尔雅注疏》第2卷，阮元校刻《十三经注疏》，第2575页。
③ 黄节：《汉魏乐府风笺》第14卷，台北学海出版社，1990，第188页。
④ 黄节：《汉魏乐府风笺》第14卷，第189页。

之时不至于混淆不清。这样的记载大概也是适应了文人拟作歌辞不断增加的趋势。从《乐府诗集·长歌行》解题言魏改奏文帝所赋曲"西山一何高"即可看出，文人拟辞增加、同一曲之下配入不同乐奏辞这一现象至少从曹魏即已开始。而最初的宫廷音乐文学《诗经》基本上是一个曲名对应一首文辞，所以没有必要另立篇名，其曲名大多由篇首命题法所得，既代表了一曲的音乐信息，又部分地显示了文辞的信息。两汉乐府创作呈现出一曲多辞或一辞多曲的发展趋势，但由于"篇"尚未独立出来，因此人们在区分不同曲辞时只得另立曲名，从而使某些曲名的衍生出现了混乱。《乐府诗集》关于汉乐府曲名在相和曲、平调曲、清调曲、瑟调曲、琴曲歌辞等乐类中的归属是有一定道理的，也部分反映了汉世乐府诗题的记载情况，因为汉世即有这些大的乐类归属的名目，只是由于没有可以参证的确切文献，我们无法断定它们在汉世完整的题名记载形态究竟如何，因此上面的分析中着重还是在考察汉乐府曲名得名的由来及分类，以见出它相对于《诗经》曲名命名的继承与创新。

下面以一个表格明确一下分类（见表1-4）。

乐府诗写作中"×篇"的出现是从曹植开始的，乐府诗题的完整记载应该也是在曹植这一创举启发之下产生的，从那以后，傅玄的作品、荀《录》、张《录》、王《录》、《宋志》、《古今乐录》等都采取了这种较为完整的乐府诗题记载方法，尤其是《宋志》，它是在《乐府诗集》之前做得最为典范的，将调名、曲名、篇名分开标示，使得一个乐府诗题名大的音乐属类和具体的音乐性、文学性都得到了明确的揭示。而在汉世，由于没有独立出篇名，因此乐府诗题记载同《诗经》一样，将曲名和篇名各自表现的内涵全部赋予在一个题目之上，相对于后世完整的乐府诗题名记载而言，它是有缺陷的。曲名、篇名的合一造成了一曲之下所配曲辞究竟为何的认知混乱，尤其是随着文人创作的日渐丰富，一曲之下可以配入多首曲辞之后。汉乐府部分题名也体现出人们想要对这种缺陷进行弥补的努力，比如《艳歌行》有"何尝""双鸿""福钟""罗敷"诸篇，就分别记作《艳歌何尝行》《艳歌双鸿行》《艳歌福钟行》《艳歌罗敷行》，以新的曲名区别不同文辞，这样做虽然并不能从根本上解决问题，但反映出人们已经有了这方面的自觉意识，为曹植乐府创作"篇"的出现做了铺垫，也为后世成熟完整的乐府诗题记载做了尝试和准备。

表1-4 表1-1"其他"一列汉乐府题名分类总结表

类 别	题 名	按 语
曲名过泛，无个性特征	《箜篌引》《长歌行》《艳歌行》《武德舞歌诗》《俳歌辞》《胡笳十八拍》《琴歌》《前缓声歌》《乐府》	理由详参上文分析
无法确定曲名由来	《折杨柳行》《采芝操》《董娇饶》	理由详参上文分析
曲名与文辞内容呈概括关系	《安世房中歌》《陌上桑》《董逃行》《雁门太守行》《怨诗行》《满歌行》《圣人制礼乐》《八公操》《昭君怨》《伤歌行》《焦仲卿妻》《同声歌》《定情诗》	《安世房中歌》为《汉书》记载的完整的汉乐府题名，余者无可考见它们在汉世的完整著录形态，只能具体分析曲名由来
曲名系篇首命题法所得	《善哉行》《陇西行》《步出夏门行》《饮马长城窟行》《上留田行》《艳歌何尝行》《日重光行》《关东有贤女》《章和二年中》《乐久长》《四方皇》《殿前生桂树》《公莫巾舞歌行》	理由详参上文分析
曲名具有象征、隐喻的符号性质	《羽林郎》	理由详参上文分析

由表1-4可知，在39个题名中，除了过泛、无个性特征以及无法确定由来的12个之外，余下27个的命名方式共分三种：篇首命题法得名的有13个，与文辞内容呈概括关系的有13个，曲名具有象征、隐喻的符号性质的有1个。由表1-1可知，汉乐府曲名由篇首命题法而得的还有63个。因此，《乐府诗集》除杂歌谣辞之外收录的共102个汉乐府题名中，由篇首命题法而得的共有76个，占75%。虽然不如《诗经》那样占98%的比例，但可以肯定这一命题法在汉乐府曲名命名中依然是主流。总括性质的曲名在汉乐府中比起在《诗经》中得到了进一步发展和运用，而且还出现了具有象征、隐喻性质的新的命名方式。可见汉乐府在乐府命名和记载方式不断走向完善的过程中处于承前启后的关键的一环。

第三节　汉乐府相通、相同曲名解

一　汉乐府曲名"一曰""亦曰"解

前面我们在分析汉乐府曲名命名时，已经发现了少量曲名出现"一曰某曲名"的情况，这里将《乐府诗集》中收录的汉乐府曲名之间出现"一曰""亦曰"的情况逐一进行分析，看一看不同曲名之间"一曰""亦曰"关系发生的契机所在。

1.《郊庙歌辞·汉郊祀歌·景星》

解题云：

> 一曰《宝鼎歌》。《汉书·武帝纪》曰："元鼎四年夏六月，得宝鼎后土祠旁，作《宝鼎之歌》。"《礼乐志》曰："《景星》，元鼎

五年，得鼎汾阴作。"如淳曰："景星者，德星也。见无常，常出有道之国。"①

由解题可见，《宝鼎歌》乃武帝元鼎四年夏六月由于得宝鼎于后土祠旁而作，曲名乃由本事而得。《景星》曲名得自首句"景星显见"，系篇首命题法所得，乃武帝元鼎五年因得鼎汾阴而作。二曲所作时间不同，相同的只是都因为得鼎而作，将鼎视为宝鼎、祥瑞。可见，《景星》一曰《宝鼎歌》不过是由于二曲创作的起因相同，事实上，二曲得名的由来既不相同，内容上也是两支截然不同的曲子。

2.《郊庙歌辞·汉郊祀歌·齐房》

解题云：

> 一曰《芝房歌》。《汉书·武帝纪》曰："元封二年夏六月，甘泉宫内中产芝，九茎连叶，作《芝房之歌》。"……《礼乐志》曰："《齐房》，元封二年，芝生甘泉齐房作。"②

《汉书·武帝纪》云："六月，诏曰：'甘泉宫内中产芝，九茎连叶。上帝博临，不异下房，赐朕弘休……'作《芝房之歌》。"③ 由此，《芝房歌》曲名乃据本事而得，而《齐房》曲名得自首句"齐房产草"，系篇首命题法所得。二曲得名由来不同，但内容是相同的，不过是同曲异名，《齐房》之所以一曰《芝房歌》乃在于本事的同一。

---

① 郭茂倩：《乐府诗集》第1卷，第7页。
② 郭茂倩：《乐府诗集》第1卷，第7页。
③ 班固：《汉书》第6卷，第193页。

3. 《郊庙歌辞·汉郊祀歌·朝陇首》

解题云：

  一曰《白麟歌》。《汉书·武帝纪》曰："元狩元年冬十月，行幸雍，获白麟，作《白麟之歌》。"[①]

《白麟歌》曲名乃由本事而得，《朝陇首》曲名得自首句"朝陇首"，系篇首命题法所得。二曲得名由来不同，但内容是相同的，不过是同曲异名，《朝陇首》之所以一曰《白麟歌》乃在于本事的同一。

4. 《郊庙歌辞·汉郊祀歌·象载瑜》

解题云：

  一曰《赤雁歌》。《汉书·礼乐志》曰："太始三年，行幸东海，获赤雁作。"[②]

《赤雁歌》曲名乃由本事而得，《象载瑜》曲名得自首句"象载瑜"，系篇首命题法所得。二曲得名由来不同，但内容是相同的，不过是同曲异名，《象载瑜》之所以一曰《赤雁歌》乃在于本事的同一。

5. 《鼓吹曲辞·汉铙歌·翁离》

《乐府诗集》在汉铙歌解题中作"拥离"，而且《拥离》亦曰《翁离》。但在记载曲辞时记作了《翁离》"拥离趾中可筑室"。拥、翁，当系声之近似而转，并无本质差别。

[①] 郭茂倩：《乐府诗集》第1卷，第8页。
[②] 郭茂倩：《乐府诗集》第1卷，第9页。

6. 《鼓吹曲辞·汉铙歌·远如期》

《乐府诗集》解题云：一曰《远期》。此处当是"远如期"的省略。

7. 《相和歌辞·相和六引·箜篌引》

详参上节《箜篌引》曲名辨析部分。

8. 《相和歌辞·相和曲·乌生》

《乐府诗集》解题云：一曰《乌生八九子》。《乌生》曲首句为"乌生八九子"，所以《乌生》《乌生八九子》均系篇首命题法所得，只不过《乌生八九子》更为全面，《乌生》则系省略。

9. 《相和歌辞·相和曲·陌上桑》

《乐府诗集》解题云：一曰《艳歌罗敷行》。二者发生"一曰"的关联只不过是由于"日出东南隅"篇都曾配入两曲之下，事实上两者是得名由来完全不同的曲名，这里的"一曰"严格来讲并不恰当。详细的分析见上节《陌上桑》曲名辨析部分。

10. 《相和歌辞·清调曲·相逢行》

《乐府诗集》解题云："一曰《相逢狭路间行》，亦曰《长安有狭斜行》。《乐府解题》曰：'古词文意与《鸡鸣曲》同。'"① 《相和曲·鸡鸣》和它们的区别，只是相似题材以不同调、不同曲表现而已。

下面，将《相和曲·鸡鸣》与《清调曲》之《相逢行》《长安有狭斜行》两篇试作辨析，以明此同一题材不同曲调产生之先后。

《鸡鸣》：

鸡鸣高树巅，狗吠深宫中。荡子何所之，天下方太平。刑法非

---

① 郭茂倩：《乐府诗集》第34卷，第508页。

有贸，柔协正乱名。黄金为君门，璧玉为轩堂。上有双樽酒，作使邯郸倡。刘王碧青甓，后出郭门王。舍后有方池，池中双鸳鸯。鸳鸯七十二，罗列自成行。鸣声何啾啾，闻我殿东厢。兄弟四五人，皆为侍中郎。五日一时来，观者满路傍。黄金络马头，颎颎何煌煌。桃生露井上，李树生桃傍。虫来啮桃根，李树代桃僵。树木身相代，兄弟还相忘。[1]

《相逢行》：

相逢狭路间，道隘不容车。不知何年少，夹毂问君家。君家诚易知，易知复难忘。黄金为君门，白玉为君堂。堂上置樽酒，作使邯郸倡。中庭生桂树，华灯何煌煌。兄弟两三人，中子为侍郎。五日一来归，道上自生光。黄金络马头，观者盈道傍。入门时左顾，但见双鸳鸯。鸳鸯七十二，罗列自成行。音声何雍雍，鹤鸣东西厢。大妇织绮罗，中妇织流黄。小妇无所为，挟瑟上高堂。丈人且安坐，调丝方未央。[2]

《长安有狭斜行》：

长安有狭斜，狭斜不容车。适逢两少年，挟毂问君家。君家新市傍，易知复难忘。大子二千石，中子孝廉郎。小子无官职，衣冠仕洛阳。三子俱入室，室中自生光。大妇织绮纻，中妇织流黄。小妇无所为，挟琴上高堂。丈夫且徐徐，调弦讵未央。[3]

《鸡鸣》前半部分均为铺陈，从"兄弟四五人"开始才涉及所要表现之道德说教主题。后两篇加入了新的内容，应在《鸡鸣》之后产生。《相

---

[1] 郭茂倩：《乐府诗集》第28卷，第406页。
[2] 郭茂倩：《乐府诗集》第34卷，第508页。
[3] 郭茂倩：《乐府诗集》第35卷，第514页。

逢行》铺陈的部分，有些语句甚至直接从《鸡鸣》中原样搬出，而同时把"兄弟""三妇"的内容夹杂在铺陈当中，这就避免了《鸡鸣》前后分离、各自言说的僵化布局，形式上更为活泼。同时，去除了《鸡鸣》中"树木身相代，兄弟还相忘"的道德说教主题，而把人物描写亦转入铺陈之中，对男性从官职、出场亮相渲染其贵气，对女性则是极言其雍容闲雅，这又区别于《鸡鸣》。《相逢行》《长安有狭斜行》不论整篇的布局还是具体的词句都极为相似，但《长安有狭斜行》少了《相逢行》对《鸡鸣》背景铺陈部分的模仿，更快地进入主题，描写三子、三妇，并且"三子俱入室，室中自生光"比《相逢行》中的描写更为精炼、概括。因此，笔者以为《长安有狭斜行》当又在《相逢行》之后，系《相逢行》的一个缩略本。《鸡鸣》《相逢行》《长安有狭斜行》的曲名则都是因了新作歌辞的首句而重新命名，均系篇首命题法所得。虽然歌辞的内容涉及的是同一题材，甚至词句、笔法等方面也极其相似，但依然要取新的曲名，并被置于不同的大的音乐分类之下，由此也更可以看出乐府是以音乐性为其标志性特征，文辞是服务于音乐表演体系的。

综上，《鸡鸣》辞出现最早，《相逢行》辞其次，《长安有狭斜行》辞最后。《相逢行》曲首句为"相逢狭路间"，所以《相逢行》一曰《相逢狭路间行》只是曲名简缩与全面的区别。《长安有狭斜行》曲名取自首句"长安有狭斜"。《相逢行》亦曰《长安有狭斜行》，这里的"亦曰"是由于两曲表现题材的近乎一致。

11.《相和歌辞·瑟调曲·陇西行》

《乐府诗集》解题云：一曰《步出夏门行》。这里的"一曰"仅仅是由于两曲曲辞四句的重复，两曲事实上是完全不同的曲名，各自的起源、产生亦不同。因此，这里的"一曰"严格来讲并不恰当。详细分析见上节《陇西行》曲名辨析部分。

12.《相和歌辞·瑟调曲·饮马长城窟行》

《乐府诗集》解题云：一曰《饮马行》。此当系省略所致，详细分析见上节《饮马长城窟行》部分。

13.《相和歌辞·瑟调曲·孤儿行》

《乐府诗集》解题云："《孤子生行》，一曰《孤儿行》……《歌录》曰：'《孤子生行》，亦曰《放歌行》。'"①《孤儿行》首句为"孤儿生"，从这个角度讲，可以说《孤儿行》曲名系篇首命题法所得。从另一个角度看，《孤儿行》曲辞整篇都是在描写孤儿的悲惨命运，因此《孤儿行》曲名也可以说是对曲辞内容的概括而得。《孤子生行》曲名系从曲辞第二句"孤子遇生"化出，为篇首命题法所得。《孤子生行》《孤儿行》曲名均系篇首命题法所得，只是所从化出之句不同，故曲名稍有出入，但事实上是同一曲、辞，因此《孤子生行》一曰《孤儿行》。《放歌行》古辞不存，所以无法考见《孤子生行》与它之间到底是因了什么关联而可以被称作"一曰"，暂存疑。

14.《相和歌辞·瑟调曲·艳歌何尝行》

《乐府诗集》解题云：一曰《飞鹄行》。《艳歌何尝行》下收古辞"飞来双白鹄"篇，《飞鹄行》系从此化出。严格来讲，这里的"一曰"是不恰当的，详见上节《陌上桑》曲名辨析部分。

15.《舞曲歌辞·雅舞·后汉武德舞歌诗》

《乐府诗集》解题云：一曰世祖庙登歌。这里"一曰"关系发生的契机是歌颂对象相同，即都是后汉光武帝刘秀。

---

① 郭茂倩：《乐府诗集》第38卷，第567页。

16. 《舞曲歌辞·杂舞·俳歌辞》

《乐府诗集》解题云：一曰《侏儒导》。俳歌，顾名思义，俳优所唱。另据解题，王肃云："俳优，短人也。"[①] 而且，俳优侏儒经常并称。因此二者发生关联的契机在于表演者的同一。

17. 《琴曲歌辞·八公操》

《乐府诗集》解题云：

> 一曰《淮南操》。《古今乐录》曰："淮南王好道，正月上辛，八公来降，王作此歌。"谢希逸《琴论》曰："《八公操》，淮南王作也。"[②]

由解题可见，《淮南操》曲名乃由作者而得。《八公操》曲名乃是对曲辞内容的概括而得。二曲虽然得名由来不同，但事实上是同一曲、辞，因此《八公操》一曰《淮南操》。

18. 《杂曲歌辞·武溪深行》

《乐府诗集》解题云：一曰《武陵深行》。据《后汉书·马援传》，建武二十四年，有击武陵五溪蛮夷之役。因此，五溪在武陵，武溪为武陵五溪的省略。

二　不同曲类中汉乐府相同、近似曲名解

《乐府诗集》中汉乐府分布在不同的曲类之中，但是这不同的曲类却存在相同或者近似的曲名，以下列出：

---

① 郭茂倩：《乐府诗集》第 56 卷，第 819 页。
② 郭茂倩：《乐府诗集》第 58 卷，第 851 页。

第一章 汉乐府题名研究

1. 《有所思》解题：

按《古今乐录》汉太乐食举第七曲亦用之，不知与此同否。①

2. 《远如期》解题：

《古今乐录》曰："汉太乐食举曲有《远期》，至魏省之。"②

3. 《黄淡思歌辞》解题：

《古今乐录》曰："思，音相思之思。按李延年造《横吹曲》二十八解，有《黄覃子》，不知与此同否？"③

4. 《黄鹄歌》解题：

《西京杂记》曰："始元元年，黄鹄下太液池，帝为此歌。"按清商吴声曲有黄鹄歌，与此不同。④

《有所思》曲属于《鼓吹曲辞·汉铙歌》，但汉太乐食举第七曲也有此曲，郭茂倩的按语表达了他的疑惑。《远如期》曲属于《鼓吹曲辞·汉铙歌》，但汉太乐食举曲有《远期》，这二者如此近似。《黄淡思》《黄覃子》音近，《杂歌谣辞》温庭筠《黄昙子歌》解题："按横吹曲李延年二十八解有《黄覃子》，不知与此同否？"⑤《横吹曲辞·黄淡思》《杂歌谣辞·黄昙子歌》郭茂倩都下了按语，提出了二者是否与李延年二十八解中的《黄覃子》相同的疑问。《杂歌谣辞·黄鹄歌》题作汉昭帝作，据其解题中的按语，清商吴声曲有黄鹄歌。检《乐府诗集》卷四五《清商曲辞·吴声歌曲》有《黄鹄曲四首》，解题云：

---

① 郭茂倩：《乐府诗集》第 16 卷，第 230 页。
② 郭茂倩：《乐府诗集》第 16 卷，第 232 页。
③ 郭茂倩：《乐府诗集》第 25 卷，第 366 页。
④ 郭茂倩：《乐府诗集》第 84 卷，第 1189 页。
⑤ 郭茂倩：《乐府诗集》第 87 卷，第 1219 页。

《列女传》曰:"鲁陶婴者,鲁陶明之女也。少寡,养幼孤,无强昆弟,纺绩为产。鲁人或闻其义,将求焉。婴闻之恐不得免,乃作歌明己之不更二庭也。其歌曰:'悲夫黄鹄之早寡兮,七年不双。宛颈独宿兮,不与众同。夜半悲鸣兮,想其故雄。天命早寡兮,独宿何伤。寡妇念此兮,泣下数行。呜呼哀哉兮,死者不可忘。飞鸣尚然兮,况于真良。虽有贤雄兮,终不重行。'鲁人闻之,不敢复求。"按《黄鹄》本汉横吹曲名。①

郭茂倩这两处按语说明他发现《杂歌谣辞·黄鹄歌》《清商曲辞·吴声歌曲·黄鹄曲》、汉横吹曲《黄鹄》曲名的类似。

其实,《诗经》中即已存在类似的现象了。《诗经》曲名全同的有《邶风》《鄘风》之《柏舟》,《邶风》《小雅》之《谷风》,《王风》《郑风》《唐风》之《扬之水》,《郑风》《唐风》《桧风》之《羔裘》,《齐风》《大雅》之《甫田》,《唐风》《小雅》之《杕杜》,《唐风》《秦风》之《无衣》,《秦风》《小雅》之《黄鸟》。曲名类似的有《郑风》之《叔于田》《大叔于田》,《唐风》之《杕杜》《有杕之杜》等。这些曲名都是篇首命题法所得,而这些乐歌的比兴意象近似,又往往都在起始几句,因此出现了曲名类似的情况。

由此,《杂歌谣辞·黄鹄歌》《清商曲辞·吴声歌曲·黄鹄曲》、汉横吹曲《黄鹄》曲名中都有黄鹄,前二者都将"黄鹄"放在首句开头,汉横吹曲《黄鹄》辞不存,无可考见,但应该也是有黄鹄字眼出现在篇中,这与上面所举《诗经》中的情况类似,应该是由于用到了共同的比兴意象,但曲的内容以及所要表达的思想却又各自生发开去。

---

① 郭茂倩:《乐府诗集》第45卷,第663页。

汉铙歌和汉太乐食举均用到了《有所思》，这有两种可能：第一，或者是两曲都以"有所思"开头，但却由此生发开去各自的内容，由于汉乐府曲名绝大多数还是篇首命题法所得，所以这两曲由于首句相同，曲名也相同，但实质上曲辞内容仍存在差别；第二，或者只是《有所思》曲子的音乐特征即其自身特殊的旋律在汉铙歌和太乐食举中均用到，即两个场合的《有所思》曲调、旋律等完全相同，曲辞内容不同，这种情况其实是音乐的借用。《远期》是《远如期》的省略，这个或许与《郑风》之有《叔于田》《大叔于田》，《唐风》之有《杕杜》《有杕之杜》类似，不过是起始部分的字句相近而已，也即生发点相近，但最终的曲辞内容并不同，而且音乐旋律也是各自独立的。至于《横吹曲辞·黄淡思》《杂歌谣辞·黄昙子歌》与汉横吹曲《黄覃子》，三个曲名在读音上非常接近。但从《横吹曲辞·黄淡思》曲辞内容很难看出"黄淡思"到底作何解以及此曲名缘何而得，《杂歌谣辞·黄昙子歌》更是没有一点线索，汉横吹曲《黄覃子》又不存，所以这三曲之间虽然读音非常接近，但很难断定，甚至无法推测三者之间到底有无近似关系，如果有的话在哪里。暂存疑。

小　结

本章首先考察了诗骚尤其是《诗经》题名的命名情况，《诗经》作为后世宫廷音乐文学的鼻祖，十五国风、二雅、三颂的分类，表明我们的先人还是将诗的音乐性作为最重要的依据，为后世更突出乐府文学音乐属性的分类开启了很好的源头，可以说是全面而完善的乐府诗题记载中"×调"之属的滥觞。《诗经》305篇，其中篇首命题法取名的有299篇，这些或是与篇首、篇中几字全同，或是取篇首、篇中几字再做加工；余下的 6 篇，除《小雅·巷伯》一篇题目既在内容中找不到相关字眼、亦与内容基本无关，其余五篇之题虽在篇中亦无相关字眼，但已与诗章内容发生或疏或密的关联，甚者已初具总括性的意味。《诗经》曲名绝大部分都是因了元辞而得，然尚不具备独立的音乐质素，一个曲名事实上同时承载了一个曲子的音乐性与文学性。

汉乐府曲名命名方式大部分延续了《诗经》里出现的主流命题法即篇首命题法，另外，概括性的曲名更多了一些，而且出现了像《羽林郎》这种具有象征、隐喻的符号性质的曲名。汉乐府诗题记载的混乱其实是汉人对乐府诗题命名、记载的一种变相的反思，但这种反思没有能出现科学合理的结果，待曹植出现，才使这种混乱的局面得以终结。曹植拟篇出现之后，傅玄的作品、荀《录》、张《录》、王《录》、《宋志》《古今乐录》等都采取了这种科学的方法，尤其是《宋志》，在《乐府诗集》之前做得最为典范，将调名、曲名、篇名或者说大的音乐归属、在其之下更为具体的音乐特征以及篇题明确分开，使得一个乐府诗题内部音乐性、文学性各有分工。因此，汉乐府在乐府诗题命名、记载的完善过程中处于承前启后的关键的一环。

最后，文章对《乐府诗集》中汉乐府曲名"一曰""亦曰"以及不同曲类中汉乐府存在相同、近似曲名等情况作了归纳分析，探讨了其中的成因。

第二章
汉乐府部分曲类配器研究

追寻乐府诗的音乐形态是认识乐府诗文学特点的必由之路，本章便着重研究汉乐府的音乐形态之一，即配器问题。

在《乐府诗集》当中，汉乐府分布在郊庙歌辞、鼓吹曲辞、相和歌辞、舞曲歌辞、琴曲歌辞、杂曲歌辞、杂歌谣辞几部分。其中鼓吹、横吹曲配器，杨荫浏《中国古代音乐史稿》、萧亢达《汉代乐舞百戏艺术研究》以及韩宁《鼓吹横吹曲辞研究》[①]等著作均有详细考证与论述，兹不赘述。关于舞曲歌辞配器，萧书对乐舞类型作了详细分类，并将每类乐舞与汉画像砖石上配器情况以表格形式一一列出。然而乐舞类型虽较为固定，容易分类，如鞞舞、巾舞、铎舞、拂舞、盘舞、鼓舞等，均是以舞具命名，可具体到每类乐舞

---

① 韩宁：《鼓吹横吹曲辞研究》，北京大学出版社，2009。

下不同曲目及其相应的具体配器,其表格所列表现出很大的随意性,难以从中归纳出规律性的结论,这里也不展开论述。琴曲歌辞配器明显而单一,毋庸多言。杂曲歌辞、杂歌谣辞在艺术类属方面不够明确,配器情况难以弄清。所以本章只着重研究郊庙歌辞和相和歌辞的配器。

本章论述时所依据的出土文献材料主要采自《中国考古集成》和《中国画像石全集》。俞伟超主编、中国画像石全集编辑委员会编纂的《中国美术分类全集·中国画像石全集》[①](共8卷),集中了截至2000年山东、安徽、江苏、浙江、陕西、山西、河南、四川等地出土的汉代画像砖石。《中国考古集成》则汇聚了北京出版社、中州古籍出版社、哈尔滨出版社等诸家出版社之力,自1994年至2006年,历时12年最终出齐,分为华北、东北、华东、华南、西北诸卷,共两百余册,按照地域收集各种历史考古类期刊上的相关文章,每册按时代收录。

文物出版社1991年出版的萧亢达《汉代乐舞百戏艺术研究》一书对文物资料中所见汉代乐器、汉代歌舞艺术、文物资料反映的汉代百戏艺术等问题进行了深入研究,对汉代的乐器、歌舞、百戏作了细致的辨析与分类,无疑是从历史考古角度对汉乐府进行研究的一部力作。当时,尚未有《中国考古集成》《中国画像石全集》等书的出版,著者从零散的考古材料中钩稽索隐,其用力之勤令人敬佩。

如今,有了上述两部集成性质考古资料的出版以及新的相关考古材料的发现,对进一步研究汉乐府的音乐表演形态提供了便利。另外萧

---

① 俞伟超主编、中国画像石全集编辑委员会编纂《中国美术分类全集·中国画像石全集》,山东美术出版社、河南美术出版社,2000。

书仅在余论部分对汉代乐舞百戏的演出场地、舞台美术、乐队作了简要分析,尚存在继续开掘的余地。基于上述情况,笔者欲将对汉乐府配器情况的考察置于《诗经》至南朝音乐文学配器的历史发展流脉中,审视其继承和创变的情况,从中勾勒出汉乐府在这一音乐发展进程中呈现出的特点和历史地位。

第一节　郊庙歌辞配器研究

汉郊庙歌辞包括《郊祀歌》与《安世房中歌》,都是祭祀乐歌。在对其配器情况进行描述之前,我们先来回顾一下先秦祭祀用乐的配器情况。

夏、商年代久远,音乐文学的配器方面尚不十分明晰,杨荫浏《中国古代音乐史稿》也只是泛泛提到了乐器的种类并对其音乐特点作了概括。传世文献中相对集中而明显的对商乐配器的记载为《诗经·商颂·那》,《那》,毛《传》曰:"祀成汤也。"系祭祀在商代发展历程中有重要影响的英主和道德人物之乐。其中提到的乐器有鞉鼓、鼓、管、磬、庸。鞉,小鼓也;大钟曰庸。鼓用以节乐,不具有旋律,钟磬是具有旋律的打击乐器,管是有旋律的吹奏乐。可见早在商代就确立了祭祀之乐以打击乐器和吹管乐器为主的金石之乐的配器范例。

从《诗经》中还看到从西周初年（公元前 11 世纪）到春秋中叶（公元前 6 世纪）约 500 年间部分音乐作品的配器情况。《诗经》中出现的乐器很丰富,杨荫浏《中国古代音乐史稿》云:"见于《诗经》的打击乐器有鼓、鼛、贲鼓、应、田、县鼓、鼍鼓、鞉、钟、镛、南、钲、磬、缶、雅、柷、圉、和、鸾、铃、簧等21种,吹奏乐器有箫、管、籥、埙、篪、笙等6种,弹弦乐器有琴、瑟等2种。"① 但《诗经》作品中提到的这些乐器不等于全部正好用于这些作品的音乐演奏。如《邶风·击鼓》云:"击鼓其镗",鼓就是用于战争中的;《邶风·简兮》云:"左手执籥,右手秉翟",籥,以竹为之,长三尺,六孔,执之以舞,但不能确定它是舞具还是作品的演奏乐器;《王风·君子阳阳》云:"左执簧",簧,笙也,执之以舞,但与上面的"籥"一样,不能确定是否也可在舞蹈过程中用于吹奏;《小雅·何人斯》云:"伯氏吹埙,仲氏吹篪",以吹奏相和之旋律乐器埙、篪比喻苏公与暴公兄弟凶终隙末之交;《小雅·白华》云"鼓钟于宫,声闻于外",是以在宫中击钟,声音远播于宫外,兴幽王废申后国人皆知。剔除诸如此类的情况,下面只拣择有乐器出现且用于祭祀场合的配器材料。

1. 《周南·关雎》

参差荇菜,左右采之。窈窕淑女,琴瑟友之。
参差荇菜,左右芼之。窈窕淑女,钟鼓乐之。

《毛诗正义》云:"宜以琴瑟友乐之。《笺》云:同志为友。言贤女之助后妃共荇菜,其情意乃与琴瑟之志同,共荇菜之时,乐必作。""德盛者宜有钟鼓之乐。《笺》云:琴瑟在堂,钟鼓在庭,言共荇菜之时,上下之乐皆作,盛其礼也。"② 按照毛公与郑玄的解释,荇菜与《召南·采蘩》《召南·采蘋》中的蘩、蘋一样,均用于祭祀。则此处的琴瑟、钟鼓当是祭祀场合用乐的配器,琴瑟由于声音

---

① 杨荫浏:《中国古代音乐史稿》,人民音乐出版社,1981,第41页。
② 《毛诗正义》第1卷,阮元校刻《十三经注疏》,第274页。

较小，所以在堂上，钟鼓一类打击乐器声音传播范围更广，可置于庭。

2.《小雅·楚茨》

礼仪既备，钟鼓既戒……鼓钟送尸，神保聿归。

此诗毛《传》以为："刺幽王也。政烦赋重，田莱多荒，饥馑降丧，民卒流亡，祭祀不飨，故君子思古焉。"[1] 从诗的内容看，是有关祭祀场景的描述。由此，此处之钟、鼓乃用于祭祀的场合。

3.《小雅·甫田》

琴瑟击鼓，以御田祖。

从诗的内容看，属于农事诗的题材，其中涉及对农神祭祀场景的描写，上引用乐情况即是其中的一部分。由此，此处之琴、瑟、鼓乃用于祭祀的场合。

4.《小雅·宾之初筵》

钟鼓既设……籥舞笙鼓。

此诗第一章先是描写饮酒，然后"钟鼓既设"，设乐。之后，是射箭竞技，此为大射。《毛诗正义》："《笺》云……将祭而射，谓之大射，下章言'烝衎烈祖'，非其祭与？"[2] "籥舞笙鼓"一句所在的第二章即郑

---

[1] 《毛诗正义》第13卷，阮元校刻《十三经注疏》，第467页。
[2] 《毛诗正义》第14卷，阮元校刻《十三经注疏》，第484页。

玄所讲的"烝衎烈祖"祭祀场景的描写。由此,此处之钟、鼓乃用于大射的场合,笙、鼓用于祭祀的场合。

5.《周颂·执竞》

钟鼓喤喤,磬筦将将。

此诗毛《传》以为"祀武王也",但"《笺》云……武王既定天下,祭祖考之庙,奏乐而八音克谐"①。到底是后人祭祀武王,还是武王祭祀祖考,权且不论,总归都是祭祀用乐。此处所用之乐器有钟、鼓、磬、管(筦音管,本亦作"管",同)。

6.《周颂·有瞽》

设业设虡,崇牙树羽。应田县鼓,鞉磬柷圉。既备乃奏,箫管备举。

此诗毛《传》以为"始作乐而合乎祖也",《正义》曰:"谓周公摄政六年,制礼作乐,一代之乐功成,而合诸乐器于太祖之庙,奏之,告神以知善否。"② 所谓功成作乐,治定制礼。既奏于太祖之庙,则亦系雅乐无疑。此处所用之乐器有应、田、县鼓、鞉、磬、柷、圉、箫、管。

下面将上述分析列表于下(见表2-1)。

---

① 《毛诗正义》第19卷,阮元校刻《十三经注疏》,第589页。
② 《毛诗正义》第19卷,阮元校刻《十三经注疏》,第594页。

表 2-1　《诗经》中祭祀用乐配器情况表

序号	《诗经》篇章	用乐场合	配　　器
1	《周南·关雎》	祭祀	琴、瑟、钟、鼓
2	《小雅·楚茨》	祭祀	钟、鼓
3	《小雅·甫田》	祭祀	琴、瑟、鼓
4	《小雅·宾之初筵》	大射	钟、鼓
		祭祀	笙、鼓
5	《周颂·执竞》	祭祀	钟、鼓、磬、管
6	《周颂·有瞽》	功成作乐，奏于太祖庙	应、田、县鼓、鞉、磬、柷、圉、箫、管

可见，6种情形中只有1、3里面有琴、瑟这样的弹拨乐器参与进来，而且只是与打击乐器合奏，余下的还都是打击乐器与吹管乐器的合奏。

综上，从商代开始，雅乐尤其是祭祀之乐中就出现了以打击乐器和吹管乐器为主的金石之乐的配器范例。西周到春秋时期祭祀场合所用雅乐的配器种类更加繁多，除了延续商代的金石乐器之外，也偶尔开始用到弹拨乐器。

我们再来看一下《楚辞》中出现的祭祀之乐的配器。《楚辞·九歌·东皇太一》："扬枹兮拊鼓，疏缓节兮安歌，陈竽瑟兮浩倡。"《东君》："緪瑟兮交鼓，箫钟兮瑶簴，鸣篪兮吹竽……展诗兮会舞。"从两例中均为打击乐器、吹管乐器、弹拨乐器的合奏可见，楚地的祭祀用乐比《诗经》中的情形更为丰富，弹拨乐器比在《诗经》中使用更为广泛。有学者指出："占楚系乐器三分之二以上的金石类乐器，其组合基本上保持着西周文化的礼乐特征……它的音乐性能被拓宽、享乐性艺术功能大大加强。"[①] 这些一定程度上说出了楚地祭祀用乐的特色。

《郊祀歌》与《安世房中歌》的配器在史书中的礼乐志及相关的音

[①] 李幼平：《楚系乐器组合研究》，载《黄钟（武汉音乐学院学报）》1992年第1期。

乐文献中提及的非常少，我们先从其文本本身寻求内证。《安世房中歌》言及乐器的只有第一章："高张四县，乐充宫廷。"晋灼曰："四县，乐四县也，天子宫县。"① 仅仅这一句，我们难以看到其具体细微的配器情况，但大致可知其配器有钟磬之属。《郊祀歌》配器内证有《惟泰元》中的"钟鼓竽瑟"，《天地》中的"鸣琴竽瑟会轩朱。璆磬金鼓"，《景星》中的"五音六律……雅声远姚。空桑琴瑟结信成，四兴递代八风生。殷殷钟石羽籥鸣"。从这三例可以看出，《郊祀歌》为打击乐器、吹管乐器、弹拨乐器的合奏。

文献旁证方面，《汉书·礼乐志》中只讲到高祖唐山夫人作《房中祠乐》系楚声，孝惠二年，使乐府令夏侯宽备其箫管并更名为《安世乐》。若此处的"箫管"是音乐的代称的话，那么《安世房中歌》的配器就只是其第一章中所提到的钟磬之属，若此处的"箫管"系实写的话，那么《安世房中歌》的配器就除了钟磬这样的打击乐器外，还有箫管这样的吹管乐器，是打击乐器与吹管乐器的合奏。若是前一种情况，则《安世房中歌》的配器甚至比从商代开始确立直至《诗经》中的祭祀用乐的主流配器情形还要简单，只有打击乐器钟磬，连吹管乐器也未看到，遑论弹拨乐器了。若是后一种情况，则与从商代开始确立直至《诗经》中的祭祀用乐的主流配器情形吻合。不过不管究竟系哪种情况，《安世房中歌》与《郊祀歌》的配器相比，前者显然更接近祭祀用乐最初的配器，而后者则明显反映出对楚辞祭祀用乐配器的继承，同时，也反映了汉武之世俗乐新声的渗透。

至于《汉书·礼乐志》中言《房中祠乐》系楚声，而经过分析我们发现《安世房中歌》配器或与从商代开始确立直至《诗经》中的祭

---

① 班固：《汉书》第22卷，第1046页。

祀用乐的主流配器情形吻合，或者比它还要简单，配器方面根本没有楚乐影响的痕迹，这又作何解释呢？笔者以为，可能《汉志》中所谓的楚声只是讲的音乐风格，作为楚人，高祖的偏爱是情理之中的。但若配上乐器，在严肃、重大的场合之下进行表演，发挥乐歌的仪式功能，则它又带上了礼乐形式的意味。汉初的礼乐建设多是因袭前代，《安世房中歌》虽然可能是楚国音乐的风格，但在配器形式上却继承前代就是可以理解的了。至汉武之世，一来由于前朝的积累，二来由于汉武帝个人的原因，才在礼乐形式上更多地形成了汉家的个性色彩，因此，《郊祀歌》继承楚辞祭祀用乐的配器也是完全有可能的。

第二节　相和歌辞配器研究

相和歌是汉世的俗曲，它不仅在汉代为各个阶层所普遍喜爱，直到南朝还有对其表演情形的记载，因此考察汉乐府相和歌配器情况就有了更多的资料，可以从它在不同时代被演绎的情形看出其中音乐风格的演变。尤其是出土文献如汉画像砖石中有不少关于歌舞宴乐、百戏艺术的呈现，值得注意。观汉画像砖石所表现的舆服、出行、庖厨、宅院、宴饮、乐舞等的规模和排场，再结合《后汉书·舆服志》等传世文献，可以看出墓主、祠主一般都是在当时有一定身份、地位的人，画像砖石所表现的上述内容基本都是其生活经历的如实刻画。笔者从《中国画像石全集》摘录出了113幅集中表现乐舞场面的画像砖石（详见附录二），基本都是宴饮娱乐的场合。由于相和歌是汉世俗曲，既然这些画像砖石表现的都是宴饮娱乐场合，那么即使不能绝对地说这些画像表现的都是相和歌的表演情形，但也不失为一种很好的参照。此外，由于墓主、祠主有较高的地位，对宫廷音乐机关整理出的相和歌也应该是知晓的。因此这113幅画像砖石,应该包含了一定的汉世相和歌的表演信息。

宴饮场合的娱乐音乐,在汉世非常发达,往往是歌、乐、舞三位一体的。这在俗乐新声开始走向繁盛的战国时期即已出现,如湖北随县曾侯乙墓出土的战国乐舞图鸳鸯盒,早年长沙出土的战国(或西汉)演舞图卮等物品上就有所反映。李曰训《山东章丘女郎山战国墓出土乐舞陶俑及有关问题》曾这样写道:"乐舞俑的分类……歌唱俑……舞俑。两组舞俑右臂弯曲高抬,左臂前伸,在舞俑的手中间,均有一圆孔,说明舞俑手中原应有某种舞具……演奏俑。"① 乐舞俑分为歌唱俑、舞俑、演奏俑,这可以说是最为直观的战国时期歌、乐、舞三位一体的明证。

汉代乐舞的繁盛状况及其形态表现的多样性在很多文物载体中都有体现。如朱帜《河南舞阳发现东汉乐舞百戏铜镜》② 就对东汉乐舞百戏铜镜作了介绍。曹桂岑、耿青岩《河南淇县发现一面东汉画像铜镜》云:"内有四乳,四乳之间有四幅画像……是辎车、盘舞、东方朔欺侏儒、射覆。"③ 张剑、李献奇《洛阳烧沟西14号汉墓发掘简报》云:"陶舞乐俑……陶女舞俑……陶男舞俑。"④ 李献奇、司马俊堂《洛阳苗南新村528号汉墓发掘简报》云:"陶彩绘乐舞杂伎俑9件……女舞俑

---

① 李曰训:《山东章丘女郎山战国墓出土乐舞陶俑及有关问题》,《文物》1993年第3期,载孙进己、孙海主编《中国考古集成》华北卷(河南省、山东省)第16册,战国至秦汉(三),中州古籍出版社,1999,第2455页。
② 朱帜:《河南舞阳发现东汉乐舞百戏铜镜》,《考古》1985年第11期,载孙进己、孙海主编《中国考古集成》华北卷(河南省、山东省)第16册,战国至秦汉(三),第2266页。
③ 曹桂岑、耿青岩:《河南淇县发现一面东汉画像铜镜》,《文物》1980年第7期,载孙进己、孙海主编《中国考古集成》华北卷(河南省、山东省)第16册,战国至秦汉(三),第2271页。
④ 张剑、李献奇:《洛阳烧沟西14号汉墓发掘简报》,《文物》1983年第4期,载孙进己、孙海主编《中国考古集成》华北卷(河南省、山东省)第15册,战国至秦汉(二),中州古籍出版社,1999,第1427页。

1件……男滑稽俑1件……倒立俑1件……演奏俑和歌唱俑6件……伴唱俑2件，作左手掩耳状。"① 李虹《义马新市区5号西汉墓发掘简报》云："铜俳优俑。"② 余扶危《洛阳涧西七里河东汉墓发掘简报》云："滑稽俑……七盘舞俑……跳丸舞俑……乐俑，共六件。"③ 张西焕、王玉娥《淅川县博物馆收藏的汉代陶戏楼》云："台面中有三人演奏，中间似一男子吹笛，高8厘米，左侧似一男子吹笙，高6.5厘米，两人侧面席坐笛笙齐奏，右侧一伎女挥长袖举臂作舞，高6.7厘米。"④ 此外，济南市博物馆《试谈济南无影山出土的西汉乐舞、杂技、宴饮陶俑》⑤，李卫星、吴征苏《山东嘉祥清凉寺出土汉代陶俑》⑥，党国栋《武威县磨嘴子古墓清理纪要》⑦ 中提到"木舞俑"。巩发明、季兵《绵阳市出土的汉代说唱俑》⑧，谢明光《安县发现东汉说唱俑》⑨，张玉、刘照健

---

① 李献奇、司马俊堂：《洛阳苗南新村528号汉墓发掘简报》，《文物》1994年第7期，载孙进己、孙海主编《中国考古集成》华北卷（河南省、山东省）第15册，战国至秦汉（二），第1588页。
② 李虹：《义马新市区5号西汉墓发掘简报》，《文物》1995年第11期，载孙进己、孙海主编《中国考古集成》华北卷（河南省、山东省）第15册，战国至秦汉（二），第1604页。
③ 余扶危：《洛阳涧西七里河东汉墓发掘简报》，《考古》1975年第2期，载孙进己、孙海主编《中国考古集成》华北卷（河南省、山东省）第16册，战国至秦汉（三），第2178~2179页。
④ 张西焕、王玉娥：《淅川县博物馆收藏的汉代陶戏楼》，《中原文物》1987年第1期，载孙进己、孙海主编《中国考古集成》华北卷（河南省、山东省）第16册，战国至秦汉（三），第2340页。
⑤ 济南市博物馆：《试谈济南无影山出土的西汉乐舞、杂技、宴饮陶俑》，《文物》1972年第5期，载孙进己、孙海主编《中国考古集成》华北卷（河南省、山东省）第18册，战国至秦汉（五），中州古籍出版社，1999，第3990页。
⑥ 李卫星、吴征苏：《山东嘉祥清凉寺出土汉代陶俑》，《考古》1992年第10期，载孙进己、孙海主编《中国考古集成》华北卷（河南省、山东省）第18册，战国至秦汉（五），第4000页。
⑦ 党国栋：《武威县磨嘴子古墓清理纪要》，《文物考古资料》1958年第11期，载孙进己、孙海主编《中国考古集成》西北卷（甘肃省、青海省、新疆维吾尔自治区）第9册，战国至秦汉（一），中州古籍出版社，2000。
⑧ 巩发明、季兵：《绵阳市出土的汉代说唱俑》，《四川文物》1989年第2期。
⑨ 谢明光：《安县发现东汉说唱俑》，《四川文物》1998年第4期。

《徐州地区西汉陶俑的发现及初步研究》[1] 提到"乐舞俑"。许一伶《论徐州西汉乐舞俑的艺术特色》[2]，李洪甫、石雪万《连云港地区的几座汉墓及零星出土的汉代木俑》[3] 提到"女舞俑"。王勤金、印志华、徐良玉、古健《扬州邗江县胡场汉墓》[4] 提到"木俑""侍俑、舞俑、乐俑、说唱俑""乐器""二十五弦琴……五弦乐器……三弦乐器"。《中国画像石全集》第5卷图二二一："神木大保当墓门右立柱画像石，东汉（公元二五年至二二〇年），一九九六年陕西省神木县大保当乡出土，陕西省考古研究所藏"，图版说明云："画面分六格……上格两人相向而立……左边一人服襜褕，戴进贤冠，执一物作说唱状。"[5] 从上引材料可以看出，画像中描绘了一个绚烂瑰丽的艺术世界，其中有演奏、歌唱、舞蹈、说唱、杂技、滑稽等。

我们先从附录中的113幅汉画像砖石来看一下汉世俗乐整体的乐器使用情况。

打击乐器中鼓最为活跃，其细分的种类也很多，以建鼓和鼙的使用最为频繁；吹管乐器中以排箫最为活跃，竽、埙、长笛次之；弹拨乐器主要是琴、瑟，琴较瑟为活跃。

---

[1] 张玉、刘照健：《徐州地区西汉陶俑的发现及初步研究》，《东南文化》2002年第11期，载孙海、蔺新建主编《中国考古集成》华东卷（江苏省、安徽省）第14册，战国至秦汉（一），中州古籍出版社，2006，第387页。

[2] 许一伶：《论徐州西汉乐舞俑的艺术特色》，《东南文化》2005年第2期，载孙海、蔺新建主编《中国考古集成》华东卷（江苏省、安徽省）第14册，战国至秦汉（一），第392页。

[3] 李洪甫、石雪万：《连云港地区的几座汉墓及零星出土的汉代木俑》，《文物》1990年第4期，载孙海、蔺新建主编《中国考古集成》华东卷（江苏省、安徽省）第15册，战国至秦汉（二），中州古籍出版社，2006，第1411页。

[4] 王勤金、印志华、徐良玉、古健：《扬州邗江县胡场汉墓》，《文物》1980年第3期，载孙海、蔺新建主编《中国考古集成》华东卷（江苏省、安徽省）第15册，战国至秦汉（二），第1466页。

[5] 中国画像石全集编辑委员会、汤池主编《陕西、山西汉画像石》，《中国画像石全集》第5卷，山东美术出版社，2000，图版说明部分，第61页。

汉代俗乐打击乐器的使用最为广泛，尤其各种各样的鼓，在乐队中非常活跃，这表明汉人非常注重音乐的节奏感，不同鼓点演绎出的变幻多彩的节奏很吸引人。汉画像砖石中有建鼓舞、鼙舞、盘鼓舞等，人们对此不厌其烦地加以表现，说明汉世俗乐十分注重节奏。汉世俗乐的注重节奏感我们还可以从一个反例看出。汉代画像砖石中有很多以掌击节、击拍者的形象，笔者在附录部分统计乐队人数时将这一角色的人员也列入在内，这正是因为它很多情况下可以代替打击乐器如拊或者各种鼓来掌控整个乐舞场面的节奏、进程。如附录画像砖石中的11、37a、86b、95b，没有音乐，只有舞蹈，此时，配合舞蹈的就是人们的以掌击节、击拍或者执桴控节。这种场合唯一没有提到击节者形象的就是99，但这里讲的是歌舞相和，此处虽然没有击节者，歌唱或许一定程度上起到了调控舞蹈节奏的作用。在有丝竹乐参与的音乐场合，击节者形象可与如鼓、拊之类控制节奏的打击乐器同时出现，如8、16、25、27、32、34、36、60、69、97，而在没有如鼓、拊之类控制节奏的打击乐器出现时，则一定少不了击节者，如1b、6、17a、20a、37b、38a、40、48、55、76、85、102中的情形，由之起到安排整个音乐的节奏、进程的作用。

关于三大类乐器的配合使用情况，以表2-2列出。

表2-2 附录汉画像砖石中乐器合奏分类及统计表

合奏情形	图　版	数量总计
打击乐器、吹管乐器合奏	9、10、12a、14b、16、33、35b、39a、44、46、49、51、56、57、64b、66、72、73、75、77、78、82、83、90a、90b、91、92、93、94、96、98、101、103、106、107	35
打击乐器、吹管乐器、弹拨乐器合奏	8、14a、22、25、26、27、32、34、36、60、68、71、80、95a、100、104、110	17

续表

合奏情形	图　版	数量总计
吹管乐器、弹拨乐器合奏	2、6、20a、37b、38a、40、54、58、70、76、81、108	12
打击乐器合奏	12b、13、15、19、20b、31、42、69、79	9
打击乐器、弹拨乐器合奏	43、59、74b、105	4
吹管乐器合奏	17a、50、74a	3

从表2-2中可见，打击乐器、吹管乐器合奏的情形最多，打击乐器、吹管乐器又各自都有合奏，可见汉代的世俗音乐以打击乐器、吹管乐器的使用最为广泛。弹拨乐器的使用也不少：打击乐器、吹管乐器、弹拨乐器合奏的情形居于其次，吹管乐器、弹拨乐器合奏的情形居于第三，从这些例证中均可看出弹拨乐器日益广泛地参与进来。但相比较而言没有前二者突出，如弹拨乐器在汉画像砖石中就没有出现像打击乐器、吹管乐器各自都有合奏的情状。另外，它在合奏时与打击乐器配合的最少。可以说汉世的俗乐是不甘寂寞的，充斥着喧嚣躁动、歌舞喧阗，更接近大众的审美品位。应璩《百一诗》云："汉末桓帝时，郎有马子都。自谓识音律，请客鸣笙竽。为作陌上桑，反言凤将雏。"[1] 可见汉末桓帝时，《陌上桑》曲曾以笙竽配器演奏过。汉世这一相和曲的配器与笔者所总结出的汉世俗乐特点的重合，部分印证了笔者关于汉画像砖石中包含了相和歌在汉世演出情形这一推测的合理性与有效性。此外，袁安《夜酣赋》云："拊燕竽，调齐笙。引宫徵，唱清平。"[2]"清平"，当是汉世三调之清调与平调，此二种曲调之配器袁安的赋中提到了竽和笙。汉代的赋是极尽铺陈之能事的，对于现实中人事物的描写可

---

[1] 逯钦立辑校《先秦汉魏晋南北朝诗》，中华书局，1983，第471页。
[2] 严可均辑校《全上古三代秦汉三国六朝文》，中华书局，1958，第637页。

以说是细致入微地刻画。因此袁安此处的描述提到的两种吹管乐器虽然并不代表汉世清调曲与平调曲的所有配器，但点出了汉世相和歌之平调曲与清调曲的主体配器则是无可置疑的，而这也正好与笔者从上面图表中得出的汉世相和歌配器情况吻合。

汉世俗乐的这些特点，很大程度上是受楚国音乐文化影响的结果。有学者指出："多元的文化渊源和特殊的文化环境，使形成于春秋战国之际的楚音乐艺术同楚文化的其它方面一样，正处于一个重要的历史转折与过渡时期。金石之声作为中原华夏正声之标志，其乐悬编制、乐器组合始终为楚人所追求，但是，在具体楚乐实践中，楚人极大地开拓了它的音乐性能与社会功能，赋予了其鲜明的时代特点和地方特色，将其发展推至顶峰，几乎完成了它在先秦中国音乐文化史上重要的典范使命。起而代之的新标志，正是一种历史悠久，以鼓为中心、以丝竹乐器为基础的新型乐器组合与实践。"[①] 楚系非金石类乐器组合方式可归为三种："一种是鼓类节奏乐器独自出现……另一种是仅由旋律乐器构成乐队的组合方式……第三种组合方式是前述两种组合方式的综合与发展，以鼓为节奏乐器，用瑟、笙等乐器奏出乐曲的旋律，大大加强了乐器的音乐艺术表现力，促进了歌、乐、舞三者的分离与发展。"[②] 由表 2-2 对附录部分的归纳与统计来看，正好涵盖了楚系非金石类乐器的三种组合方式。

通常被认为是雅乐载体的乐器的使用越来越少，而且使用的数量也有所改变。首先看钟。纽钟、镈钟在附录中各只出现一次。14 中的纽钟有两个，101 中的镈钟只有一个。乐钟一般是三五成编使用的，因此汉代世俗音乐中偶尔用到钟大概只是为了显示主人的身份。其次看

---

① 李幼平：《楚系乐器组合研究》，载《黄钟（武汉音乐学院学报）》1992 年第 1 期。
② 李幼平：《楚系乐器组合研究》，载《黄钟（武汉音乐学院学报）》1992 年第 1 期。

磬。9、14中的磬悬有四个，73中的磬悬有三个，74中的磬悬有两个。汉代之前，成组出土的编磬枚数虽然有别，但至少都在五枚以上。因此，从画像砖石中对磬的使用数目来推测其使用动机，大概与上述钟的情况是一致的。

军乐器被继续拿来用于世俗音乐的表演中，如铙、铎。不过这在之前已经开始了。如殷墟妇好墓出土的五件一套的编铙，经测音，每件都可发两个音，"说明商代铜铙已可用于宴享奏乐"①。另外，"1951年湖南长沙识字岭战国前期楚墓出土"的一件铙"柄长，当便持鸣。发音激越，有相当的穿透力……据共存物及发音看来，此铙可能为军器或军、乐兼用之器"②。汉世不过是继承了前代的传统，而且相对于同是继承前代的钟、磬，铙、铎的使用还稍多一些。

关于铃与其他乐器的配合，只见于94，配器为建鼓、铜锣、铃、排箫、鼗、拊（5人）。新的出土材料又有关于铃的新的信息。1999年6月，在山东省济南章丘市枣园镇洛庄村，由于修路取土，发现了大量青铜器，这一偶然的契机使得洛庄汉墓重见天日。2000年2月，济南市考古研究所的专家们对该墓进行了发掘。王子初《中国音乐考古学》曾拿这一发现作为重要例证："首见乐器串铃……这种乐器的出现，为研究汉代宫廷乐队的编制提供了新的资料，提出了新的课题。首见铜铃和錞于、钲同出，并被悬挂于一架……这是我国考古发掘中首次见到的情形……它的出现，究竟是一种偶然现象还是当时军乐器的一种组合规范？显然后者的可能性更大。以上发掘资料表明，春秋战国时期，地处荒蛮的吴和巴的军乐器錞于、铜钲相配，已是当时的一种规范组合。洛庄位于古之齐鲁，为文明礼仪之邦，洋洋大国所在，当然也不会例

---

① 萧亢达：《汉代乐舞百戏艺术研究》，文物出版社，1991，第57页。
② 李纯一：《中国上古出土乐器综论》，文物出版社，1996，第321页。

第二章 汉乐府部分曲类配器研究

外。与錞于、铜钲相配的，或是扁钟，或是铜铃，很可能只是一种地域文化上的差异。洛庄汉墓讲錞于、钲与一件铜铃悬挂于一架，说明汉初仍在继承着先秦的传统。洛庄汉墓的铜钲、錞于与铜铃共出，它加深了人们对古代军乐器的编配及使用方法上的认识。根据以上情况分析，洛庄出土的錞于和钲、铃3件乐器，应属专用于军中号令的军乐器。但它们与编钟、编磬同出于一个陪葬坑，这是否暗示着这3件青铜乐器不仅是军队中使用，也可能是与钟、磬合奏的乐器，这是值得注意的现象。经仔细测听，发现錞于和钲这两件乐器发音和谐、竟可以奏出协和的小三度音程。这不排除是一种偶然的巧合，但如果结合以上情况，是否更可以说明，它们已经不仅仅是没有固定音高的军中号令之具，而是一种与音乐活动有着直接关系的、有一定音律性能的乐器？"① 由此段话可以看出，西汉时尚有串铃这一乐器，在音乐表演中曾与錞于、铜钲在一起配器，而到了94中图版所在的东汉时期，铃的形态发生了变化，与其他乐器的配合也更为丰富。

　　以上以附录画像砖石材料为依据，分析了汉世世俗音乐的乐器使用情况。但由于传世文献缺乏记载，很难确定这些场合表演的歌乐舞究竟是否汉乐府，是的话对应的是哪一类汉乐府。不过前文中笔者已经作了推测，这些画像石中还是蕴含了相和歌表演的一定的信息的。而且上文引用《百一诗》中关于相和曲《陌上桑》在汉桓帝时的表演情形，正与笔者分析的汉世俗乐乐器使用的某些特点相对应。这些分析为我们研究汉乐府相和歌在汉世的配器情况提供了很好的认知背景。

　　下面，笔者以《宋书·乐志》和《乐府诗集》等文献中保存文辞

---

① 王子初：《中国音乐考古学》，第308~310页。

的汉乐府相和歌为基础,对其配器情况作一个推测。

　　乐府诗是一种综合艺术,正如姚小鸥所言,乐府"作为汉代官方艺术创作、管理和表演的主体,如果不详其沿革,大略而言,实际上应该包括文献中的'乐府'、'太乐'等官署及'黄门工倡'、'掖庭才人'等演艺群体(文人司马相如辈与特殊人物李延年等未计入其间)。'乐府'所创作、演出的多种综合艺术的文学因素即为'乐府文学'的研究对象"①。因此,脱离文辞的纯器乐以及乐与舞或杂技配合也可归入汉乐府这一大的范畴。《宋书·乐志》和《乐府诗集》等文献中保存了含有文辞的汉乐府的文本形态,属于乐府文学的质素,则此类汉乐府在汉代当时的演出至少是有歌者存在的,或者是歌乐配合,或者是最为完整的表演形式即歌乐舞的统一。附录中有歌者存在的为 7、8、9、12a、14b、64a、67、76、89b、101,6 中有一男似歌者,但这主要是从与 7 的对比中推测的,并不确定,所以不计入内。这 113 幅图版中只有 8、9、15、19、25、26、28、29、31、44、89、90 的时代为西汉,10、11、91、92 为两汉之际,余下 97 幅的时代都是东汉。"如果从音乐类别来看的话……汉代歌诗当中,最有代表性的当属楚歌、横吹鼓吹和相和歌三大类……在汉初到武帝时代是楚歌比较兴盛的时期,武帝之后楚歌体逐渐衰落;从汉武帝时代到西汉末年,是横吹鼓吹比较兴盛的时期,到了西汉以后横吹鼓吹曲已经衰落;从西汉初年到西汉末年,是相和歌的产生时期,而到了东汉以后则是相和歌诗的兴盛时期。"② 由此可以做这样的推想:12 幅西汉时代的图版均系武帝之后,或许表现的很多就是汉代横吹鼓吹的表演情形,而 97 幅东汉时代的图版表现的或许很多就是汉代相和歌的表演情形。

---

① 姚小鸥:《吹埙奏雅录——姚小鸥自选集》,北京广播学院出版社,2004,第 107 页。
② 赵敏俐:《汉代乐府制度与歌诗研究》,第 123~125 页。

第二章 汉乐府部分曲类配器研究

12幅西汉时代的图版均未出现马上奏乐、道路仪仗的情形，因此演绎的肯定不是横吹，也不是鼓吹仪仗。不过鼓吹及应用场合很广，还有如黄门鼓吹这样的世俗歌乐。赵敏俐《〈汉鼓吹铙歌〉十八曲研究》将汉世鼓吹乐的应用场合总结为六种，其中就有"天子宴乐群臣""用于日常娱乐""用于宴请、赏赐外宾"[①]这几种更偏重娱乐性的场合。12幅西汉时代的图版除了28、29只有建鼓，89a只有瑟，89b乐器形制不清，8、25、26有少量弹拨乐器的参与外，余者或为打击乐器的合奏，或为打击乐器与吹管乐器的合奏。那么这些或许是西汉黄门鼓吹的表演情形。

既为东汉时代图版又有歌者存在的为7、12a、14b、64a、67、76、101，配器情况及人数分别为：

7、64a、67：琴（1人）；

12a：排箫、埙、植立扁鼓、铙、置地扁鼓（15人）；

14b：排箫、建鼓、置地扁鼓（6人）；

76：横笛、排箫、笙、琴、击节者（6人）；

101：镈钟、建鼓、錞、排箫、埙（6人）

7、64a、67的配器都只有琴，或许是琴曲歌辞的表演情形，也可能是在表演相和歌诗。《宋书·乐志》概括相和歌诗的表演情况为："丝竹更相和，执节者歌。"[②]以上只有序号为76的基本符合。其余的究竟是在表演何种汉乐府，单从图版来看不得而知，但既然东汉以后是相和歌诗的兴盛期，那么这几幅图版极有可能呈现的是汉代相和歌诗的表演情形。若如此，那就补充了文献记载的不足，让我们看到汉世不仅有"丝竹更相和，执节者歌"这一表演形态的相和歌，更有

---

① 赵敏俐：《汉代乐府制度与歌诗研究》，第168~170页。
② 沈约：《宋书》第21卷，第603页。

充斥着喧嚣躁动，歌舞喧阗，接近大众审美品位的热闹的相和歌。其配器与上面或许是西汉黄门鼓吹演奏情形的相似，可能是由于东汉时期，汉乐四品中的"黄门鼓吹一项……主要的内容是相和歌和杂舞曲"①。而沈约所总结的相和歌的表演情形毋宁说主要是汉乐府在南朝时期的表演情况，在汉世它只是其中一种表演形态。笔者作出如此推测，原因如下。

汉末至南朝世俗音乐的一大转变趋势就是弹拨乐器的异军突起以及在合奏之中参与比重的日渐加大。汉末三国之际关于汉乐府相和歌的配器，除了上引应璩《百一诗》里有一条材料，余未见任何明确记载。然而这一历史时期乐舞配器情况相对于汉世的一大转变，我们却可以从传世文献中找到一些资料：

1. 《李陵录别诗二十一首》："幸有弦歌曲，可以喻中怀……丝竹厉清声，慷慨有余哀。长歌正激烈，中心怆以摧。欲展清商曲，念子不得归。"②

2. 《古诗十九首》："弹筝奋逸响"、"上有弦歌声……清商随风发。"③

3. 魏武帝《气出倡》："吹我洞箫，鼓琴瑟……鼓吹一何嘈嘈。"④

4. 魏武帝《秋胡行》："坐盘石之上，弹五弦之琴，作清

---

① 王运熙：《说黄门鼓吹乐》，载《乐府诗述论》，第213页。
② 此诗逯钦立认为是"后汉末年文士之作"。逯钦立辑校《先秦汉魏晋南北朝诗》，第337~338页。
③ 逯钦立辑校《先秦汉魏晋南北朝诗》，第330页。
④ 逯钦立辑校《先秦汉魏晋南北朝诗》，第345~346页。

角韵。"①

    5. 曹植《当车已驾行》："顾视东西厢,丝竹与鞞铎。"②
    6. 曹植《闺情诗》："弹琴抚节,为我弦歌。"③
    7. 曹植《赠丁翼诗》："秦筝发西气,齐瑟扬东讴。"④
    8. 曹植《弃妇诗》："抚节弹鸣筝,慷慨有余音。"⑤

以上几项都是世俗音乐的表演情形,从中可以看出,打击乐器的使用明显减少,提到的只有鞞、铎、节,而以吹管乐器与弹拨乐器为主,二者相较,又以弹拨乐器更为突出:吹管乐器只提到了洞箫,余者仅偶尔以"丝竹"之"竹"轻描淡写地一笔带过;弹拨乐器琴、瑟、筝则被屡屡反复提及。此外,汉末三国时期,人们似乎特好清商之声,曹操《秋胡行》甚至提到了清角,这些也都是世俗之乐的明显表征,与荆轲和高渐离之筑而歌变徵之声的"变徵"同样,都便于抒发慷慨、悲壮的情怀。而传统雅乐是尚宫的,如《史记·律书》:"武王伐纣,吹律听声……而音尚宫。"⑥ 所以刘勰评三曹乐府虽为"三调之正声,实韶夏之郑曲"(《文心雕龙·乐府》)。由此可见,虽然汉代经历了哀帝的罢乐府,但世俗新声如火如荼的发展已成不可阻挡之势,上至王公贵族、下至平民百姓,无不喜爱,雅乐越来越被束之高阁。

此后直至南朝,汉乐府相和歌的情况就目前文献来看是湮没无闻的,沈约《宋书》对汉乐府文辞的著录功不可没,但遗憾的是,关于

---

① 逯钦立辑校《先秦汉魏晋南北朝诗》,第350页。
② 逯钦立辑校《先秦汉魏晋南北朝诗》,第438页。
③ 逯钦立辑校《先秦汉魏晋南北朝诗》,第449页。
④ 逯钦立辑校《先秦汉魏晋南北朝诗》,第452页。
⑤ 逯钦立辑校《先秦汉魏晋南北朝诗》,第456页。
⑥ 司马迁:《史记》第25卷,中华书局,1982,第1240页。

汉乐府的配器、演出情况并未多作记载。幸有郭茂倩《乐府诗集》，保留了张永、王僧虔、释智匠等人著作中的有关记载，成为汉乐府配器情况的较早记录。《乐府诗集·相和歌辞》配器情况在解题中都有交代，关于相和歌辞内部不同曲类解题的断句，郑祖襄、孙尚勇等学者虽然都做了深入的研究，但仍存在差异，这主要是引书过程中的引中之引带来的困扰，但解题中仍然可以看到南朝时期这些乐府的配器情况。例如：

相和曲配器：笙、笛、节歌、琴、瑟、琵琶、筝七种。[1]

平调曲配器：笙、笛、筑、瑟、琴、筝、琵琶七种。[2]

清调曲配器：笙、笛（下声弄、高弄、游弄）、篪、节、琴、瑟、筝、琵琶八种。[3]

瑟调曲配器：笙、笛、节、琴、瑟、筝、琵琶七种。[4]

楚调曲配器：笙、笛弄、节、琴、筝、琵琶、瑟七种。[5]

从中可见，南朝时期相和歌诗的配器情况：打击乐器的使用已降至最低，三国时期俗乐中打击乐器的使用相对于汉代已经急剧减少，至南朝时期更是消失得近乎彻底，只有节一种；吹管乐器只有笙、笛、篪三种，早已不见了汉世常用的排箫；弹拨乐器最多，有琴、瑟、筝、筑、琵琶五种，且在每类之中都是所占比重最大的，这正与汉末至南朝世俗音乐中弹拨乐器的异军突起以及在合奏之中参与比重日渐加大的趋势

---

[1] 郭茂倩：《乐府诗集》第26卷，第377页。
[2] 郭茂倩：《乐府诗集》第30卷，第441页。
[3] 郭茂倩：《乐府诗集》第33卷，第495页。
[4] 郭茂倩：《乐府诗集》第36卷，第535页。
[5] 郭茂倩：《乐府诗集》第41卷，第599页。

相吻合。

总之，汉世俗乐配器受到了楚国音乐文化的深刻影响。沈约所言"丝竹更相和，执节者歌"① 很可能只是汉世相和歌表演情形的其中一种，更确切地说，这是对南朝时期汉乐府相和歌诗表演情形的概括。顺承汉末三国以来俗乐配器情况中弹拨乐器日益发达的趋势，汉乐府相和歌在南朝时期相对于它在汉世的表演可以说实现了一个完全的颠覆。

小　结

本章着重研究了《乐府诗集》记载的汉乐府中郊庙歌辞和相和歌辞的配器情况。

《安世房中歌》的配器与从商代开始确立直至《诗经》中的祭祀用乐的主流配器情形吻合，《郊祀歌》的配器则明显反映出对楚辞祭祀用乐配器的继承，同时也反映了汉武之世俗乐新声的渗透。

综观传世文献与出土文献，汉人非常注重音乐的节奏，汉世俗乐中打击乐器的使用最为活跃，其次是吹管乐器，弹拨乐器虽也日益广泛地参与进来，但还是不能与前二者相比。汉世俗乐配器受楚国音乐文化的深刻影响。世俗之乐中，作为雅乐载体的钟磬等使用渐少，不过是用以表明主人身份、权势。铙、铎等一定数量的军乐器继续被拿来用于俗乐表演中。汉末至南朝世俗音乐的一大转变趋势就是弹拨乐器的异军突起以及在合奏之中参与比重的日渐加大。沈约所言"丝竹更相和，执节者歌"的相和歌表演情形，在汉代应该是极少的，更多的是充斥着

---

① 沈约：《宋书》第 21 卷，第 603 页。

喧嚣躁动，歌舞喧阗，接近大众审美品位的俗乐表演。沈约所言确切地说，是对南朝时期相和歌诗表演情形的描述。顺承汉末三国以来俗乐配器情况中打击乐器、吹管乐器日渐少用而弹拨乐器日益发达的趋势，汉乐府相和歌在南朝时期相对于它在汉世的表演可以说实现了一个完全的颠覆，从吹吹打打的扰攘喧闹变成了以弹拨乐器为主的细腻的演绎，音乐审美品位渐趋文人化、小众化。

第三章
汉乐府体式研究

关于先唐诗歌体式，葛晓音已发表过一组力作，如《四言体的形成及其与辞赋的关系》[①]、《论汉魏三言体的发展及其与七言的关系》[②]、《汉魏两晋四言诗的新变和体式的重构》[③]、《论早期五言诗的生成途径及其对汉诗艺术的影响》[④]、《早期七言的体式特征和生成原理——兼论汉魏七言诗发展滞后的原因》[⑤]、《先唐杂言诗的节奏特征和发展趋

[①] 葛晓音：《四言体的形成及其与辞赋的关系》，载《中国社会科学》2002年第6期。
[②] 葛晓音：《论汉魏三言体的发展及其与七言的关系》，载《上海大学学报（社会科学版）》2006年第3期。
[③] 葛晓音：《汉魏两晋四言诗的新变和体式的重构》，载《北京大学学报（哲学社会科学版）》2006年第5期。
[④] 葛晓音：《论早期五言诗的生成途径及其对汉诗艺术的影响》，载《文学遗产》2006年第6期。
[⑤] 葛晓音：《早期七言的体式特征和生成原理——兼论汉魏七言诗发展滞后的原因》，载《中国社会科学》2007年第3期。

向》①等。这些均从元典出发，勾勒出截止到唐代的中国古代各体诗歌句式形成、演变的过程及深层次的原因，其中对包括乐府在内的整个汉诗的句式亦有所论及，详赡深刻。专著方面，北京师范大学2008届博士周仕慧学位论文《乐府诗体式研究》则对乐府诗文体作了专门研究，论述了乐府诗语体、结构、句度、声辞等方面的体式特征。通过对乐府诗中对话体、对唱体、套语、声辞合写、三字节奏、五言四句体、声律等体式现象的具体考察，揭示了乐府诗语言形式与音乐歌舞表演之间的关系，从而对乐府诗体式的形成、功能、意义作出了更深入的解释。因此，本章之中，笔者欲将汉乐府置于先秦两汉诗歌发展的大背景下，尤其是与《诗经》《楚辞》的比照之中，从感叹词的运用与音乐文学程式化的角度对汉乐府体式进行研究。

第一节　感叹词运用与音乐消长之关系

关于中国古代诗歌中感叹词的运用，闻一多《歌与诗》中有较为详细的论述，并以"兮""猗""我"等字为例。其实类似的感叹词是很多的。虽然随着语言的发展，它们有时也部分地担负了语法的功能，如闻一多《〈九歌〉兮字代释略说》中对"兮"字在《九歌》中语法功能的阐释，但更多情况下，依然是延续了它们的本色——为了抒情而存在。从徒歌到简单的乐器伴奏再到丰富的音乐演绎，从像《弹歌》那样原始简单、支离散漫的文辞到精雕细琢的篇章，感叹词在不同历史时期的音乐文学、非音乐文学中的使用是有消有长的。为了避免孤立、

---

① 葛晓音：《先唐杂言诗的节奏特征和发展趋向》，载《文学遗产》2008年第3期。

片面地就事论事，本章以《先秦汉魏晋南北朝诗》中秦汉卷、《阮刻十三经注疏》中的《诗经》文本以及《楚辞补注》中的《楚辞》文本、《乐府诗集》等文献为依据，运用统计学的方法，将对汉乐府感叹词运用的研究放置于对整个先秦两汉诗歌感叹词运用的考察背景中，揭示其消长背后的原因，并探讨音乐文学与非音乐文学抒情方式的差异与演变。

一 先秦诗歌中感叹词的运用

逯钦立辑校《先秦汉魏晋南北朝诗》先秦诗前两卷分别为歌上、歌下，共94首。其中没有用到感叹词及由之组合的特殊句式者有37首，包括：《弹歌》《大唐歌》《卿云歌》后二首、《涂山歌》《五子歌》前四首、《蟪蛄歌》《原壤歌》《成人歌》《宋城者讴》（2首）、《泽门之晳讴》《野人歌》《冻水歌》《齐人歌》《狐裘歌》《暇豫歌》《龙蛇歌》（4首）、《段干木歌》《楚人诵子文歌》《慷慨歌》《丘陵歌》《琴歌》（3首）、《河上歌》《申包胥歌》《丰歌》《秦始皇时民歌》《甘泉歌》《琴女歌》，占总数的39.4%。余下那些用到感叹词的诗歌中，感叹词的种类、数量与使用的位置是丰富多彩、灵活多变的。有"哉、兮、猗兮、猗、乎、也、矣、邪、而、焉、于乎、呜呼、吁嗟"，用于句首、句中、句末者皆有；还有比较特殊的句式："……兮……兮""……兮……矣""……乎……乎""×乎×乎""×哉×哉""×兮×兮""×邪×邪""×耶×耶""×而×而"。对于这些不同的感叹词以及由之组合的特殊句式，这些诗歌或是纯用一种，或是杂而用之，而杂用多种感叹词及由之组合的特殊句式的情况也正显示出一首诗歌内部感叹词运用的腾挪跌宕、摇曳生姿。

下面先以表格列出纯用一种者（见表3-1）。

表 3-1　先秦诗前两卷"歌"上、"歌"下
感叹词纯用一种者统计表

感叹词以及由之组合的特殊句式	题　名	感叹词以及由之组合的特殊句式所占句数	诗歌总句数	所占百分比
句末"哉"	《击壤歌》	1	5	20%
	《赓歌》三首	9	9	100%
	《被衣为啮缺歌》	1	7	14%
句末"兮"	《南风歌》	4	4	100%
	《卿云歌》第一首	3	4	75%
句末"猗兮"	《涂山女歌》	1	1	100%
句末"乎"	《曳杖歌》	3	3	100%
	《齐民歌》	1	1	100%
	《渔父歌》第三首	1	3	33%
句末"也"	《优孟歌》	2	13	15%
句中"乎"	《采芑歌》	2	2	100%
	《弹铗歌》三首	3	3	100%
	《渔父歌》第一首	2	2	100%
句中"兮"	《河激歌》	8	8	100%
	《邺民歌》	3	3	100%
	《孺子歌》	2	2	100%
	《申叔仪乞粮歌》	2	2	100%
	《徐人歌》	1	2	50%
	《越人歌》	6	6	100%
	《荆轲歌》	2	2	100%
	《讽赋歌》二首	4	4	100%
	《楚聘歌》	3	3	100%
	《渔父歌》第二首	3	3	100%
	《乌鹊歌》第一首	11	11	100%
	《采葛妇歌》	5	13	38%
	《河梁歌》	2	10	20%

续表

感叹词以及由之组合的特殊句式	题　名	感叹词以及由之组合的特殊句式所占句数	诗歌总句数	所占百分比
"……乎……乎"	《周秦民歌》	2	2	100%
"×哉×哉"	《去鲁歌》	1	6	17%
"×耶×耶"	《穷劫曲》	1	18	6%

下面再列出杂而用之者（见表3-2）。

表3-2　先秦诗前两卷"歌"上、"歌"下感叹词杂而用之者统计表

感叹词以及由之组合的特殊句式	题　名	感叹词以及由之组合的特殊句式所占句数	诗歌总句数	所占百分比
句末"兮"、句首"呜呼"、句中"兮""哉"	《黄鹄歌》	8	9	89%
句末"猗""乎"	《相和歌》	3	4	75%
句末"乎""×乎×乎"	《梦歌》	2	4	50%
	《南蒯歌》	6	7	86%
	《莱人歌》	2	4	50%
	《楚人为诸御己歌》	4	4	100%
	《杨朱歌》	4	8	50%
句末"也"、句中"乎""兮"	《穗歌》	4	4	100%
句末"也""哉×哉"	《齐庄公歌》	2	3	67%
"×兮×兮""×而×而"、句末"而"	《楚狂接舆歌》第一首	3	5	60%
句末"也""焉""×兮×兮""×乎×乎"	《楚狂接舆歌》第二首	7	21	33%
句末"矣"、句中"兮"	《岁莫歌》	4	6	67%
句末"邪""×邪×邪"	《松柏歌》	2	2	100%
句末、句首"于乎"，句中"兮"	《乌鹊歌》第二首	20	20	100%

117

续表

感叹词以及由之组合的特殊句式	题　名	感叹词以及由之组合的特殊句式所占句数	诗歌总句数	所占百分比
句首"呜呼"、句中"乎"	《五子歌》末首	2	8	25%
句末"兮""×兮×兮"	《夏人歌》二首	8	10	80%
句末"于乎"、句中"兮"	《离别相去辞》	8	8	100%
句首"吁嗟""……兮……矣"、句末"兮""矣"	《采薇歌》	5	5	100%
句中"兮""×乎×乎"	《鼓琴歌》	2	4	50%
句中"兮""×兮×兮"	《获麟歌》	2	3	67%
"×乎×乎""×邪×邪"	《子桑琴歌》	2	2	100%
句中"兮""……兮……兮"	《麦秀歌》	2	2	100%

从统计情况上看，纯用一种者与杂而用之者，分别有34首、23首，共计57首；感叹词以及由之组合的特殊句式所占句数与诗句总数比例达到50%以上者两表分别为21首、20首，共计41首，占到了57首中的72%；有些甚至达到100%，即通篇句句都用到了感叹词以及由之组合的特殊句式，这种情况的有27首，占到了57首中的47%。

《先秦汉魏晋南北朝诗》中先秦诗前两卷，其时间跨度为从上古至战国，由于年代久远，人们对其真实性往往有所怀疑，辑者已对其中某些歌辞作了辨正，如《乌鹊歌》，系依托无疑。但总体上还是传达出了感叹词运用的某些信息。关于"歌"，《诗经·魏风·园有桃》有句云："心之忧矣，我歌且谣。"毛《传》："曲合乐曰歌，徒歌曰谣。"① "正义曰：《释乐》云：'徒歌谓之谣。'孙炎曰：'声消摇也。'此文歌谣相对，谣既徒歌，则歌不徒矣，故云'曲合乐曰歌'。乐即琴瑟。《行

---

① 《毛诗正义》第5卷，阮元校刻《十三经注疏》，第357页。

苇》传曰：'歌者，合于琴瑟也。'歌谣对文如此。散则歌为总名。《论语》云'子与人歌'，《檀弓》称：孔子歌曰：'泰山其颓乎'之类，未必合乐也。"① 由此，"歌""谣"并举时，"歌"为合乐之作，"谣"为徒歌；散则歌为总名，未必合乐。

先秦诗前两卷"歌"，绝大多数都是即事而发，规模短小而散漫。明确提到有乐器伴奏且相对可信者仅为《荆轲歌》（笔者按：虽然《南风歌》被记载为"舜弹五弦之琴，歌南风之诗"，但传说时代的记载不如后世的信史确切），而那个壮别的场合是恰有高渐离这个击筑高手在场，所以虽然亦为短制，仍符合"歌"严格意义上的内涵。余下的提到背景时大多是泛泛地讲"乃歌曰"或"作歌曰"，偶尔有如《越人歌》"拥楫而歌"、《弹铗歌》"弹剑而歌"等，总之大都没有明确的伴奏乐器。而如《段干木歌》谈到其背景时则是"国人相与诵之曰"，这里用了"诵"这个字眼。《汉书·艺文志》："传曰：'不歌而诵谓之赋，登高能赋可以为大夫。'"② 诵即以声节之。刘勰《文心雕龙·诠赋》："至如郑庄之赋'大隧'，士蒍之赋'狐裘'，结言短韵，词自己作，虽合赋体，明而未融。"③ 刘勰在这里举此两例，是用来说明赋在初起时，皆为短章。而"大隧"之篇逯钦立将其放入了卷六《逸诗》，"狐裘"之篇在卷二歌下，系《狐裘歌》。综合以上种种，逯钦立将此二卷总冠以"歌"之名，实是从一种宽泛意义上而言。这些小篇短制的"歌"并非具有明确的音乐文学的创作意识，即使偶合"歌"的严格含义，也是一种凑巧与偶然。但也应该看到，它固然有别于严格意义上"歌"的丰富的音乐元素，但也并非干瘪无味的单纯的朗读，而是

---

① 《毛诗正义》第5卷，阮元校刻《十三经注疏》，第358页。
② 班固：《汉书》第30卷，第1755页。
③ 刘勰著，詹锳义证《文心雕龙义证》（上），上海古籍出版社，1989，第274页。

以人声演绎简单的旋律与音调，是介于音乐文学与纯文字之间的准音乐文学。缺乏伴奏乐器，少了音乐的装饰，篇制短小，修辞手段不可能充分展开，实字的意义仅在于达意而已。于是，在这种情况下，表情的功能便更多地落在了感叹词及其人声演绎上。感叹词及由之组合的特殊句式其繁复多样的种类，丰富多变的组合，腾挪跌宕、摇曳多姿，人的情感也得以传达出来。

先秦诗其余五卷用到感叹词的诗歌不多，以表3-3列出。

表3-3 先秦诗其余五卷感叹词运用情况统计表

卷数	题名	感叹词以及由之组合的特殊句式	感叹词以及由之组合的特殊句式所占句数	诗歌总句数	所占百分比
卷三"谣"	《晋儿谣》	句末"兮"，《史记》作"矣"	1	2	50%
	《恭世子诵》	句末"也""兮""斯""×兮×兮"	10	20	50%
卷四"杂辞"	《祷雨辞》	句末"与""也"	9	9	100%
	《为士卒倡》	句末"矣"	4	4	100%
卷五"诗"	《俍诗》第一首	"……乎……也"，句末"矣""也"	8	34	24%
	《俍诗》第二首	句首"呜呼"、句末"矣""也"	8	20	40%
	《书后赋诗》	句末"兮"、句首"呜呼"	5	14	36%
卷六"逸诗"	《支诗》	句末"也"	2	3	67%
	《无射诗》		2	4	50%
	《辔之柔矣诗》	句末"矣"	2	6	33%
	《荀子引逸诗》		1	6	17%
	《诗》"其乐也融融""其乐也洩洩"	句中"也"	2	4	50%

120

续表

卷　数	题　名	感叹词以及由之组合的特殊句式	感叹词以及由之组合的特殊句式所占句数	诗歌总句数	所占百分比
卷六"逸诗"	《论语引逸诗》第一	句末"兮"	3	3	100%
	《荀子引逸诗》		5	5	100%
	《论语引逸诗》第二	句末"而"	2	4	50%
卷七"古谚语"	《国语引人言》	句末"焉"	2	2	100%
	《荀子引民语》	句末"矣""乎"	5	5	100%
	《韩非子引古谚》	句末"也"	2	2	100%
	《战国策引鄙语》《战国策引语》		2	4	50%

由表 3-3 可见，先秦诗余下的五卷中，虽然一共只有 20 首用到了感叹词以及由之组合的特殊句式，远远少于前两卷的歌上、歌下，但其中感叹词以及由之组合的特殊句式所占句数与诗句总数比例达到 50% 以上者有 15 首，占 75%。

刘勰《文心雕龙·明诗》："昔葛天乐辞，《玄鸟》在曲；黄帝《云门》，理不空弦。至尧有《大唐》之歌，舜造《南风》之诗，观其二文，辞达而已。及大禹成功，九序惟歌；太康败德，五子咸怨……自商暨周，《雅》《颂》圆备。"[1]《文心雕龙·乐府》："至于涂山歌于'候人'，始为南音。"[2] 刘勰在《明诗》中讲诗之伊始，提到了很多与音乐文学有关的情况，其中还有《南风歌》，而在《乐府》中追本溯源之时，又提到了南音之始的《候人歌》，刘勰虽然在《乐府》篇末尾专

---

[1] 刘勰著，詹锳义证《文心雕龙义证》（上），第 175~179 页。
[2] 刘勰著，詹锳义证《文心雕龙义证》（上），第 223 页。

门标举"昔子政品文，诗与歌别；故略具乐篇，以标区界"①，而且也确实注意到了乐府由乐器介入而产生的音乐质素，但也并非严格地与诗区别开来。笔者认为，从音乐文学的发展看，最开始还是人声为贵，以人声来模仿、演绎简单的旋律与音调，后来人们发明了不同质地、形制的乐器之后，便有了丰富多彩的乐器伴奏，更产生了专门的音乐机关、乐人，加工、造作音乐文学，音乐、文辞、舞容达到了精致的统一。当音乐文学发展到如此阶段，则先前不具备乐器而单纯由人声演绎的文辞，虽然也许有一定的旋律与音调，但与发展成熟的音乐文学形式相较，也只能算是准音乐文学。由前卷《荆轲歌》可以看出，短短两句既有实字的达意、感叹词的表情，又有高渐离击筑为变徵之声这一音乐的装点，虽不似国家音乐机关有意识的造作，但也符合严格意义上的音乐文学，只不过是一次因机缘巧合而成的作品。其余的"歌"以及后五卷中的作品，应该包括以人声演绎简单旋律与音调的准音乐文学以及脱离了旋律与音调的非音乐文学。虽然难以一一确切考证，但从数量和性质来推测，准音乐文学在"歌"里所占比重应当更大一些，非音乐文学则在后五卷中所占比重更大。由表3-3可见，传说时代的作品用到感叹词者有《击壤歌》《南风歌》《卿云歌》，三代之作品用到感叹词且较早者有《涂山女歌》《祷雨辞》，其中除了《南风歌》被记载为"舜弹五弦之，歌南风之诗"，余者皆不过是泛泛而言"乃作歌""歌曰"，并未提到乐器的介入。因此感叹词的运用乃起于介乎音乐文学与纯文字之间的准音乐文学，较早且可信然而比较随机的音乐文学创作如《荆轲歌》，对感叹词的运用实是延续了准音乐文学而与器乐耦合而已，像谚语等非音乐文学中对感叹词的运用则是对准音乐文学中

---

① 刘勰著，詹锳义证《文心雕龙义证》（上），第263页。

这一运用的借鉴与扩展。感叹词以及由之组合的特殊句式所占句数与诗句总数比例达到50%以上的诗歌在《先秦汉魏晋南北朝诗》先秦诗包含感叹词的诗歌中所占的绝对优势，显示了感叹词在随机的简单的音乐文学、准音乐文学、非音乐文学中所扮演的重要的抒情角色与发挥的强大抒情功能。

二 《诗经》《楚辞》中感叹词的运用

《诗经》和《楚辞》中的大多数作品虽然也出现在先秦，但由于其特殊的地位，所以与其他的先秦诗区别开，拿出来单独讨论。

《楚辞》中感叹词的使用相对集中而单调，使用最多的是"兮"，另有"也、些、只、乎"等。关于入乐，可确定者大概只有《九歌》这组祭祀乐歌，其中感叹词"兮"的运用通篇都在句中。《离骚》除了"余固知謇謇之为患兮，忍而不能舍也。指九天以为正兮，夫唯灵修之故也……忳郁邑余侘傺兮，吾独穷困乎此时也。宁溘死以流亡兮，余不忍为此态也……乱曰：……已矣哉"中的"矣哉"、几个句末"也"，其余皆句末"兮"。《九章》《远游》《九辩》句末大多是"兮"，偶尔有"也"，"兮"字偶尔也在句中。《招魂》有"兮"字用于句末、句中，但多为句末"些"。《大招》只有一处"魂兮归来"用句中"兮"，余者多为句中"乎"、句末"只"。其中"些"字为楚辞的独创。《楚辞》中除了《九歌》可以明确为音乐文学作品，余者是准音乐文学作品还是纯文字文本不好判断。但不管其为何种类型，《楚辞》都可以说是把感叹词的运用发挥到极致的作品，几乎是每篇皆有，句句不离。它不仅是"奇文郁起……轩翥诗人之后，奋飞辞家之前""金相玉式，艳溢锱毫"[①]，更是

---

① 刘勰著，詹锳义证《文心雕龙义证》（上），第134、168页。

把奇幻瑰丽的文章、考究的修辞、摘葩耀藻的精雕细琢与一唱三叹、九曲回肠的强烈抒情恰到好处地结合了起来，实字的达意与感叹词的表情实现了完美的统一。从中我们更可以看出感叹词所扮演的重要的抒情角色。

《诗经》中没有用到感叹词的有121首，具体可见表3-4的统计。

表3-4　《诗经》未用到感叹词的篇章统计表

分类		曲　　名
风	周南	桃夭、兔罝、芣苢、汝坟
	召南	鹊巢、采蘩、采蘋、甘棠、行露、羔羊、小星、江有汜
	邶风	终风、凯风、匏有苦叶、式微、泉水、静女、新台、二子乘舟
	鄘风	鹑之奔奔、相鼠、干旄、载驰
	卫风	考槃、竹竿、河广
	王风	兔爰、葛藟、大车、丘中有麻
	郑风	女曰鸡鸣、有女同车、东门之墠、风雨、扬之水、出其东门
	齐风	东方未明、卢令、载驱
	魏风	葛屦、汾沮洳、硕鼠
	唐风	蟋蟀、扬之水、羔裘、鸨羽
	秦风	车邻、驷驖、小戎、蒹葭、晨风、无衣、渭阳
	陈风	东门之枌、衡门、东门之池、东门之杨、株林、泽陂
	桧风	羔裘、隰有苌楚
	曹风	下泉
	豳风	七月、伐柯、狼跋
雅	小雅	鹿鸣、四牡、皇皇者华、菁菁者莪、吉日、鸿雁、鹤鸣、祈父、白驹、黄鸟、我行其野、小宛、谷风、北山、鼓钟、信南山、桑扈、鸳鸯、頍弁、青蝇、鱼藻、采绿、绵蛮、瓠叶、何草不黄
	大雅	棫朴、思齐、灵台、行苇、既醉、凫鹥、假乐、公刘、泂酌、荡、崧高、烝民、江汉、常武
颂	周颂	维清、我将、时迈、执竞、思文、丰年、载见、有客、载芟、丝衣
	鲁颂	駉、泮水、閟宫
	商颂	烈祖、玄鸟、殷武

余下那些用到感叹词的诗篇中，感叹词的种类、数量与使用的位置亦是丰富多彩、灵活多变的，远远超过《先秦汉魏晋南北朝诗》先秦诗中随机的音乐文学作品、准音乐文学作品和非音乐文学作品。具体的包括：句末"哉、兮、也、矣、思、其、也且、只且、只、且、乎、忌、乎而、而、止、焉、焉哉、猗、斯、与"，句中"乎、兮、哉、矣、焉、只、也、且"，句首"于嗟、猗嗟、於呼、於乎、於、噫嘻、猗与"；还有比较特殊的句式"×哉×哉"、"×兮×兮"、"×斯×斯"。对于这些不同的感叹词以及由之组合的特殊句式，这些诗篇或是纯用一种，或是杂用多种。纯用一种者共119首，其中《风》诗63首、《雅》诗40首、《颂》诗16首。杂用多种者共65首，其中《风》诗30首、《雅》诗27首、《颂》诗8首。

如前所述，《先秦汉魏晋南北朝诗》先秦诗"歌"部分，感叹词以及由之组合的特殊句式得到了非常广泛的应用，有些诗篇甚至通篇句句不离。从前面统计的百分比数字可以看到感叹词在随机的简单的音乐文学作品、准音乐文学作品和非音乐文学作品中的广泛应用及其强大的抒情功能。

《诗经》是中国文学史上现存第一部系统的标准的宫廷音乐文学作品，与以往以及同时代其他音乐文学作品不同，它是在一种明确的音乐文学意识的指导下加工、创制出来的。虽然历来对于"采诗说"与"献诗说"的争论纷繁不已，但《诗经》作品经过国家音乐机关及专门乐人的加工并在当时就广为传唱则是毫无疑问的。上面统计过，《诗经》305篇中没有用到感叹词及由之组合的特殊句式的有121篇，纯用一种者有119篇，杂而用之者有65篇，所占诗篇总量的比例分别为40%、39%、21%。若是单纯从这组数据来看，未用到感叹词及由之组合的特殊句式的诗篇与用到者的比率是40%比60%，似乎《诗经》篇章用到感叹词及由之组合的特殊句式的还比较多。但若具体分析《诗经》中用到感叹词及由之组合的特殊句式的60%的篇章，我们就会发现，感叹词及由之组合的特殊句式的应用程度远不如其在随机的音乐文学作品、准音乐文学作品和非音乐文学作品中。《诗经》中感叹词以及由之组合的特殊句式所占句数与诗句总数比例达到50%以上的诗歌，《雅》诗和《颂》诗各只有一首，《风》诗相对多一些，但也只有26首，仅占184首中的14%。

通读《诗经》，笔者发现，感叹词以及由之组合的特殊句式所占句数与诗句总数比例达到50%以上甚至通篇都使用的诗歌基本上都具有整齐的对称美，如《鄘风·墙有茨》《郑风·缁衣》《郑风·遵大路》《齐风·还》《齐风·著》《齐风·东方之日》《魏风·十亩之间》《陈风·月出》《桧风·素冠》等，同一组句式分不同的乐章反复咏叹，这种令人目不暇接的反复性增强了抒情效果。但是具备这种整齐的对称美的诗篇，感叹词及由之组合的特殊句式不一定都能得到广泛应用，如《鲁颂·有駜》共三章，每章九句，三章都是同一组句式的反复咏叹，只是替换了其中几个词而已，但只是在每章末句句尾用了"兮"字，27句中只有3句用了感叹词，比例并不高。因此我们可以得出这样的结论：《诗经》中使用到感叹词以及由之组合的特殊句式的诗篇相比于未使用的诗篇不像在前述随机的音乐文学作品、准音乐文学作品、非音乐文学作品中的情况，40%比60%的比例显示出其使用并不具有绝对优势；而且，在这60%用到感叹词以及由之组合的特殊句式的诗篇中，其使用程度也不高，不管是在风、雅还是颂诗中，都存在这样一个趋势，即实字的使用极度膨胀，尤其在雅诗中，不少诗篇规模庞大，虽是围绕一个主题，但已很少见有整齐对称美的篇章，而是用实字的累积来抒情达意，感叹词已经退居抒情配角的地位了，其抒情功能已经严重弱化。

在《诗经》这部中国文学史上现存第一部系统的标准的宫廷音乐文学作品中，感叹词的应用之所以急剧沦丧，笔者以为首先是音乐分担了很大一部分抒情功能，乐师们完全可以调动种种音乐元素与手段首先在听觉上给人以感情的冲击；其次是修辞手段的强化，实字的密促累积不仅没有让人觉得滞重，反而是深深地与诗歌作者达到了感情上的强烈共鸣，那天风海雨般扑面而来的感染力与冲击力正源自修辞上的精细雕琢。而这两点都是之前及同时代的随机的音乐文学作品、准音乐文学作品、非音乐文学作品所不具备的。第一，它们没有明确的音乐文学创作意识，乐器的介入、诗乐舞的统一都是随机偶然的，这首先在音乐上就逊色不少。第二，它们在篇制上大多短小散漫，修辞手段也不可能充分展开，实字只是止于达意而已，因此这两方面的匮乏使得感叹词及由之所组成的特殊句式在这些诗篇中大放异彩，展示了其强大的抒情功能。而《楚辞》则更是从积极的意义上把感叹词运用到极致的作品，几乎是句句不离，将奇幻瑰丽的文章、考究的修辞、摛葩耀藻的精雕细琢与一唱三叹、九曲回肠的强烈抒情恰到好处地结合了起来，实字的达意与感叹词的表情实现了完美的统一。从中我们更可以看出感叹词所扮演的重要的抒情角色与发挥的强大的抒情功能。

三 汉乐府中感叹词的运用

《先秦汉魏晋南北朝诗》中汉诗共 12 卷，虽然感叹词及由之组成的特殊句式的放置位置仍很灵活多变，但其种类、数量明显不如先秦时期那么丰富多彩，而是沉淀下来了一批感叹词及由之组成的特殊句式，其中以"兮"字最为活跃。

下面以表 3-5 列出《先秦汉魏晋南北朝诗》汉诗里非乐府诗的诗

歌中感叹词及由之组合的特殊句式的使用情况。

表 3-5　汉代非乐府诗感叹词运用情况统计表

卷数	题名	感叹词以及由之组合的特殊句式	感叹词以及由之组合的特殊句式所占句数	诗歌总句数	所占百分比
卷一	《思奉车子侯歌》	句中"兮"	通篇		100%
	枚乘《歌》		通篇		100%
	司马相如《歌》		通篇		100%
	《嗟伯夷》	句中、句末"兮"	2	3	67%
卷二	《讽谏诗》	句首"於"	2	108	2%
	《在邹诗》	句末"而"	2	52	4%
	《自劾诗》	句中"矣"、句首"於"	5	76	7%
	《戒子孙诗》	句首"於""於戏"	2	56	4%
	《绝命辞》	句中、句末"兮"	18	20	90%
卷五	《适吴诗》	句中"兮"	通篇		100%
	《思友诗》		通篇		100%
	《宝鼎诗》		通篇		100%
	《白雉诗》		通篇		100%
	《论功歌诗·灵芝歌》		通篇		100%
	《论功歌诗·嘉禾歌》		通篇		100%
	《安封侯诗》		通篇		100%
	傅毅《歌》		1	4	25%
	《明堂诗》	句首"於""猗欤"	1	12	8%
	《辟雍诗》	句首"於"			
	《灵台诗》				
	崔骃《歌》	句末"兮"	通篇		100%
	《迪志诗》	句首"於""於戏"	2	64	3%

128

续表

卷　数	题　名	感叹词以及由之组合的特殊句式	感叹词以及由之组合的特殊句式所占句数	诗歌总句数	所占百分比
卷六	张衡《歌》	句中"兮"	通篇		100%
	张衡《叹》		通篇		100%
	《四愁诗》		4	32	13%
	《招商歌》		1	5	20%
	《答秦嘉诗》		通篇		100%
	《李翕析里桥𠋫阁颂新诗》		通篇		100%
	郦炎《诗二首》第二	句中"哉"	1	16	6%
	《答客诗》	句中"矣"	1	8	13%
	《述婚诗》第一首	句首"猗兮"、句中"矣"、句末"兮"	2	10	20%
	《述婚诗》第二首	句末"矣"	1	10	10%
	《鲁生歌》	句中、句末"哉",句末"矣夫"	2	10	20%
卷七	后汉少帝刘辩《悲歌》	句中"兮"	通篇		100%
	《唐姬起舞歌》		通篇		100%
	蔡邕《歌》		通篇		100%
	蔡琰《悲愤诗》		通篇		100%
	《答对元式诗》	句末"矣"	1	10	10%
	《崔君歌》	句中"兮"	通篇		100%
	《益都民为王忳谣》	句中"哉"	1	2	50%
	《摘洛谣》		1	3	33%
卷十一	《将归操》	句中"兮"	1	3	33%
	《龟山操》				
	《列女引》		通篇		100%
	《辟历引》		1	6	17%
	《箕山操》		4	19	21%
	《仪凤歌》		通篇		100%
	《苣梁妻歌》		通篇		100%
	《饭牛歌》附第三首		4	7	57%

续表

卷　数	题　名	感叹词以及由之组合的特殊句式	感叹词以及由之组合的特殊句式所占句数	诗歌总句数	所占百分比
卷十一	《水仙操》	句中"兮"	3	4	75%
	《伯姬引》		2	4	50%
	《琴引》		9	13	69%
	《岐山操》		3	4	75%
	《陬操》	句末"只且"	1	22	5%
	《信立退怨歌》	句末"兮"	通篇		100%
	《归耕操》		通篇		100%
	《思归引》	句中、句末"兮",句中"乎"	4	7	57%
卷十二	《张公神碑歌》第三至八	句中"兮"	37	41	90%
	《李翊夫人碑歌》		通篇		100%
	《风雨诗》		4	8	50%
	《张公神碑歌》第九	句末"兮"	通篇		100%
	《郭辅碑歌》	句中"矣"	1	22	5%

《先秦汉魏晋南北朝诗》汉诗卷一、二、三、五、六、七、八、十一、十二中非乐府诗的诗歌总量为462首,而由表3-5统计,这几卷中用到感叹词及由之组成的特殊句式的诗篇共有62首,占总量的13%。在这62首中,感叹词及由之组成的特殊句式所占句数与诗歌总句数比例达到50%以上的有38首,占到了61%。可见,虽然包含感叹词及由之组成的特殊句式的非乐府诗篇在整个汉诗中并非占很大比例,但在其内部,感叹词及由之组成的特殊句式的使用频率与密集度是相当高的,仅稍稍低于其在此前除《诗经》《楚辞》之外的先秦诗歌中的应用。前文论述过,感叹词的运用乃起于介乎音乐文学与纯文字之间的准音乐文学,而在汉代,很多带兮字的歌诗其实就是一种准音乐文学,感

叹词及由之组成的特殊句式在这类诗篇中使用也最为广泛。像文人创作的纯文字文本等非音乐文学中对感叹词的运用则是对准音乐文学中这一运用的借鉴与扩展，不过数量并不是很多。

在分析了汉诗里非乐府诗歌中感叹词及由之组合的特殊句式的使用情况之后，我们再来看汉乐府中感叹词及由之组合的特殊句式的使用情况。下面以表3-6列出《乐府诗集》所收汉乐府中感叹词及由之组合的特殊句式的使用情况。

表3-6　汉乐府中感叹词运用情况统计表

卷数	题名	感叹词以及由之组合的特殊句式	感叹词以及由之组合的特殊句式所占句数	诗歌总句数	所占百分比
卷一	《练时日》	句中"哉"	1	48	2%
卷八	《安世房中歌》第一首	句末"矣"	1	12	8%
	《安世房中歌》第四首		1	7	14%
	《安世房中歌》第十四首		2	8	25%
	《安世房中歌》第三首	句中"矣"	1	8	13%
	《安世房中歌》第五首	句末"哉"	1	8	13%
	《安世房中歌》第十首	句中"哉"	1	10	10%
	《安世房中歌》第十三首	句首"呜呼"、句末"哉"	1	6	17%
卷十六	《将进酒》	句末"哉"	1	9	11%
	《芳树》	句末"矣""乎"	2	14	14%
	《有所思》	妃呼豨	1	17	6%
	《圣人出》	句中、句末"哉"	2	13	15%
	《远如期》		2	14	14%
	《临高台》	句中"哉"	1	7	14%
	《上邪》	句末"邪"	1	8	13%
	《石留》	邪	断句存在分歧，暂不标		

131

续表

卷数	题　名	感叹词以及由之组合的特殊句式	感叹词以及由之组合的特殊句式所占句数	诗歌总句数	所占百分比
卷二八	《乌生》	唶我	5	26	19%
卷三七	《东门行》	咄	1	17	6%
卷三九	《艳歌何尝行》	句中"哉"	1	26	4%
卷五二	《后汉武德舞歌诗》	句首"於"、句中"矣"	2	14	14%
卷五八	刘邦《大风起》	句中"兮"	通篇		100%
	刘安《八公操》	句末"兮"	8	16	50%
卷五九	王嫱《昭君怨》	句首"呜呼"、句末"哉"、"×兮×兮"	2	24	8%
	蔡文姬《胡笳十八拍》	句中"兮"	148	159	93%
卷六十	司马相如《琴歌》二首	"×兮×兮"、句中"兮"	4	14	29%
	霍去病《琴歌》	句末"兮"	6	12	50%
卷七四	马援《武溪深行》	句中"哉"	1	4	25%
卷八四	刘友《赵幽王歌》	句中"兮"、句首"于嗟"	通篇		100%
	刘彻《秋风辞》	句中"兮"	通篇		100%
	刘细君《乌孙公主歌》		通篇		100%
	《李陵歌》		4	6	67%
	刘弗陵《黄鹄歌》		3	7	43%
	刘彻《李夫人歌》	"×邪×邪"	1	3	33%
	刘彻《瓠子歌》第一首	句中"兮""哉"	通篇		100%
	刘彻《瓠子歌》第二首	句中"兮""噫乎"	通篇		100%
	《牢石歌》	句末"邪""×邪×邪"	3	4	75%
卷八五	刘旦《燕王歌》	句中、句末"兮"	2	4	50%
	《华荣夫人歌》		4	6	67%
	刘胥《广陵王歌》	句中"兮"	6	12	50%
	《皇甫嵩歌》		通篇		100%
	梁鸿《五噫歌》	句末"兮噫"	通篇		100%
	《岑君歌》	句中"矣"、句首"於戏"	2	12	17%

《乐府诗集》所收汉乐府共 174 首，据表 3-6，其中用到感叹词及由之组合的特殊句式者有 43 首，占总量的 25%。其内部感叹词及由之组成的特殊句式所占句数与诗歌总句数比例达到 50% 以上的只有 16 首，占 43 首中的 37%。对比前面，汉诗中的非乐府诗用到感叹词及由之组成的特殊句式的诗篇占总量的 13%，而其内部感叹词及由之组成的特殊句式所占句数与诗歌总句数比例达到 50% 以上的占到了 61%。因此汉乐府用到感叹词及由之组合的特殊句式者虽然比非乐府诗稍多一些，但其中感叹词及由之组成的特殊句式的使用频率与密集度则不如非乐府。于是感叹词之应用自《诗经》开始的急剧沦丧这一趋势在汉乐府中延续。

综合以上的数据统计及分析可以看到，自先秦至汉代，从纵向上来讲，诗歌不论是在篇制结构还是在语法修辞方面，都在日趋华赡，随之，诗歌也由实字仅止于达意而抒情主要靠感叹词演进为抒情达意基本都靠实字；从横向上来讲，音乐文学作品由于音乐的装点可以分担部分抒情，因此它不必把抒情的重任都寄托在感叹词上，而准音乐文学作品如古人的吟诵以及脱离音乐的纯文学作品如果篇制结构短小，修辞手段无法充分展开，则抒情主要还是需要感叹词来承担。所以从《诗经》到汉乐府，音乐文学作品由于各代都有其独具特色的音乐装饰文辞，再加上文辞写作的日益进步，修辞手段的不断丰富多彩，感叹词的运用显然远远不如在随机的简单的音乐文学作品、准音乐文学作品中。正如闻一多所言："感叹词本只有声而无字，所以是音乐的，实字则是已成形的语言……感叹词必须发生在实字之前，如此的明显，后人乃称歌中最主要的感叹词'兮'为语助，语尾……但后人这种误会，也不是没有理由的。在后世歌辞里，感叹词确乎失去了它固有的重要性，而变成仅仅一个虚字而已。人究竟是个社会动物，发泄情绪的目的，至少一半是要给人知道,以图兑换一点同情。这一来,歌中的实字便不可少了,因为情绪全靠它传递给对方。实字用得愈多愈精巧,情绪的传递愈有效,原来那声'啊～～～'便显着不重要,而渐渐退居附庸地位(如后世一般歌中的'兮'字),甚至用文字写定时,还可以完全省去……然而兮字的省去,究竟是一个损失……损失了的正是歌的意味儿……在歌里,'意味'比'意义'要紧得多,而意味正是寄托在声调里的。"[①] 感叹词省去,损失了歌的意味,而意味是寄托在声调里的,闻一多此处点明了感叹词在准音乐文学作品中扮演的重要的抒情角色。准音乐文学作品再向前发展一步至音乐文学作品,这损失的意味便又被新的抒情角色之一——音乐——挽回,而这也正是乐府诗区别于一般诗歌的本质要素。乐府诗的意味不仅在文辞,更在音乐的表现力,诗乐合璧正是乐府诗从中国古代诸多文体中脱颖而出的一个标志性特征。

第二节　音乐文学的程式化

《国文月刊》1947年第61期刊载了余冠英《乐府歌辞的拼凑和分割》一文,其中讲到:由于乐府的重声不重辞与声辞杂写,导致了乐府歌辞的拼凑和分割现象,给读者带来了阅读的困惑,并将之分为八类,举例一一进行说明。从文章所列举来看,这种现象在汉乐府郊庙歌辞与鼓吹曲辞中各存在一两首,更多的是发生在汉乐府相和歌辞中。而且,看过此篇文章之后,会对汉乐府产生以下两点印象:第一,汉乐府尤其是相和歌辞中的部分篇章,并无统一的

[①]《歌与诗》,载《闻一多全集》第1册,第182～183页。

主题，歌辞句与句之间孤立分裂。第二，完全相同或者说比较类似的词句会在不同的乐府诗之间反复穿插、出现。该文主要就汉乐府本身或考证、或推测，但由于现存汉乐府数量较少，我们可以明显看到的完全相同或者说比较类似的词句在不同乐府诗之间穿插、出现的情况只有《步出夏门行》与《陇西行》中高度重合的四句，因此文章更多的是从乐府诗篇的意义本身来推测，是一种静态的横向的考察。当然，乐府诗的体式问题并非拼凑和分割这样的概念所能全部概括。笔者受之启发，拟以能找到互相参证之确证的汉乐府为基础，对汉乐府语言的程式化除继续进行横向的考察之外，再从《诗经》开始，缕出一条纵向的线索，对程式化的类型与其来龙去脉的发展做一梳理。

一　《诗经》语言的程式化

《诗经》是中国文学史上现存第一部系统的宫廷音乐文学作品，305 篇不管是文辞还是音乐，都是经过了专业人士的加工、打磨才最终写定的。《诗经》语言的程式化程度之高令人惊叹，也更反映出它经过人为的统一的加工。

《诗经》语言的程式化主要分为以下三种。

1. 谣谚成语

（1）《邶风·泉水》"女子有行，远父母兄弟"，《鄘风·蝃蝀》"女子有行，远父母兄弟"，"女子有行，远兄弟父母"，《卫风·竹竿》"女子有行，远兄弟父母。"

陈子展《〈诗经〉直解》云："今按：《蝃蝀》，刺一女子不由父母之命，媒妁之言，而自主婚姻者之作……此民间歌手囿于习惯势力之作。此诗与《泉水》《竹竿》同用女子有行、远父母兄弟二句，并非一人所作；同用民间谣谚，故不嫌蹈袭。"①

（2）《邶风·泉水》《卫风·竹竿》均有"驾言出游，以写我忧"一句。

陈子展《〈诗经〉直解》云："《竹竿》《泉水》皆云，'女子有行，远兄弟父母。''驾言出游，以写我忧。'当是同用谣谚成语，非必出于一人之手。"②

（3）《齐风·南山》："艺麻如之何？衡从其亩。取妻如之何？必告父母……析薪如之何？匪斧不克。取妻如之何？匪媒不得。"《豳风·伐柯》："伐柯如何？匪斧不克。取妻如何？匪媒不得。"

陈子展《〈诗经〉直解》云："此诗首章四句，与《齐风·南山篇》末章四句'析薪如之何？匪斧不克。取妻如之何？匪媒不得'几于全同。想皆用民间谣谚。"③

（4）《小雅·蓼莪》："南山烈烈，飘风发发。民莫不穀，我独何害。南山律律，飘风弗弗。民莫不穀，我独不卒。"《小雅·四月》："冬日烈烈，飘风发发。民莫不穀，我独何害。"

陈子展《〈诗经〉直解》云："按，此章四句几与《蓼莪》第五章全同，非必一人之作，岂同用谣谚成语邪？"④

2. 比兴语句

（1）《卫风·氓》："毋逝我梁，毋发我笱。我躬不阅，遑恤我后。"《小雅·小弁》："无逝我梁，无发我笱。我躬不阅，遑恤我后。"

（2）《召南·草虫》《小雅·出车》："喓喓草虫，趯趯阜螽。"

---

① 陈子展：《〈诗经〉直解》第4卷，复旦大学出版社，1983，第156页。
② 陈子展：《〈诗经〉直解》第5卷，第187页。
③ 陈子展：《〈诗经〉直解》第15卷，第502页。
④ 陈子展：《〈诗经〉直解》第20卷，第729页。

(3)《邶风·谷风》:"习习谷风,以阴以雨。"《小雅·谷风》:"习习谷风,维风及雨。"

陈子展《〈诗经〉直解》云:"此诗风格绝类《国风》,盖以合乐入于《小雅》。《邶·谷风》,弃妇之词。或疑《小雅·谷风》亦为弃妇之词。母题同,内容往往同,此歌谣常例。《后汉·阴皇后纪》光武诏书云:'吾微贱之时,娶于阴氏。因将兵征伐,遂各别离,幸得安全俱脱虎口。''将恐将惧,维予与女。将安将乐,女转弃予。《风》人之戒,可不慎乎!'此可证此诗早在后汉之初,已有人视为弃妇之词矣。"①

(4)《魏风·葛屦》《小雅·大东》:"纠纠葛屦,可以履霜。"

(5)《小雅·蓼萧》:"蓼彼萧斯,零露湑兮。既见君子,我心写兮。燕笑语兮,是以有誉处兮。"《小雅·裳裳者华》:"裳裳者华,其叶湑兮。我觏之子,我心写兮。我心写兮,是以有誉处兮。"《小雅·车辖》:"析其柞薪,其叶湑兮。鲜我觏尔,我心写兮。"

(6)《曹风·下泉》《小雅·黍苗》:"芃芃黍苗,阴雨膏之。"

(7)《小雅·鸳鸯》《小雅·白华》:"鸳鸯在梁,戢其左翼。"

(8)《卫风·木瓜》:"投我以木桃,报之以琼瑶……投我以木李,报之以琼玖。"《大雅·抑》:"投我以桃,报之以李。"

3. 描写、议论、语法等方面的相似语句

(1)《周南·樛木》"乐只君子"三段,《小雅·南山有台》《小雅·采菽》不仅有"乐只君子"的反复咏叹,祝颂语也近似,《小雅·天保》祝颂语亦近似,另有《小雅·鸳鸯》。

(2)《周南·汝坟》《小雅·出车》《小雅·颊弁》"未见君子"

---

① 陈子展:《〈诗经〉直解》第20卷,第717页。

"既见君子",《卫风·氓》"不见复关""既见复关",《召南·草虫》:"未见君子""亦既见止,亦既觏止",《郑风·风雨》《唐风·扬之水》《秦风·车邻》《小雅·蓼萧》《小雅·菁菁者莪》《小雅·隰桑》"既见君子",《秦风·晨风》"未见君子",《小雅·都人士》"我不见兮"。

(3)《邶风·日月》"父兮母兮,畜我不卒",《王风·兔爰》"我生之初……我生之后",《小雅·正月》"父母生我,胡俾我瘉。不自我先,不自我后",《小雅·小弁》:"靡瞻匪父,靡依匪母。不属于毛,不罹于里。天之生我,我辰安在",《大雅·桑柔》"我生不辰",《大雅·瞻卬》"不自我先,不自我后"。

(4)《王风·采葛》"一日不见,如三月/秋/岁兮",《郑风·子衿》"一日不见,如三月兮"。

(5)《桧风·羔裘》"我心伤悲兮,聊与子同归兮",《豳风·七月》"女心伤悲,殆及公子同归",《豳风·九罭》"无以我公归兮,无使我心悲兮",《小雅·四牡》"岂不怀归?王事靡盬,我心伤悲"。

(6)《小雅·采薇》"昔我往矣,杨柳依依。今我来思,雨雪霏霏",《小雅·出车》"昔我往矣,黍稷方华。今我来思,雨雪载途",《小雅·小明》"昔我往矣,日月方除。曷云其还,岁聿云莫……昔我往矣,日月方奥。曷云其还,政事愈蹙。岁聿云莫,采萧获菽"。

(7)《小雅·鹿鸣》"我有旨酒,嘉宾式燕以敖……我有旨酒,以燕乐嘉宾之心",《小雅·南有嘉鱼》"君子有酒,嘉宾式燕以乐……君子有酒,嘉宾式燕以衎……君子有酒,嘉宾式燕绥之……君子有酒,嘉宾式燕又思"。

(8)《小雅·小旻》"战战兢兢,如临深渊,如履薄冰",《小雅·小宛》"惴惴小心,如临于谷。战战兢兢,如履薄冰"。

(9)《小雅·十月之交》"民莫不逸,我独不敢休",《小雅·小弁》"民莫不穀,我独于罹",《小雅·蓼莪》"民莫不穀,我独何害……民莫不穀,我独不卒",《小雅·四月》"民莫不穀,我独何害",《小雅·北山》"大夫不均,我从事独贤"。

(10)《小雅·信南山》《小雅·楚茨》通篇极像。

(11)《豳风·七月》"同我妇子,馌彼南亩,田畯至喜",《小雅·大田》"曾孙来止,以其妇子,馌彼南亩,田畯至喜"。

(12)《小雅·信南山》"报以介福,万寿无疆……报以介福,万寿攸酢……报以介福,万寿无疆",《小雅·甫田》"报以介福,万寿无疆",《小雅·小明》《大雅·既醉》"介尔景福",《小雅·楚茨》《小雅·大田》《大雅·旱麓》《大雅·行苇》《大雅·潜》"以介景福"。

(13)《豳风·鸱鸮》《小雅·雨无正》"曰予未有室家"。

(14)《大雅·抑》"无竞维人,四方其训之。有觉德行,四国顺之",《周颂·烈文》"无竞维人,四方其训之。不显维德,百辟其刑之"。

(15)《小雅·采芑》"约軝错衡,八鸾玱玱",《大雅·烝民》"四牡彭彭,八鸾锵锵",《大雅·韩奕》"百两彭彭,八鸾锵锵",《商颂·烈祖》"约軝错衡,八鸾鸧鸧"。

另如四牡、六辔、八鸾、公孙、公侯、髦士、夙夜、瘟痪、周道、周行、昊天、彭彭、秩秩、将将、薄言、静言思之、载驰载驱、心之忧矣、我心伤悲、我心忧伤、忧心悄悄、春日迟迟、采蘩祁祁、习习谷风、王事靡盬、忧心孔疚、温温恭人、凡百君子、维予与女、翰飞戾天、君子万年、岂弟君子、觱沸槛泉、路车乘马、我行其野、彼何人斯、之子于归、念我独兮、曾孙来止、以其妇子、四方其训之等也在篇中反复出现。

不过，虽然笔者将之分为三种，事实上它们之间是没有本质区别的。说到底，都是当时人们思维方式的反映。只不过前二者是相对较长的成句，而且不同篇章在运用时基本改动不大，或者完全相同，或者相似度极高。另外，谚语成句中有些其实也是比兴性质的语句，因此前两种情况有时是难以截然区分的，都是物象在人们思维方式中的选择与沉淀。最后一种情况则是有些创作方面的方法论与规则的指导的味道，如描写对某人望眼欲穿的热望之时，或者从消极的层面着手，"未见君子""我不见兮"如何如何，或者从积极的层面着手，"既见君子"如何如何，而更多的则是将"既见"的喜悦与"未见"的忧郁两者对比起来写；描写自己感觉生不逢时的心情时，往往是把"我生之初""我生之后"的情况对比起来，突出自己生不逢时的特殊的时代性；描写战争结束归家之时的感慨，往往从景色入手，回忆"昔我往矣"如何如何，"今我来思"又如何如何，在景色对比中将心情着墨；描写自己的不得志或者抒发抱怨的情绪时，往往是"民莫不"如何如何，而我独如何如何；再如提到尊贵人物的出行场景，一定是"四牡""六辔""八鸾"如何如何等。所以，最后一种情况的程式化是在以上总结出的基本类似的写作模式下，对其中的个别字句略加变更而已，灵活性较前二者更大一些。

以上我们总结了完全相同或者说比较类似的词句在《诗经》中不同篇章之间反复穿插、出现的几种情况，从中我们可以看出《诗经》语言的高度程式化。不过，虽然《诗经》中有大量完全相同或者说比较类似的词句在不同篇章之间反复穿插、出现，但却称不上是歌辞的拼凑分割。因为《诗经》305篇，篇篇都是围绕一个主题展开的，歌辞句与句之间并不孤立分裂。完全相同或者说比较类似的词句虽自由地游走于不同篇章，却都能很好地融入一篇歌辞，与之浑然一体地存在，很好地适应其文意表达所需。

二 汉乐府语言的程式化

汉乐府现存数量不多，从中找出完全相同或者说比较类似的词句在不同篇章之间反复穿插、出现的情况也很少，大体有以下四种情况。

1. 属同一母题者

这种情况只有一个例子，即《相和曲·鸡鸣》《清调曲·相逢行》《清调曲·长安有狭斜行》，尤其是后二者整篇文辞极为近似，甚至很多地方完全一致，其炫富夸势的主题从《相和曲·鸡鸣》中的一个片断衍化出。该片断虽在文辞方面与后二者有异，但要表达的主题是一致的。只是该片断在《相和曲·鸡鸣》中显得有些孤立。余冠英在《乐府歌辞的拼凑和分割》中举此曲为例，从文意的角度综合考虑，推测其为拼凑分割而成的一首歌辞，将之归入他所总结的八类中的第六类：联合数篇各有删节者。

《诗经》中，《邶风·谷风》《小雅·谷风》用了同样的比兴语句，母题也相同，都是弃妇诗，但除了那个比兴的句子极其类似，其余的文辞差异较大。汉乐府这三篇之中，那个炫富夸势的主题句除了在《相和曲·鸡鸣》之中比较孤立，整曲有凑泊之嫌外，在其余二首里都与整首乐府诗浑然一体地存在，其余的语句也非常相似。主题的集中，说明这几篇之中个别语句的类似并非生拉硬扯的拼凑分割，只是言辞上一定程度的相似，是母题相同的情况下语言的程式化。

2. 祝颂语、套语

前述《诗经》语言相似性第三种情况中的（1）（12）两种，便是祝颂语的典范。然而它们是乐工所加，还是作者原创时就存在，由于没有本辞与实际表演歌辞的对比，已经很难确考。《乐府诗集》由于有乐奏辞与本辞的对比，所以汉乐府某些篇章的曲唱本中祝颂语系何人所加还是可以从对比中发现的。如《乐府诗集》卷四一、相和歌辞十六《楚调曲·白头吟》古辞，晋乐演奏过，乐奏辞将本辞某些语句略加变化的同时又增加了一些句子，尤其最末增加了"今日乐相乐，延年万岁期"，表明此语乃晋代乐工在表演此曲时所加。但也有一些并不好判断的。《乐府诗集》卷三六、相和歌辞十一《瑟调曲·善哉行》古辞第一解"今日相乐，皆当喜欢"，郭茂倩标出其为魏晋乐所奏；《乐府诗集》卷三九、相和歌辞十四《瑟调曲·艳歌何尝行》古辞"今日乐相乐，延年万岁期"，郭茂倩标出其为晋乐所奏。这两曲郭茂倩都没有录本辞进行对比，那么这两曲中的祝颂语是汉代的曲唱本原样还是魏晋时期乐工在表演时所加呢？首先我们来看魏乐府中的两个例子。《乐府诗集》卷四一、相和歌辞十六《楚调曲·怨诗行》"明月照高楼"系曹植作品，郭茂倩标明其为晋乐所奏，并录曹植本辞，将二者比勘之后，可以发现，一个区别就是晋乐奏辞末尾多了"今日乐相乐，别后莫相忘"，由此，《乐府诗集》卷四二、相和歌辞十七曹植作品《楚调曲·怨歌行》"为君既不易"，未录本辞，但晋乐所奏末尾有"今日乐相乐，别后莫相忘"，则《乐府诗集》所录当为晋朝乐工加工过的实际表演文本。再有，《乐府诗集》卷三五、相和歌辞十《清调曲·塘上行》，晋乐所奏除将本辞的某些字句反复、略加变化，还将本辞末尾"从君致独乐，延年寿千秋"改为"今日乐相乐，延年寿千秋"。综合以上魏乐府的三个例子，我们可以说，"今日乐相乐……"是晋代乐工所加的祝颂语及套语，由此可以判断，《乐府诗集》卷三九、相和歌辞十四《瑟调曲·艳歌何尝行》古辞"今日乐相乐，延年万岁期"当是晋朝乐工所加，它是汉乐府在晋朝演出的实际表演文本。

至于《乐府诗集》卷三六、相和歌辞十一郭茂倩标出为魏晋乐所奏的《瑟调曲·善哉行》古辞第一解"今日相乐，皆当喜欢"，笔者以为或系汉代曲唱本原样。《乐府诗集》卷三七、相和歌辞十二《瑟调曲·西门行》，晋乐奏辞除变化本辞的个别字句，另在"何不秉烛游"下作"自非仙人王子乔，计会寿命难与期。自非仙人王子乔，计会寿命难与期。人寿非金石，年命安可期。贪财爱惜费，但为后世嗤"，而非本辞的"游行去去如云除，弊车羸马为自储"，则乐奏辞所增加的部分当系晋朝乐工所为。《乐府诗集》卷四三、相和歌辞十八《大曲·满歌行》本辞、晋乐所奏俱有"贪财惜费"，则此处"贪财惜费"系延续汉辞原样，上面的"贪财爱惜费"不过是晋朝乐工在汉乐府文辞的基础上作的细微的更改而已。由此推测，"今日相乐"当为汉辞原样，魏晋乐奏《瑟调曲·善哉行》古辞时并未变更汉辞，"今日乐相乐"则是晋朝乐工在汉辞基础上的微小改动。

《乐府诗集》卷二九、相和歌辞四《吟叹曲·王子乔》古辞郭茂倩标出其为魏晋乐所奏，但未录本辞，其末句为"圣主享万年。悲吟皇帝延寿命"，由于其并不具备魏晋乐府常用祝颂语、套语的特征，因此暂将其视为汉辞原貌。

其他并未被郭茂倩标出乐奏年代而只标示了"古辞"的汉乐府，笔者暂将之视为汉辞原貌，其中所包含的类似的祝颂语、套语如下：

《乐府诗集》卷三四、相和歌辞九《清调曲·董逃行》:"莫不欢喜。陛下长生老寿……陛下长与天相保守。"

《乐府诗集》卷三〇、相和歌辞五《平调曲·长歌行》古辞:"延年寿命长。"

《乐府诗集》卷一六、鼓吹曲辞一《汉铙歌·上之回》:"千秋万岁乐无极。"

《乐府诗集》卷一六、鼓吹曲辞一《汉铙歌·上陵》:"延寿千万岁。"

《乐府诗集》卷一六、鼓吹曲辞一《汉铙歌·临高台》:"关弓射鹄,令我主寿万年。"

《乐府诗集》卷一六、鼓吹曲辞一《汉铙歌·远如期》:"增寿万年亦诚哉。"

综上,汉乐府中系汉辞原样祝颂语、套语的有八首:《乐府诗集》卷三六、相和歌辞十一《瑟调曲·善哉行》,《乐府诗集》卷二九、相和歌辞四《吟叹曲·王子乔》,《乐府诗集》卷三四、相和歌辞九《清调曲·董逃行》,《乐府诗集》卷三〇、相和歌辞五《平调曲·长歌行》,《乐府诗集》卷一六、鼓吹曲辞一《汉铙歌·上之回》,《乐府诗集》卷一六、鼓吹曲辞一《汉铙歌·上陵》,《乐府诗集》卷一六、鼓吹曲辞一《汉铙歌·临高台》,《乐府诗集》卷一六、鼓吹曲辞一《汉铙歌·远如期》。其中七首是集中围绕某一个主题进行的,各篇之内并不存在文辞的孤立分裂现象,唯《瑟调曲·善哉行》较特殊。它被分为六解,四句一解,解与解之间联系并不十分紧密,虽然不像拼凑分割的乐府诗那样句与句之间、句群与句群之间的意义关联遥远,但还是相对较为散漫,主题并不十分突出。由于没有可以互相参证的汉乐府存在，该曲是否系拼凑分割而成的歌辞已很难确考。若从其内部句与句之间、句群与句群之间的意义关联推测的话，笔者以为它是介于拼凑分割的乐府诗与主题明确的乐府诗之间的，与分为四解、各引典故阐明事理的《瑟调曲·折杨柳行》有些类似。

3. 描写手法、篇章结构

如写求仙、延年：

《乐府诗集》卷三〇、相和歌辞五《平调曲·长歌行》："仙人骑白鹿，发短耳何长。导我上太华，揽芝获赤幢。来到主人门，奉药一玉箱。主人服此药，身体日康强。发白复更黑，延年寿命长。"

《乐府诗集》卷三四、相和歌辞九《清调曲·董逃行》："吾欲上谒从高山，山头危险大难。遥望五岳端，黄金为阙，班璘。但见芝草，叶落纷纷。百鸟集，来如烟。山兽纷纶，麟、辟邪；其端鹍鸡声鸣。但见山兽援戏相拘攀。小复前行玉堂，未心怀流还。传教出门来：'门外人何求？'所言：'欲从圣道求一得命延。'教敕凡吏受言，采取神药若木端。白兔长跪捣药虾蟆丸。奉上陛下一玉柈，服此药可得神仙。服尔神药，莫不欢喜。陛下长生老寿，四面肃肃稽首，天神拥护左右，陛下长与天相保守。"

《乐府诗集》卷三六、相和歌辞十一《瑟调曲·善哉行》第二解："经历名山，芝草翻翻。仙人王乔，奉药一丸。"第六解："参驾六龙，游戏云端。"

以上所举三首模式与词句类似，都有仙人（如王乔）、游仙地点（山、云端)、神药、祥瑞(芝草、麟)、非凡的坐骑(白鹿、六龙)以及祈祷长寿的颂词,其中属《董逃行》最为详细,多了对仙界景色的铺写、仙人与凡吏的对话、神物捣药的情景等,更让人觉得仙界的逼真与触手可及。

再如写及时行乐:

《乐府诗集》卷三七、相和歌辞十二《瑟调曲·西门行》:"今日不作乐,当待何时?逮为乐,逮为乐,当及时……人生不满百,常怀千岁忧。"

《乐府诗集》卷四一、相和歌辞十六《楚调曲·怨诗行》:"人命一何促。百年未几时,奄若风吹烛……人命不可续……人间乐未央,忽然归东岳。当须荡中情,游心恣所欲。"

以上所举两例中的汉乐府都是围绕着各自的主题展开,只是在具体的遣词造句方面稍稍变化而已,所以不同篇章之间的个别词句出现了类似的情形。

最后如《乐府诗集》卷二八、相和歌辞三《相和曲·陌上桑》"盈盈公府步,冉冉府中趋"与《乐府诗集》卷三七、相和歌辞十二《瑟调曲·陇西行》"盈盈府中趋",只是描写手法、语言形式上的类似。

4. 相似性与拼凑分割的重合

以上所讲三种情况,除《瑟调曲·善哉行》较特殊,介于拼凑分割的乐府诗与主题明确的乐府诗之间以外,余者虽然完全相同或者说比较类似的词句会在不同的乐府诗之间反复穿插、出现,但仅仅是停留在相似层面,每首乐府诗内部的主题是突出明确的。这里讲的最后一种

146

情况，则是相似性与拼凑分割的重合。

《乐府诗集》卷三七、相和歌辞十二《陇西行》《步出夏门行》有四句重合，只是《陇西行》作"道隅"，《步出夏门行》作"伏跌"。从《步出夏门行》现存风貌看，它是一首游仙性质的诗歌，重合的四句在这首诗里也还相宜。然而这四句在《陇西行》中就未免有些别扭了。《陇西行》前半部分写天文情景，后半部分却转入对健妇形象的刻画，所以余冠英在《乐府歌辞的拼凑和分割》中举此曲为例，从文意的角度综合考虑，推测其为拼凑分割而成的一首歌辞，将之归入他所总结的八类中的第七类：以甲辞尾声为乙辞起兴者。

以上笔者从现存汉乐府中可以找到互相参证之确证的诗篇里抽出在不同诗篇穿插的完全相同或者比较类似的词句进行了分析，发现这些诗篇中只有《陇西行》系拼凑分割的性质，余者除《瑟调曲·善哉行》较特殊，介于拼凑分割的乐府诗与主题明确的乐府诗之间以外，都仅仅是停留在词句的程式化层面，每首乐府诗内部的主题还是鲜明的。

综上，现存中国古代第一部系统的标准的宫廷音乐文学《诗经》的语言具有高度程式化的特征，但这些程式化的语言自由游走于不同篇章却并未令人感到诗篇主旨的割裂与不统一，《诗经》中每首曲子并未因为只顾及音乐而忽略文辞，它兼顾了音乐与文辞，每篇的文辞都是结构紧凑、主题鲜明的。自汉乐府开始，结束了《诗经》语言的高度程式化。汉乐府中只有少量的诗篇继承了《诗经》语言的程式化，兼顾了音乐与文辞。然而，汉乐府在这种继承之中也发生着更为巨大的新变，程式化之中实已蕴含着拼凑分割性质的元素，不少诗篇已经开始重音乐甚于重文辞了，于是，乐府歌辞的拼凑和分割现象就此产生并蔓延至后世。至于这背后的原因，笔者做如下解释。《诗经》中的很多篇章都是与当时的礼仪制度等密切相关的，有很高的史料价值，这些篇章的作者本身可能就是上层贵族或者文人雅士，因此曲唱本与原初的诗歌形态之间差别可能不大。然而还有些与礼仪制度关系并非那么密切的诗篇，作者成分可能比较多样复杂，实际表演文本与原初的诗歌形态之间差别可能就比较大了，因为宫廷音乐机关在写定入乐之前，在语言上要以雅言对其统一打磨。此外，风诗虽分为十五国风，但在语言上也是高度程式化的，由之更可看出《诗经》是经过人为统一加工的。因此，《诗经》中有些诗篇尤其是与礼仪制度关系并非那么密切、作者成分比较多样复杂的诗篇，其最终的文本形态已并非其在民间的原生态了。《汉书·艺文志》记载汉代歌诗，其地域分布也是很广的，有《吴楚汝南歌诗》《燕代讴雁门云中陇西歌诗》《邯郸河间歌诗》《齐郑歌诗》《淮南歌诗》《左冯翊秦歌诗》《京兆尹秦歌诗》《河东蒲反歌诗》《洛阳歌诗》《南郡歌诗》等，这里面可能就包括今天流传下来的某些汉乐府，然而我们上面考察了汉乐府语言的程式化，发现它并不像《诗经》语言程式化的程度那么高。同样是采自各地的诗篇，最终的文本呈现却有如此的差别，唯一可能的原因就是：汉乐府虽也经过朝廷音乐机关的加工，但可能更多地保留了民间的原生态。

小　结

本章中，笔者将汉乐府置于先秦两汉诗歌发展的大背景下，尤其是与《诗经》《楚辞》的比照之中，从感叹词的运用与语言程式化的角度对汉乐府体式进行了研究。

在人类语言发展的初始阶段，说感叹词是抒情的灵魂一点不为过。

通过对文献的考察,笔者以为,它应该是起于介乎音乐文学与非音乐文学之间的准音乐文学,它在随机的抑或是有意识创作的音乐文学中有所保留,非音乐文学在抒情时也将之拿来借鉴,这在除《诗经》《楚辞》之外的先秦诗歌中体现最为充分,应用也最为广泛。其用到的感叹词的种类、数量与使用的位置是丰富多彩、灵活多变的,还有比较特殊的句式。对此,这些诗歌或是纯用一种,或是杂用多种,而杂用多种的情况也正显示出一首诗歌内部感叹词运用的腾挪跌宕,情感抒发的摇曳多姿。之所以如此,首先是由于缺乏伴奏乐器,少了音乐的装饰;其次,篇制短小,修辞手段不可能充分展开,实字的意义仅在于达意而已,于是表情的功能便更多地落在了感叹词及其人声演绎上。感叹词以及由之组合的特殊句式所占句数与诗句总数比例达到50%以上的诗歌在先秦诗包含感叹词诗歌中所占的绝对优势,显示了感叹词在随机的简单的音乐文学、准音乐文学、非音乐文学中所扮演的重要的抒情角色。

《楚辞》中感叹词的使用相对集中而单调,除了《九歌》可以明确为音乐文学作品外,余者是准音乐文学作品还是纯文字文本不好判断。但不管其为何种类型,《楚辞》都可以说是把感叹词的运用发挥到极致的作品,每篇作品几乎句句不离。它把奇幻瑰丽的文章、考究的修辞、摘葩耀藻的精雕细琢与一唱三叹、九曲回肠的强烈抒情恰到好处地结合了起来,实字的达意与感叹词的表情得到了完美的统一,更显示了感叹词在准音乐文学与非音乐文学中所扮演的抒情角色与发挥的抒情作用。

《诗经》是中国文学史上现存第一部系统的标准的宫廷音乐文学作品,不同于以往以及同时代那些随机的音乐文学作品,它是在一种明确的音乐文学意识的指导下加工、创制出来的。然而,感叹词的应用在《诗经》中却急剧减少，究其原因，首先是音乐分担了很大一部分抒情功能，其次是修辞手段的强化，而这两点都是之前及同时代其他音乐文学作品、准音乐文学作品、非音乐文学作品所不具备的。

在整个汉代诗歌中，包含感叹词及由之组成的特殊句式的非乐府诗已经很少了，乐府诗更少；而在其内部，非乐府诗中感叹词及由之组成的特殊句式的使用频率与密集度还是相当高的，但在乐府诗内部，其使用频率及密集度则大打折扣。于是，感叹词之应用自《诗经》开始的急剧减少的趋势，在汉乐府中得到进一步延续。一方面是由于新的音乐形式分担了部分抒情功能；另一方面是因为实字的作用渐渐地更为人们所重视，于是原来作为抒情灵魂的感叹词就变得可有可无了。

《诗经》语言程式化程度非常高，虽然它们自由穿插于各篇之中，但《诗经》每一篇既注重音乐的修饰，也很在意主题的鲜明，都是围绕着统一而明确的主题进行的，程式化的语言在每篇之内都能很好地融入其要表达的主题思想。

而到了汉乐府，其语言程式化的程度相比《诗经》可谓有天壤之别，多样的句式、散文化的语言，使它比《诗经》有更大的发挥空间与更自由奔放的生命力。就现存汉乐府中可以找到互相参证之确证的诗篇来考察穿插于各篇之中的完全相同或者比较类似的词句可以发现，这些诗篇大多是那些主题鲜明、完整、统一的篇章，只有《瑟调曲·善哉行》一首较特殊，《陇西行》一首系拼凑分割之歌辞。

因此，中国古代音乐文学自汉乐府开始，结束了《诗经》语言的高度程式化。导致这种现象的一个原因可能是，汉乐府虽也经过朝廷音乐机关的加工，但更多地保留了民间的原生态。汉乐府中少量的诗篇继承了《诗经》语言的相似性，兼顾了音乐与文辞。然而，汉乐府在这种继承之中也发生着更为巨大的新变，程式化之中实已蕴含着拼凑分割性质的元素，不少诗篇已经开始重音乐甚于重文辞了，于是，乐府歌辞的拼凑和分割现象就此产生并蔓延至后世。

第四章
汉乐府题材研究

《诗经》是我国现存第一部完整的宫廷音乐文学作品集。从出土的"乐府"钟等文物看，秦代已经有乐府机关，但由于有秦一代的文学基本没有文献流传，后人只能从史书、文学批评著作以及类书等文献中钩稽索隐，得知秦世有仙真人诗、杂赋以及《石鼓诗》等。其中仙真人诗入过乐，但其面目为何已不得而知，大概是写游仙题材的作品。这样一来，今天所能见到的《诗经》之后系统的宫廷音乐文学作品就属汉乐府了。世易时移，汉乐府诗较之《诗经》有因循有创新，清人往往将二者对比来讲，如鲁九皋《诗学源流考》："盖《房中歌》意拟《周南》，而义则取诸《文王之什》，是《大雅》之遗也。《郊祀十九章》学《颂》，《铙歌十八曲》学《小雅》，其余《相和曲》《清调》《平调》《瑟调》《舞曲歌词》《杂曲歌词》，皆风之遗也。"① 毛先舒《诗辩坻》："文君《白头》，悲恨评直，其《日月》之风乎？……婕妤《纨扇》，凄怨含蓄，《绿衣》之流也。"② 刘熙载《诗概》："乐府有陈善纳诲之意者，《雅》之属也，如《君子行》便是。"③ 因此，本章拟对《诗经》、汉乐府题材进行比较，考察其间的因袭和创变，对部分题材重合的诗作，从思想、笔法等方面进行比较，以见汉乐府所呈现出来的新的面貌。

第一节　汉乐府较《诗经》同题材作品的特质

一　政治

《诗经》中偏向于美颂的诗篇大多是歌颂英雄人物，如在周族发展历史上有重要贡献的人物后稷、古公亶父、公刘、王季、文王、武王等，如周朝的桢干之才召伯、申伯、仲山甫、韩侯等，另外还有列国有作为的国君及重臣如卫文公、卫武公、郑武公、秦仲、晋国荀跞等。总之，所表现的人物都是身世显赫的贵族阶层，而且人物总是被描画得完美无缺。

刺诗作者来自更多的阶层，内容丰富多样。其中有忧国念家，多怨统治者荒淫无礼、昏聩无道、亲小人远贤臣、弃诤言听谗言，眼看着国破家亡而无可奈何，这类格调的诗篇在刺诗中是最多的；有怨政治之不公平、被剥削奴役的，尤以小吏怨政诗最多。人们在表达怨愤时有些是归于天命，如《召南·小星》《邶风·北门》，其中透露出些许无奈。

---

① 鲁九皋：《诗学源流考》，郭绍虞编选，富寿荪校点《清诗话续编》，第1353~1354页。
② 毛先舒：《诗辩坻》第1卷，郭绍虞编选，富寿荪校点《清诗话续编》，第19页。
③ 刘熙载：《诗概》，郭绍虞编选，富寿荪校点《清诗话续编》，第2439页。

有些则更现实,如《小雅·祈父》是将自己的劳碌不得归家归咎于昏庸的长官,《小雅·小明》将自己在外的劳碌、有家不得回归咎于政治的苛刻。在笔法上,《齐风·东方未明》是通过小吏妻子的抱怨写出其政务的繁忙,《小雅·北山》最后十二句以六个形象的对比强烈地凸显出为国事呕心沥血、鞠躬尽瘁者与徒占高位而只知奢侈享乐者的鲜明反差,这些要比《小雅·小明》中"曷云其还?政事愈蹙"那样轻描淡更能给人留下深刻印象。但是再怎么抱怨,诗人们也还是以国事为重,是怨而不怒的叹息,是忧父母、念友人的伤悲(如《小雅·四牡》《小雅·北山》中的念双亲之无人奉养,《小雅·小明》中的思归念友),是对早日结束政务、征役,及时返家享受天伦之乐的企盼。对政务唯一有积极情绪的是《小雅·皇皇者华》,诗中铺写官吏如何勤于政事,诗风明朗、充满信心。当然还有少量因时世衰乱而悲观厌世、劝诫亲友全身远祸的诗篇。

汉乐府中政治题材的作品除铙歌十八曲中的《上之回》《上陵》《圣人出》《临高台》《远如期》几曲祝颂色彩浓厚的诗篇之外,大多集中于杂歌谣辞、谣谚中。这些作品篇制都比较小,很多都是三言两语的韵文,却能非常精辟地写出历史事实,言简意赅、生动传神,将与政治相关的人物性格准确而集中地呈现出来,如《卫皇后歌》:"生男无喜,生女无怒。独不见卫子夫霸天下。"言虽质朴,却恰切地反映出卫子夫被汉武帝宠幸时的大红大紫。《五侯歌》:"五侯初起,曲阳最怒。坏决高都,连竟外杜。土山渐台西白虎。"反映了成帝时外戚王氏权势的炙手可热、生活的骄奢侈靡。《上郡歌》:"大冯君,小冯君,兄弟继踵相因循,聪明贤知惠吏民。政如鲁卫德化钧,周公、康叔犹二君。"反映了成帝时冯野王兄弟在西河、上郡地区的美政。《乐府诗集》卷二八、相和歌辞三《相和曲·平陵东》哀怨良吏被害。崔豹《古今注》

云:"《平陵东》,汉翟义门人所作也。"《乐府解题》曰:"义,丞相方进之少子,字文仲,为东郡太守。以王莽方篡汉,举兵诛之,不克,见害。门人作歌以怨之也。"[①]《乐府诗集》卷三七、相和歌辞十二《瑟调曲·东门行》,则反映了政治的败乱,使人民被迫起来反抗的情形。

汉乐府与《诗经》中的政治诗一样,反映了部分历史、政治事实,但没有了《诗经》里的苦口婆心、谆谆教诲,没有了那么大量的小吏怨政的篇章,也很少对上层政治人物的形象进行刻画。即使有上层贵族所作,也是重在表达自己在某一政治事件中的内心感受,带有强烈的个性色彩,如《戚夫人歌》:"子为王,母为虏。终日舂薄暮,常与死为伍。相离三千里,当谁使告汝。"反映了在宫廷政治斗争中一个失宠女子的悲凄。《赵幽王歌》反映了赵王对吕雉的怨怒等。汉乐府还有很多对官吏尤其是不拘旧制随时制宜为民着想的廉吏、循吏形象的刻画,如《鲍司隶歌》《董少平歌》《张君歌》《廉叔度歌》等。有些作品还可以在史书中的相关记载中得到印证。如相和歌辞《瑟调曲·雁门太守行》对循吏王涣的歌颂,事迹就详载于《后汉书·循吏列传》。

二 战争

《诗经》中唯有五篇是以积极的情绪来描写战争的,《小雅》之《六月》《采芑》分别刻画了吉甫、大将方叔的形象,《大雅·江汉》是描写宣王命召虎带兵讨伐淮夷之诗,《大雅·常武》是美宣王平定徐国叛乱之诗,这些诗篇都气势昂扬,充斥着王者之师的正气、威武。《秦风·无衣》更是写出了同仇敌忾、奋勇杀敌的勇武。余下的大量篇章都是以各种各样消极情绪阐释战争的。有纯粹铺写战争行役之苦的,

---

[①] 郭茂倩:《乐府诗集》第28卷,第409页。

如《小雅》之《渐渐之石》《何草不黄》；有虽充斥着忧悲之情但终归是庆幸生还的，如《豳风》之《东山》《破斧》。

此外，写得最多的是有关征夫思妇的题材。这类题材的表现手法多种多样。有以征人口吻抒发怀归、思家念友之情的，如《王风·扬之水》《邶风·击鼓》《唐风·鸨羽》《小雅·采薇》等。其中，"王事靡盬"是被反复申说的一个原因，它在上述政治题材的诗歌中也屡屡出现。其实，不管是政务还是征战、徭役，都是国家、政府强加在官吏、民众头上的，虽然是维持社会秩序所必需，但若不加节制，就会出现苛政，就会招来国家的灭亡。但总的来说，所表达的情感是忠厚的，纵使无奈，甚至厌恶，急于摆脱，但在面对国家需要时，还是把个人利益放在了第二位，仅发发牢骚而已。

有单纯从思妇的角度抒发思念之情的，笔法也各不相同，如《周南·汝坟》《召南·草虫》将未见之苦与想象中的既见之喜对比来写；《召南·殷其雷》每章末尾均以"振振公子，归哉归哉"作结，直抒盼归之情；《邶风·雄雉》的女主人公一方面在深切地忧念，另一方面，她也勇敢地为丈夫的远役鸣不平；《卫风·伯兮》以征人走后，自己懒于梳妆、内心忧思来表现思念之苦；《卫风·有狐》思念远役丈夫、忧其无衣无服，与《王风·君子于役》"苟无饥渴"同样平实却感人；《唐风·葛生》写出了思妇的专一，义之至、情之尽；《秦风·小戎》"言念君子""乱我心曲""方何为期？胡然我念之"则是直接抒发其忧念之情。

还有的诗篇中作者更是变换角色，将不同的口吻、虚幻与写实结合起来。如《周南·卷耳》《魏风·陟岵》《小雅·出车》《小雅·杕杜》，忽而是思妇之言，忽而是想象中的丈夫的举动，忽而是征人之思，忽而是想象中父、母、兄对自己的殷殷嘱托等。

第四章　汉乐府题材研究

汉乐府中关于战争的诗篇有七首。

《乐府诗集》卷一六、鼓吹曲辞一《汉铙歌》之《战城南》《巫山高》。《战城南》自首句至"驽马徘徊鸣"铺写战争结束后战场上的血腥、惨烈、悲凉、萧索，对战争罪恶的控诉程度远过于《诗经》，一改《诗经》的中和之风，是汉乐府较《诗经》的很大不同之处。《巫山高》则是单一的思归之情的直接抒发。《相和曲·东光》，朱止谿曰："东光平，讽诗也。似有《郑风·清人》之刺。一曰：汉武帝征南越久未下而作。"① 细读全诗，主要写的是征人在征战中的辛苦，抒发了游荡在外、有家不得归的悲伤。《瑟调曲·饮马长城窟行》是思妇之诗，末句"上言加餐饭，下言长相忆"可以说是《诗经》中"苟无饥渴""悠悠我思"等字句的翻版，除了句式的通篇五言为《诗经》所无，其余未突破《诗经》征夫思妇之诗的描写手法。

琴曲歌辞《昭君怨》《胡笳十八拍》都比较独特。在不同部族、国家之间，和亲往往具有明确的政治目的，是战争的副产品。《昭君怨》唱出了昭君对出嫁匈奴的真实感受。后世有人从宫廷斗争的角度出发，认为昭君远嫁反倒对她而言未必是坏事，虽然很有道理，但也只是后人的一种推想，不能说昭君就应该高高兴兴地离开汉朝，《昭君怨》中笼罩的恋恋不舍的悲怆情绪是比较符合历史逻辑的。《胡笳十八拍》中控诉战争的血腥残酷远过于《诗经》，与《战城南》里的铺写有异曲同工之妙。《胡笳十八拍》写返乡的欣喜、与胡儿别离这二者之间的矛盾心理最为委曲细腻。琴曲歌辞霍去病《琴歌》，主要表达的是对战争之后国家安宁乐康的欣喜之情，与《小雅》之《六月》《采芑》，《大雅》之《江汉》《常武》中所表达的情感相一致。

---

① 转引自黄节《汉魏乐府风笺》第1卷，第4页。

三 婚恋

《诗经》中此类题材的诗篇有祝贺新婚的，有描写婚姻生活与夫妇之间感情的，有细腻刻画恋爱中男女情思的，如《周南·樛木》贺新郎，《召南·何彼襛矣》铺写贵族女子出嫁时车辆服饰之侈丽，《召南·摽有梅》写待嫁女子感伤青春将逝、渴望结婚，《邶风·绿衣》《唐风·无衣》之感旧悼亡，《鄘风·蝃蝀》描写婚姻不自由和妇女的反抗，《郑风·丰》写婚变、一女子后悔没有和未婚夫结婚。而《王风·野有蔓草》《秦风·蒹葭》《陈风·月出》三首则是婚恋诗中写得最有意境的篇章，空灵妩媚，真让人有茫然若失的陶醉感。

弃妇诗写的是失败的婚恋。《诗经》中此类题材的诗篇有《召南·江有汜》《卫风·氓》《王风·中谷有蓷》《郑风·遵大路》，《邶风》之《柏舟》《日月》《终风》《谷风》，《小雅》之《我行其野》《谷风》《白华》，共11篇。其中《召南·江有汜》《邶风·日月》《邶风·终风》《王风·中谷有蓷》《郑风·遵大路》《小雅·我行其野》倾泻而出、大声疾呼、毫无遮拦地直抒胸臆。这类作品以《小雅·白华》为极致，此诗共八章，每章前二句皆用比兴，刻画出了一个负心寡情的硕人形象，层层渲染弃妇的悲伤之情，所以就诗篇的感染力而言，这首诗可以说是弃妇诗中抒情技巧最为华丽的诗篇。就情节的完整性而言，《邶风·谷风》《卫风·氓》堪称杰作，尤其是后者，可以说是突出的代表，把当初爱情的美好直至后来的婚变详细予以展现。与上述诗篇不同，《诗经》中只有少量此类题材的诗篇具体写出了女子怨怒之来由及对象，如《邶风·谷风》《卫风·氓》《小雅·谷风》中的女主人公都是与丈夫同甘共苦的结发妻子，一起走过曾经艰难的岁月，所以，这些女子都是吃苦耐劳、愿意与丈夫一起经营美好未来的有德之人。可当生活有所好转，男人却毫不怜惜地将她们抛弃。当时对女子角色的定位可以从《小雅·斯干》中的一句看出："乃生女子，载寝之地，载衣之裼，载弄之瓦。无非无仪，唯酒食是议，无父母诒罹。"可见，一个女孩子只要把洒扫庭内的内职即酒食之事做好，不要给父母添麻烦增忧愁就行了。再如，《周南·葛覃》详细写了一个女子出嫁之后的女功之事、躬俭节用、服浣濯之衣、尊敬师傅等事迹、品质，也部分展示了当时女子所要恪守的道德约束。可上述三篇中的女主人公这些都做到了，而且做得无可挑剔，但最终却都遭到了被遗弃的命运。她们不由得怨怒、控诉。由此可见，在诸如此类的弃妇诗中，是道德批判在感染人，爱情其实是隐没了的。这些女子无可哀告，向家人哭诉却是"亦有兄弟，不可以据，薄言往诉，逢彼之怒"（《邶风·柏舟》）、"言既遂矣，至于暴矣。兄弟不知，咥其笑矣"（《卫风·氓》），到头来只能"静言思之，躬自悼矣"，独自咀嚼痛苦的滋味、咽下苦涩的泪水。

汉乐府中婚恋题材的诗篇共有11首。

《上邪》写对感情的坚定忠贞。《诗经》中也有这样的诗篇，如《邶风·匏有苦叶》中的"招招舟子，人涉卬否。人涉卬否，卬须我友"，写一个女子在岸边等待情人，船就要走了，舟子冲她招手，她依然固执地在岸上等待；《鄘风·柏舟》中的"之死矢靡它。母也天只！不谅人只""之死矢靡慝。母也天只！不谅人只"，女子面临父母的强迫，呼天抢地，誓死捍卫自己的爱情；《郑风·出其东门》写面对美女如云，亦不心动，只念着自己的所爱。《邶风·匏有苦叶》《郑风·出其东门》把这种忠贞写得轻柔而有韧性，仿佛水一样的至柔至刚，《鄘风·柏舟》以死捍卫爱情，感情更为激烈。与《诗经》中的相关诗篇相比，《上邪》在写法上别出心裁，开头先以"上邪"的呼告起首，继而以自然界不可能或者说罕见的现象来下爱情的赌注，给人一种无以复加、无可超越的压迫感，然后又把五种现象进行排比，造成咄咄逼人的气势，最后才点出爱情的赌注。《鄘风·柏舟》以死捍卫爱情，已经够激烈的了，但天地长久、人寿有限，以死来捍卫的爱情，随着生命的消逝也会归于虚空，而《上邪》里"山无陵，江水为竭，冬雷震震夏雨雪，天地合，乃敢与君绝"则构筑了穿越时空、超越生命、超越自然的永恒理想。与《诗经》中爱情篇章的现世相比，《上邪》更以广袤的宇宙、时空意识为后盾，所以意境更显得深邃邈远，也更震撼人心。

《有所思》与《乐府诗集》卷四一、相和歌辞十六《楚调曲·白头吟》一样，都是女子听闻男子负心背叛爱情之后，主动与男子断绝感情的表白。《诗经》中婚恋题材的女子在享受爱情时，可以很调皮，她会娇嗔、窃喜、羞涩、泼辣……种种可爱的女儿态毕现，然而一旦遭遇现实的打击，往往会立刻变得很软弱。这在弃妇诗中表现得最为明显，弃妇们对自己的遭遇仅仅是无奈地质问、抱怨，申说自己的委屈、无助，到头来还是独自默默忍受、承担。汉乐府中遭遇同样情形的女子态度则截然相反。莫说是被抛弃之后，她们在听闻男子变心的第一时刻就立即决绝地亮明自己的态度，没有丝毫委曲求全的意思。《白头吟》"闻君有两意,故来相决绝"，虽只有这两句带过，但却斩钉截铁、干脆利落。《有所思》则用了顶真的修辞格，比《白头吟》更有感染力："闻君有他心，拉杂摧烧之。摧烧之，当风扬其灰。从今以往，勿复相思。相思与君绝！""摧烧之，当风扬其灰"，将原初"双珠玳瑁簪，用玉绍缭之"的定情信物捶碎焚烧，化为齑粉，这已经充分显示了女主人公与负心男子断绝的决心。但女子还不满足，还要口头上起誓，对若再起相思之心进行诅咒。这种极端的表述方式与《上邪》和战争题材中《战城南》《胡笳十八拍》对战争过后战场的描写有些共通之处，即描写和抒情都要达到无以复加的程度。这让笔者联想到汉赋对宫室美食、声色犬马、歌舞娱乐等淋漓尽致、极尽委曲的描绘，也许汉赋与汉乐府在企图达到无以复加的极致这方面存在着某种互相影响吧。

《箜篌引》，《乐府诗集》解题只交待了本事，并未言及其旨意。朱止谿曰："公无渡河，慎所往也。世患无常，君子不轻蹈之。"朱柜堂曰："宋唐庚云：'古乐府命题皆有主意。后之人用乐府为题者，直当代其人而措辞，如公无渡河须作妻止其夫之辞。太白辈或失之，惟退之琴操得体。'余谓乐府题自建安以来诸子多假用，魏武尤甚。私意谓乐府自有变通一法，未可执一；但须不离其宗。则如公无渡河，或假作劝止其人之词，或相戒免祸之作，不必夫妻也。他可仿此。"① 笔者以为，上述几种说法有些过于引申了，还是依《乐府诗集》本事来考察此诗诗旨较好。

故事中对狂夫及其妻的家世、身份都没有交代，亦未提及子嗣，对狂夫之狂也没有交代来龙去脉，而是直接将结局性的悲剧场景展现于读者，从而引出《公无渡河》曲。虽然狂夫异于常人，但他的妻子是那么深深地爱着他，不管他变成什么样子，他的存在对她而言都是无可替代的，多苦多累，都在所不惜、无怨无悔。《淮南子》中记载："今夫狂者之不能避水火之难而越沟渎之险者……终身运枯形于连嵝列埒之门，而蹢躅于污壑阱陷之中，虽生俱与人钧，然而不免为人戮笑者，何也？形神相失也。"② 狂夫渡河而死，对他人来讲是"不免为人戮笑"，但对他至亲的人、对他的妻子而言却是无尽的悲哀。《乐府诗集》中收录了几篇后世的拟作，只有李白的作品准确地把握了曲中隐藏的精神，正所谓"旁人不惜妻止之"③。也许妻子正好在忙着别的什么，

---

① 转引自黄节《汉魏乐府风笺》第4卷，第47页。
② 刘文典撰，冯逸、乔华点校《淮南鸿烈集解》第1卷，中华书局，1989，第41页。
③ 郭茂倩：《乐府诗集》第26卷，第379页。

暂时无暇顾及他，可就是这个偶然的瞬间毁灭了这个生命。流水无情，迟来的妻子只能长歌当哭。这四句看起来都以"公"为主语，唱出了妻子对狂夫的哀怜、惋惜，可细加品味的话，这背后也隐藏着妻子的一丝自责与愧疚，因自己的疏忽大意，而断送了丈夫的生命。"曲终亦投河而死"，一方面缘于她对狂夫的深爱，他的消失夺去了她生命里一切的意义，天地间的所有对她都已经不重要了；另一方面，大概也有自责与愧疚意识的推动。所以推测此诗旨意，当从《乐府诗集》所记载的本事出发，可以看到另一种形态的爱情。费锡璜《汉诗说》评之曰："箜篌引……只四语，千回百转，万古绝调，四言断句，此为第一。"①评价相当之高。

《瑟调曲·艳歌何尝行》"飞来双白鹄"，通篇以成双之白鹄比兴，写一女子因病不得从夫，"吾欲衔汝去，口噤不能开，吾欲负汝去，毛羽何摧颓"，表面是在写白鹄，实是在写其夫与这一女子难舍难分的心理，然后又变换口吻，写女子内心的别离之痛与"各各重自爱"的殷勤嘱托，"若生当相见，亡者会黄泉"一语最为感人，把重逢写得超越了生死，表达了彼此对爱情的坚定与忠贞。《楚调曲·怨歌行》以秋扇见捐比喻女子的可能被抛弃，但通篇充斥的却是一种惶恐的感觉，而不是像《有所思》《白头吟》《上邪》那样立场分明的敢爱敢恨。琴曲歌辞四司马相如《琴歌》二首除了句式上全篇用七言，在内容上与《诗经》婚恋题材的诗篇并无很大区别，延续了《诗经》惯用的比兴手法，以凤凰为主，兼用鸳鸯的意象，比而兼兴，来写男女之情，抒发对文君的爱慕。

杂曲歌辞《焦仲卿妻》是汉乐府中以叙事体描写婚恋最成功的作

---

① 《汉诗说》第3卷，第1页。

品，完整地为人们讲述了一个悲剧故事。在焦仲卿家，其母大权独揽，而他却总是那么唯唯诺诺。仲卿母将刘兰芝遣归，根本没有任何正当理由。妇人该守的道德、在婆家该做的事情，刘兰芝无一不出色地完成，可婆婆还是疾声厉色地要焦仲卿将她打发走。而焦仲卿最终也照办了，虽然是在一番不忍、无奈的诉说之后。焦仲卿的这一行为，一来可能跟性格有关；二来大概也是由于面对寡母，无原则无底线地孝顺。在刘兰芝家，则是其兄事事做主，因为从文中我们看不出她的父母有什么主见，反倒是处处附和自己的儿子，最终违其所愿给她找到新的婆家也全是她暴躁阿兄作的决定，这不由得又令人联想起《诗经》中弃妇们"亦有兄弟，不可以据，薄言往诉，逢彼之怒"（《邶风·柏舟》）、"言既遂矣，至于暴矣。兄弟不知，咥其笑矣"（《卫风·氓》）的遭遇。因此，刘兰芝是将《诗经》中所描绘的妇德妇功与弃妇遭遇两方面融合并都达到极致的人物。《诗经》中的弃妇形象最终都只是把种种痛苦的情绪内转、内化，独自默默承受，未见有任何现实的反抗，甚至连像《有所思》《白头吟》里口头上决绝的反抗都没有，令人哀其不幸、怒其不争。《焦仲卿妻》中，面对焦母的固执，焦仲卿懦弱地服从，刘兰芝无奈地听从丈夫的安排、暂时归家，将来自婆婆的指责、焦仲卿的懦弱、父母的无主见、阿兄的暴躁势利等种种外界因素施之于自己内心所引起的痛苦完全内化，独自含泪默默忍受。但当她最终被兄长安排另嫁他人，丈夫不仅不理解自己反而说风凉话，与丈夫复归婚姻完全无望时，她以结束生命的方式做了最后也最彻底的反抗。《诗经》中的弃妇诗基本都是在指责、埋怨负心男子。的确，男人二三其德的负心只会招来女子的怨恨，而《焦仲卿妻》中焦仲卿虽然在得知刘兰芝再嫁时说了些风凉话，但兰芝听得出他并非故意伤害自己，而是出自对自己忠贞不渝的爱。此前，在二人"举手长劳劳，二情同依依"那么恋恋不舍地分别时,兰芝已经跟焦仲卿说过:"感君区区怀,君既若见录,不久望君来。君当作磐石,妾当作蒲苇。蒲苇纫如丝,磐石无转移。我有亲父兄,性行暴如雷。恐不任我意,逆以煎我怀。"她将可能遭到的更大的变故告诉了他,而他得知兰芝再嫁时依然冷冷地说:"贺卿得高迁。磐石方且厚,可以卒千年。蒲苇一时纫,便作旦夕间。卿当日胜贵,吾独向黄泉。"这固然是向兰芝表明了自己忠贞不渝的爱,但也未免不是对自己懦弱的掩饰。可纵然如此,这些话语也并未招来怨恨之情,反而更坚定了刘兰芝与丈夫以死反抗命运的决心。她当即就自明心迹,作了决定:"何意出此言!同是被逼迫,君尔妾亦然。黄泉下相见,勿违今日言。"《诗经》中婚恋、弃妇题材的诗歌,也有女子激烈地反抗违拗自己心意的现实的诗篇,但由于是小篇短制、且以抒情为主,即使有对话、神态、行为等的描摹,也不过是一个镜头、一个片断;即使是以死反抗,也不过是点到为止,后文如何,不得而知。《焦仲卿妻》则是规模宏大的叙事诗,完整地讲出了一个悲剧故事,将二人最终悲壮的、轰轰烈烈的分别赴死写得一清二楚。这比《诗经》首先多了情节上的完整性,是叙事诗有别于抒情诗的特色。《焦仲卿妻》结尾以"枝枝相覆盖,叶叶相交通。中有双飞鸟,自名为鸳鸯。仰头相向鸣,夜夜达五更"等物象,虚构、想象二人的爱情在死后得到延续,反映了人们对两个悲剧人物的同情怜悯与善良、美好的祝福。这种神奇的想象是《上邪》里构筑的穿越时空、超越自然的永恒理想的现实演绎,又比《诗经》多了不少奇幻的色彩。

  杂曲歌辞《冉冉孤生竹》也是表现婚恋题材的著名诗篇:"冉冉孤生竹,结根泰山阿。与君为新婚,菟丝附女萝。菟丝生有时,夫妇会有宜……伤彼蕙兰花,含英扬光辉。过时而不采,将随秋草萎。"从加点部分可以看出,此诗在整体上延续了《诗经》的比兴手法。"思君令人老,轩车来何迟",表明是女子思念情人来迎娶自己的诗。《诗经》中的思妇诗或者直抒胸臆,表达思念之切、相思之苦,或者是寄托在对远行之人的嘘寒问暖上。此篇"蕙兰花"的比喻以及通篇的情感有些类似《召南·摽有梅》写待嫁女子感伤青春将逝、渴望结婚,但末句"亮君执高节,贱妾亦何为"则不同于《诗经》,而是转向了一种安心的期待,以舒缓自己徒劳的担忧。

张衡《同声歌》、繁钦《定情诗》也是表现婚恋题材的诗作。《乐府解题》曰:"《同声歌》,汉张衡所作也。言妇人自谓幸得充闱房,愿勉供妇职,不离君子。思为莞簟,在下以蔽匡床;衾裯,在上以护霜露。缱绻枕席,没齿不忘焉。以喻臣子之事君也。"① 通篇都是在铺陈女子的所作所为,《诗经》没有这样内容的诗篇。关于《定情诗》,《乐府解题》曰:"《定情诗》,汉繁钦所作也。言妇人不能以礼从人,而自相悦媚。乃解衣服玩好致之,以结绸缪之志,若臂环致拳拳,指环致殷勤,耳珠致区区,香囊致扣扣,跳脱致契阔,佩玉结恩情,自以为志而期于山隅、山阳、山西、山北。终而不答,乃自伤悔焉。"② 关于其诗意,逯钦立《〈洛神赋〉与〈闲情赋〉》有所论及,大抵认为顺承《骚》的传统,"本屈、宋以好色喻好修而敷陈其悲观主义者"③。在文辞上,除了与《同声歌》相同的通篇五言,它还颇显遣词造句的用力,很能看出作者刻意的经营与匠心。

这里顺带提及一下《陇西行》《陌上桑》《羽林郎》,它们都刻画了女子的独特形象,所以附论于此。

《瑟调曲·陇西行》,明显是一首拼凑分割的歌辞,从开首至"为

---

① 郭茂倩:《乐府诗集》第76卷,第1075页。
② 郭茂倩:《乐府诗集》第76卷,第1076页。
③ 逯钦立:《〈洛神赋〉与〈闲情赋〉》,载逯钦立遗著,吴云整理《汉魏六朝文学论集》,陕西人民出版社,1984。

乐甚独殊"是一首,从"好妇出迎客"至诗末,是另一首,刻画了一个健妇的形象。关于诗意,其说各异,《乐府解题》曰:"始言妇有容色,能应门承宾。次言善于主馈,终言送迎有礼。"[1] 朱止豀曰:"陇西行歌天上何所有,正俗也。"朱柜堂曰:"秦之陇西,今之巩昌、临洮,羌戎杂居,民尚气力;小戎妇人,亦知勇于战斗,其来旧矣。读此可以知陇西之俗焉。"[2] 张荫嘉曰:"此羡健妇能持门户之诗。"[3] 这几种说法差别还不是很大,以下这种说法则比较新颖:"凡诗有有题者,有无题者。有题是诗之正面,无题是诗之反面。如乐府《陇西行》,何篇中无陇西之意?为尊者讳也。立是名,补诗之不足也。'陇西'二字是题正面,全诗却是反射旁击。汉武有事于西南,穷兵黩武,陇西男子,无不荷戈从戎,巨室细民莫敢匿。故篇中备言妇人待客,委曲尽礼,以见家中无男子也。言豪富者何无男子,贫穷者岂容燕息乎?夫劳苦疆场,必餐风宿露,今反写欢乐,其劳苦却在言外,使后人于无字处默会也。写陇西以反衬天下,写豪富反衬贫苦,写妇人反衬男子,写闺门反衬边廷,可悟作文之法。"[4]《诗经》中虽也有关于妇女洒扫之职的描写,但都较为浮泛,不如《陇西行》的截取日常生活中妇女酒食待客这一片断的详加铺写;《诗经》中虽也有宴饮诗中对酒食备置、宴饮场面的描述,但要么是天子诸侯之间、要么是宗族兄弟之间、要么是亲朋好友之间,出场人物大都具有集体性的色彩,不似《陇西行》中一位女子的独自应承酒食待客的局面;此外,《诗经》中刻画女性形象要么是纯粹铺写其美貌,如《卫风·硕人》,要么是将妇容与妇德联系起来写,但除了《周南·葛覃》稍稍详细地写出了妇女的角色定位以及在家庭中

---

[1] 郭茂倩:《乐府诗集》第27卷,第542页。
[2] 转引自黄节《汉魏乐府风笺》第4卷,第27页。
[3] 转引自黄节《汉魏乐府风笺》第4卷,第28页。
[4] 李调元:《雨村诗话》,郭绍虞编选,富寿荪校点《清诗话续编》,第1520~1521页。

所要承担的劳动,其余诗篇都相对简略,《陇西行》截取日常生活场景进行详细的铺写,将《诗经》中对妇德的概括更为具体化、现实化,显得更家常,读来更觉亲切。

《相和曲·陌上桑》《杂曲歌辞·羽林郎》都是描写女子遭到调戏的情形,但两位女主人公应对的方式不同。《羽林郎》中胡姬"不惜红罗裂,何论轻贱躯"的刚烈与义正词严有似《召南·行露》里抗暴、拒婚的女子。《陌上桑》中的罗敷则拿夫婿的光彩夺目令使君威风扫地,结果呢,肯定是使君虽然非常生气、没面子但还只得灰溜溜地走掉,而围观者则与罗敷一起享受胜利的快乐。这支曲子背后其实还是现实的权势在起支配力量,若罗敷只是一个无权无势的普通女子,她除了以死抗争还能做什么呢?这支曲子在汉代很流行,应璩《百一诗》云:"汉末桓帝时,郎有马子都。自谓识音律,请客鸣笙竽。为作陌上桑,反言凤将雏。"① 不过若是在上层贵族之间也很流行,那大抵只是作为他们茶余饭后的笑料而已,他们完全可以在欣赏这支曲子时将自己想象成罗敷盛赞的夫婿,从小人物的出丑与自己权势的获胜中歆享另外一种快乐。同样是流行与欣赏,不同的受众,喜欢这支曲子的初衷与心理是不同的。

四 宴饮

《豳风·九罭》写主人留客之殷勤。《小雅》之《彤弓》《鱼藻》都只是客观地叙述,即使有像《鱼藻》里"岂乐饮酒""饮酒岂乐"这样的字眼,也不过直接说出快乐的存在,而并无形象的感染力。相比之下,《小雅·瓠叶》的描写就生动多了,"这是下层贵族宴会宾客的

---

① 逯钦立辑校《先秦汉魏晋南北朝诗》,第471页。

诗……诗首章写主人采瓠叶烧菜，下三章写烧烤兔肉下酒，每章末二句写宾主饮酒，由尝而献而酢而酬，菜肴虽甚简约，但酬酢却很热烈，表现了宾主之间情绪的快乐"①。《小雅·頍弁》末章"死丧无日，无几相见。乐酒今夕，君子维宴"则更写出了由绝望而导致的及时行乐的心理。《小雅》之《鹿鸣》《湛露》《宾之初筵》里的宴饮场面描写，更将之与令德令仪、宴饮场合讲究的礼仪修养联系起来；《小雅·伐木》不仅有宴饮内容的铺写，还将朋友故旧之情融入其中；《大雅·行苇》写周统治者与族人宴会的场景，还加入了比射的内容。这些都超越了简单而纯粹的宴饮层面。总之，《诗经》中宴饮题材的诗篇大多是与当时的礼仪制度、宗族亲情等联系起来写。

汉乐府中描写宴饮的只有铙歌十八曲之一《将进酒》。关于此曲的曲意，有以下几种说法。陈本礼《汉诗统笺》云："将进酒……此孝武南巡，望祀大舜乐章，不当列入铙歌，已移入郊祀歌中，详注于前。"②王先谦《汉铙歌释文笺正》不同意陈本礼的观点："此曲出行巡狩及游歌诗之二，亦铙歌也……此曲虽因祀舜而作，要是巡狩歌诗，天子出则备六军，帝作诗而令军士歌之，自后遂为军乐……进，荐。将进酒以侑神也……《礼·少仪》：其以乘壶酒，注，乘壶，四壶也。古祭祀之物多用四数……加，谓辨之重叠。《尔雅·释诂》：加，重也。注，重，叠也……诗歌诗书搏拊琴瑟以咏。许氏曰，搏重拊轻。审其声之大小高下也。以人声为至，以乐声合之，故曰诗审搏……歌以格神，故曰诗悉索。悉，尽也。索，求也。《楚辞》吾将上下而求索。悉索之谓也。……先恭曰，辨加哉六句诗乐二层分顶，最为明晰。"③费锡璜

---

① 程俊英、蒋见元：《〈诗经〉注析》下册，中华书局，1991，第736~737页。
② 陈本礼：《汉诗统笺·铙歌》，嘉庆间襄露轩刻本，第10页。
③ 王先谦：《汉铙歌释文笺正》，第40~42页。

《汉诗说》云："将进酒乘大白谓大杯在下小杯在上，以酒浮之，唐人谓之连台拗倒，故曰乘。乘谓浮于上也。辨佳哉谓语言明辨佳丽也。诗审博，所赋之诗既审且博也。放故歌心所作，放旧歌以侑酒，皆心所作也。同阴气诗悉率，阴气主鬼神，言酒非惟乐人，亦以乐神，山川灵异，诗无不悉率之。古有蜡，蜡，索也。索百神以祀之，如九章天问皆索鬼神之诗也。禹一作万，万，舞名也。今当从之。良工，指当时俳优侑酒之时疑有俳优作鬼神状而歌楚词，使观者心悲也。"①庄述祖《汉铙歌句解》云："将进酒戒饮酒无度也。宾主人相劝酬，歌诗相赠答，无沈湎之失焉。"②夏敬观《汉短箫铙歌注》云："将进酒者，饮至也。古者战胜而归，饮于宗庙，曰饮至……同阴气者，谓藏兵不用，同太白之伏也。《汉书·刘向传》：太白经天而行，注，孟康曰，太白阴星，出东当伏东，出西当伏西，过午为经天也……扬子《法言》：巫步多禹……祭时用巫，以申誓辞，故观者皆苦其情也。"③闻一多《乐府诗笺》云："此纪谦饮赋诗之事，《楚辞·招魂》曰：'结撰至思，兰芳假些，人有所极，同心赋些，酎饮尽欢，乐先故些，'足与此相发。"④笔者认同闻一多《乐府诗笺》、费锡璜《汉诗说》中所言，认为《将进酒》是描写宴饮场景的诗篇。虽然篇幅不长，但却很全面，从诗酒乐舞四个方面来客观展现宴饮场面的热闹，诗篇结构简单紧凑。

五 祭祀

这类诗歌又可细分为两种：第一，祭祀场合唱的诗；第二，描写祭

---

① 费锡璜：《汉诗说》第1卷，第12页。
② 庄述祖：《汉铙歌句解》，《珍艺宧遗书》第12册，清嘉道间脊令舫刻本，第17页。
③ 夏敬观：《汉短箫铙歌注》，商务印书馆，1931，第11页。
④ 《闻一多全集》第4册，第106页。

祀情景的诗。

祭祀场合唱的诗，《诗经》三颂是最典型的代表，然而不同的诗篇又各有侧重。有偏重于美颂性质、祈求神灵祖先保佑的，如《周颂》之《思文》《载见》《时迈》，《鲁颂》之《駉》《有驰》《泮水》，《商颂》之《烈祖》《长发》《殷武》等。偏重于劝勉、劝诫色彩的在《周颂》中主要是与成王有关的诗，如《烈文》是成王祭祀祖先时戒勉助祭诸侯的诗；《访落》写成王谋政于武王庙时与群臣商议国政；《昊天有成命》为祭祀成王的诗篇，赞颂了成王对待国家大政时诚惶诚恐、小心翼翼的严肃谨慎，这可与《闵予小子》《敬之》《小毖》等自警的诗相参。《周颂·臣工》为周王耕种籍田、告诫臣工保介的诗，中间亦有周王向上帝祈祷丰年之词；《大雅·云汉》是求神祈雨时所唱。

描写祭祀情形或者说与祭祀相关的诗篇有《召南》之《采蘩》《采蘋》，《周颂》之《载芟》《良耜》《丝衣》，《小雅》之《甫田》《大田》，《大雅·凫鹥》，《商颂·那》，《周颂·有瞽》等。这类诗篇中，《小雅》之《楚茨》《信南山》尤其是《楚茨》，完整地展示了祭祀过程：将丰收之后用粮食备置酒食、清洁剥烹牲畜、宾客之间献酬交错、工祝致告的文辞、祭祀结束后与亲族兄弟在音乐的伴奏中完成宴飨之礼、祈求神灵祖先福佑等细节都一一描绘出来，全景式地呈现了周代祭祀礼仪的程序、情景以及祭祀仪式中的祝词，连同以上诸篇都具有极大的史料价值。所以《诗经》中祭祀题材的诗篇对祭祀物品的洁净馨香、音乐背景的庄重或者浓烈的铺写都是质实而客观的。

汉郊祀歌中描写祭祀情形的有《练时日》《天门》《景星》《华烨烨》《五神》《赤蛟》，其中，《练时日》《华烨烨》铺写较为完整的祭祀过程，凸显的是历时性的完整，《天门》《景星》则是乐舞、酒食供祭镜头的特写与放大，《五神》《赤蛟》描写祭祀完毕的情形，里面有较多的祝颂语。《天地》侧重在描绘祭祀时的乐舞场面，与前几篇部分内容取自楚辞风格、掺入了奇幻想象成分不同，《天地》是完全纯客观的纪实，汉代的音乐文献本来就保存有限，所以此篇具有极高的史料价值。《青阳》《朱明》《西颢》《玄冥》有些迎气歌的性质。《帝临》《惟泰元》《后皇》有较多赞颂祈福的内容。《天马》与颂祥瑞的《齐房》《朝陇首》《象载瑜》一样，都是由时事而发。《日出入》一篇最为奇谲，而且带有强烈的个性色彩。所以汉郊祀歌具有浓重的楚辞风，除了一些祈福的内容与《诗经》稍稍重合之外，其余与《诗经》中的颂诗大异其趣。《郊祀歌》继承并发展了《楚辞》，对祭祀场景的描写做了艺术化的提炼，同时融进了动态的质素，使得整幅画面多了跃动之感。汉《安世房中歌》17首在内容和形式上则更多地延续了《诗经》颂诗，只是没有《诗经》颂诗那么古奥，内容方面也没有《诗经》颂诗那样的反复歌颂祖先功德，只是泛泛地讲修德而已。

六 农事

《诗经》中有一系列表现农事题材的诗篇。《周南·芣苢》描绘妇女一起采摘芣苢的情形；《魏风·十亩之间》描写采桑者在劳动之后、呼唤同伴归来；《小雅·无羊》写牲畜之蕃盛。最典型的农事题材诗则是《豳风·七月》。在祭祀题材的诗篇中也有很多关于祭祀农神、如何为农田除去害虫等的描写。

现存汉乐府中唯有《相和曲·江南可采莲》一首。《诗经》中农事题材的诗篇大都是客观的写实，如众人在一起劳动情景的描绘，对农神的祭祀、或祈祷或报飨，农业生产中各项活动的实际操作过程等。而汉乐府此篇却极具审美性、欣赏性，名义上是写采莲，文字本身却是在写莲叶的美和鱼儿嬉戏其间的快乐。此篇即使是在纪实，作者的写作手法也是非常高明的。关于劳动场景的热烈与欢乐情绪，《芣苢》是从劳动者本身出发进行描写的，全篇只是替换了几个字眼，都是关于手的动作的词。此篇避开当事人本身不谈，从景色的优美和鱼的悠游入手，反衬当事人愉悦的情绪和劳动场面的热烈、快乐。通读《先秦汉魏晋南北朝诗》中的汉诗，可以发现，汉人关于农事、时令等的记载只在谚语中有极少的留存，表达上也多是只言片语。

七 亲情

《诗经》中有一系列表现亲情题材的诗篇。如《邶风·凯风》写孝子赞母、同时自责，无法令母亲摆脱劳苦，安慰母亲的心。《小雅·蓼莪》写怀念父母，抒发子欲养而亲不待的沉痛。诗中对父母含辛茹苦、舐犊情深地养育子女的铺写最为动人，千载之下，犹令人感怀。《秦风·渭阳》写甥舅之情，《小雅》之《常棣》《角弓》叙兄弟之情，《小雅·小弁》则是被父放逐之子的哀歌。

汉乐府此类题材的有《孤儿行》《妇病行》。《上留田行》解题引崔豹《古今注》释本事表明，《上留田行》也是描写亲情的破碎、孤儿的遭遇的，大抵与《孤儿行》类似。《诗经》中亲情题材的诗篇《小雅·蓼莪》铺写父母含辛茹苦、舐犊情深地养育子女的过程，《秦风·渭阳》截取赠别场面写甥舅之情之深，只有这两首稍稍具备叙事色彩，余下几篇虽有比兴等手法的运用，但都偏于直抒胸臆的抒情。而《孤儿行》通篇都是叙事的铺写，先以"孤儿生，孤子遇生，命独当苦"总括篇旨，然后围绕这个点题句开始叙事。先回忆父母在时自己生活的优渥，虽无直接抒情，但从叙事中读者和听众自能感受到孤儿当时心情的愉快舒畅。接下来，用大量的篇幅铺写父母殁后兄嫂对他极其恶劣的待遇：让他小小年纪就独自出门行贾做事，不顾及一个小孩子在外面会遭遇什么，而只是把他当成赚钱的工具，不想他在他们身边白吃白喝。孤儿归来之后，"不敢自言苦。头多虮虱，面目多尘"，可兄嫂居然能视若不见，更不问他的鞍马劳顿、旅途颠簸，一句嘘寒问暖的话都没有，当初一母同胞的兄弟即使自己成了家，如此对待自己的亲兄弟也够让人心凉的了！作者的渲染还不止于此，他还要为我们展示孤儿更为悲惨的遭遇。兄嫂一刻也不让他停息，提水、做饭、喂马……生活的种种杂务都交给他去做，还让他去从事很多劳动条件极差的粗活。孤儿被他们累得可谓是手足胼胝，有时遇到身体的损伤还只得自己忍耐："怆怆履霜，中多蒺藜。拔断蒺藜，肠肉中怆欲悲"，"泪下渫渫，清涕累累"，所有的苦，孤儿都独自默默地吞咽、忍受。可他们又给孤儿什么了吗？没有。孤儿衣衫褴褛，"冬无复襦，夏无单衣"。害得小小年纪的孤儿就产生了悲观厌世的情绪："居生不乐，不如早去，下从地下黄泉。"寒冬腊月里孤儿的遭遇铺写完之后，又开始写春夏时节。"春气动，草萌芽。三月蚕桑，六月收瓜"，这几句时令语首先让人从季节变换上摆脱了寒冬的肃杀、感到了一种轻松，可孤儿却依然被兄嫂使役，劳作不止。蚕桑、收瓜的事都交给他。读到这里，我们可以看出，诗人用如此经济的笔墨为我们展现出一个孤儿自父母殁后、一年四季不得休息、被兄嫂无情役使的悲惨遭遇，尤其后半段时令的缓和与孤儿依旧的悲惨遭遇之间的对比更突出了孤儿的不幸，令人同情。最后是一个特写镜头：孤儿收瓜时瓜车翻覆，别人趁火打劫，抢的人多，帮他收拾的人少，"愿还我蒂，兄与嫂严，独急且归"，短短几句，把孤儿焦急忧愁得要哭出来、对众人哀哀求告的可怜状生动地摹画了出来，最末又是悲观情绪的展现："愿欲寄尺书，将与地下父母，兄嫂难与久居。"整首诗的结构还是很整齐的，以"孤儿生，孤子遇生，命独当苦"总领，以下两层均围绕此点题句展开,以要随父母而去的悲观情绪作结,此前则分别铺写孤儿在冬夏春秋时的劳作,与父母在时孤儿优渥的生活形成鲜明对比。整首诗除了对兄嫂的控诉、欲随父母而去的悲观厌世是情绪的直接表达,余下的都是生活细节的铺写,于客观叙事中不露声色地表达情感倾向,感染读者与听众,一气贯注。清人贺贻孙《诗筏》评曰:"乐府古诗佳境,每在转接无端,闪铄光怪,忽断忽续,不伦不次。如群峰相连,烟云断之,水势相属,缥缈间之。然使无烟云缥缈,则亦不见山连水属之妙矣。《孤儿行》从'不如早去,下从地下黄泉'后,忽接'春气动,草萌芽',《饮马长城窟》篇从'展转不可见',忽接'枯桑知天风,海水知天寒',语意原不相承,然通篇精神脉络,不接而接,全在此处。末段'客从远方来',至'下有长相忆',突然而止,又似以他人起手作结语。通篇零零碎碎,无首无尾,断为数层,连如一绪,变化浑沦,无迹可寻,其神化所至耶!"[①] 贺贻孙"神化所至"的评价是相当之高的,他注意到了汉乐府文辞断续缥缈的文本特征,这从文学角度是无法解释的,因此他只能慨叹"神化所至"。事实上,汉乐府的这种文本特征是与它作为舞台演出脚本的性质相关的。

《妇病行》与《孤儿行》不同,此诗主要是从对话与几个行动中渲染悲情。母亲行将病逝,只得将幼小的孩子托付给丈夫,"莫我儿饥且寒,有过慎莫笞",短短的一句话,无限的关切却蕴含其中。末尾"孤儿索啼其母抱",母亲已经走了,孩子还不知道,还要找母亲,以幼儿无知的举动更增加了悲哀的色彩。此诗所反映的故事虽也令人感到悲哀与同情,但这背后是有爱存在的,是一个行将病逝的母亲对孩子

---

① 贺贻孙:《诗筏》,郭绍虞编选,富寿荪校点《清诗话续编》,第151页。

的无限牵挂，而不像《孤儿行》，使人们在同情之余，更多的是愤怒与声讨。

八　思归

《诗经》中的思归主体有由于政治动荡而流亡的平民或者贵族，有出嫁女子，有流浪者、游子。其中蕴含的感情有抱怨，即怨某些外界因素导致了自己的颠沛流离；有思恋，即思恋故土；有直抒胸臆地抒发思归之情。《小雅·黄鸟》对邦族、诸兄、诸父的思恋显示了个体强烈的归属感，这一点在《诗经》其他篇章中也多有流露。《王风·葛藟》《唐风·杕杜》《唐风·有杕之杜》虽没有明显的思归的字眼，但也都写出了流浪者的孤独。

汉乐府中也有表现此类题材的作品。如《长歌行》"岩岩山上亭"，通篇以五言的体式直抒游子思归念母之情。《艳歌行》"翩翩堂前燕"，写兄弟流宕他县，"主妇为绽衣服，其夫见而疑之"[①]。诗骚中关于缝裳的记载总与男女之情有关，如《楚辞·天问》："女岐缝裳，而馆同爱止"，王逸注："女岐，浇嫂也。馆，舍也。爱，于也。言女岐与浇淫佚，为之缝裳，于是共舍而宿止也。"[②]《诗经·卫风·有狐》："心之忧矣，之子无裳。""之子，无室家者。在下曰裳，所以配衣也。笺云：之子，是子也。时妇人丧其妃耦，寡而忧是子无裳。无为作裳者，欲与为室家……正义曰……裳之配衣，犹女之配男，故假言之子无裳，已欲与为作裳，以喻己欲与之为室家。"[③] 关于裳的解释，《诗经·魏风·葛屦》"掺掺女手，可以缝裳"，"正义

[①]　郭茂倩：《乐府诗集》第39卷，第579页。
[②]　洪兴祖撰，白化文、许德楠、李如鸾、方进点校《楚辞补注》第3卷，中华书局，1983，第102页。
[③]　《毛诗正义》第3卷，阮元校刻《十三经注疏》，第327页。

曰……裳乃服之亵者,亦使女手缝之,是其趋利之甚"。① 衣虽与裳不同,但大概由于缝裳总与不正当、不合常规道德的男女之情相联,所以《艳歌行》里的女子遭到了其夫的误会。末尾"石见何累累,远行不如归"才点出了思归的主题。

《悲歌行》直抒思念故乡、"欲归家无人、欲渡河无船"的惆怅。《猛虎行》魏文帝"与君媾新欢"篇解题中引了《猛虎行》古辞,关于其旨意,张荫嘉曰:"此客游不合,思归之诗。言野雀则安分无巢,游子何为辞家久客,徒使人致怪。其不苟栖食,以贫贱骄人也。自嘲之中,仍有人不我知意。"② 如此来看,此诗似乎也是在讲游子思归。但此诗旨意存在分歧,闻一多《乐府诗笺》:"此盖离家远行者,能为其所亲洁身自爱……'游子为谁骄','谁'斥其妻室,言游子之所为自爱者,非彼闺中之人而谁邪?魏文帝词……言夫妇之情,尚不失古意。明帝词……或亦同类。陆机以下诸作,则去古意浸远矣。"③ 朱止谿曰:"猛虎行歌猛虎,谨于立身也。"④ 因此游子思归只是后人诠释的其诗意之一,故附论于此。

九 人生

《诗经》中有感叹人生短促的,如《曹风·蜉蝣》;有讽刺守财奴、宣扬及时行乐的,如《唐风·山有枢》;有思考及时行乐与担当职责之间矛盾的,如《唐风·蟋蟀》;还有由时乱世衰感叹人生、做出价值选择的,如《秦风·权舆》写没落贵族回想当日富贵生活,当下的贫贱,感慨今昔对比;《卫风·考槃》《陈风·衡门》写安于贫贱的隐逸抉择;

---

① 《毛诗正义》第5卷,阮元校刻《十三经注疏》,第357页。
② 转引自黄节《汉魏乐府风笺》第2卷,第17页。
③ 《闻一多全集》第4册,第116页。
④ 转引自黄节《汉魏乐府风笺》第2卷,第17页。

《桧风·隰有苌楚》以草木无知尚能枝繁叶茂、自得其乐地生长反衬自己受尘世羁绊的痛苦，有着浓重的悲观厌世之情。

汉乐府中也有一系列表现此类题材的作品。如《乌生》。《乐府解题》云："寿命各有定分，死生何叹前后也。"① 李子德曰："弹乌、射鹿、煮鹄、钓鱼，总借喻年寿之有穷，世途之难测，以劝人及时为乐。"② 此篇先是列举了四个比喻，最后点出诗人所要表达的。排喻的修辞手法《诗经》里已经出现，只是句子相对简单，如《小雅·天保》"如山如阜，如冈如陵，如川之方至……如月之恒，如日之升，如南山之寿……如松柏之茂"，《小雅·斯干》"如竹苞矣，如松茂矣……如跂斯翼，如矢斯棘，如鸟斯革，如翚斯飞"，《大雅·常武》"如飞如翰，如江如汉。如山之苞，如川之流"等，都不如《乌生》每个比喻内部的曲折复杂，这样的一个个比喻再组合起来，气势和容量上就更显得非同一般了。

不过关于《乌生》的诗旨，笔者另有推测。《乌生》中有一句"鲤鱼乃在洛水深渊中，钓钩尚得鲤鱼口"，《诗经·小雅·正月》"鱼在于沼，亦匪克乐。潜虽伏矣，亦孔之炤"，"沼，池也。笺云：池鱼之所乐而非能乐，其潜伏于渊，又不足以逃，甚炤炤易见。以喻时贤者在朝廷，道不行无所乐，退而穷处，又无所止也"。③《诗经·小雅·四月》："匪鹑匪鸢，翰飞戾天。匪鳣匪鲔，潜逃于渊"，"鹑，雕也。雕鸢，贪残之鸟也。大鱼能逃处渊。笺云：翰，高。戾，至。鳣，鲤也。言雕鸢之高飞，鲤鲔之处渊，性自然也。非雕鸢能高飞，非鲤鲔能处渊，皆惊骇辟害尔。喻民性安土重迁，今而逃走，亦畏乱政故"。④ 由此，再来

---

① 郭茂倩：《乐府诗集》第 28 卷，第 408 页。
② 转引自黄节《汉魏乐府风笺》第 1 卷，第 9 页。
③ 《毛诗正义》第 12 卷，阮元校刻《十三经注疏》，第 443 页。
④ 《毛诗正义》第 13 卷，阮元校刻《十三经注疏》，第 463 页。

反思前面铺排的乌、鹿、鹄、鱼等的遭遇："南山岩石间""上林西苑中""摩天极高飞""洛水深渊中"，作者极写其藏身之隐蔽，"安知乌子处"、两个"尚复得"、一个"尚得"，写出了它们最终还是惨遭毙命的遭遇，因此，笔者以为作者或许是在反映苛政抑或是严刑刻法。附论于此。

《西门行》与《怨诗行》都写出了人生的短暂，主张及时行乐，尤其《怨诗行》末句"当须荡中情，游心恣所欲"之"荡""恣"的字眼用得非常恰切。《满歌行》，《乐府解题》曰："古辞云：'为乐未几时，遭时崄巇。'其始言逢此百罹，零丁荼毒。古人逊位躬耕，遂我所愿。次言穷达天命，智者不忧。庄周遗名，名垂千载。终言命如凿石见火，宜自娱以颐养，保此百年也。"①表达了诗人远祸全身的避世思想。《驱车上东门行》由出行即目所见之坟墓而反思人寿有限，无论贤圣抑或是平民，最终不过都是一抔黄土而已，批判服食求仙、为药所误之人的愚昧，但最终却将价值存在寄托于"不如饮美酒，被服纨与素"的世俗享乐上。《伤歌行》："伤日月代谢，年命遒尽，绝离知友，伤而作歌也。"②只是限于对人生某一方面困境的伤感，并未上升到人生价值、意义的思考高度，更没有讲出自己思考出的价值取向何在。

本节总结了《诗经》、汉乐府相同的题材，并着重对单篇进行了比较分析，从内容和笔法上可以看出二者的不同以及汉世的新风貌，由于比较独特、零碎，这里只拣择部分题材中的主要区别以表格示之（见表4-1）。

---

① 郭茂倩：《乐府诗集》第43卷，第636页。
② 郭茂倩：《乐府诗集》第62卷，第897页。

表 4-1 《诗经》、汉乐府部分相同题材中不同诗篇的主要区别对照表

作品 题材	《诗经》	汉乐府
政治	歌颂英雄人物、身世显赫的贵族,被描画得完美无缺	虽也是贵族阶层,但充满了个性色彩,与常人一样有优点、有瑕疵
	大量小吏怨政的诗篇	歌颂廉吏、循吏的品格及其政绩
战争	以抒情式的笔调描写战争带给人的情绪反应、以多样的角色变换及不同的笔法描写征夫思妇之思	极端的画面呈现
婚恋	以空灵的耐人回味的意境取胜	以人物形象刻画、典型画面呈现、情节的曲折等取胜
	弃妇诗中女主人公怨怒的情感最终都内转	异于《诗经》中弃妇的软弱,在爱情之中主动、果决
	爱情理想及誓言有现世性的局限	以广袤的宇宙、时空意识为后盾,超越生死,更显深邃邈远
宴饮	大多与当时的礼仪制度、宗族亲情等联系起来写	从诗酒乐舞四个方面来客观展现宴饮场面的热闹,诗篇结构简单紧凑
祭祀	对祭祀场面的铺写质实而客观	《郊祀歌》继承而又发展了《楚辞》,对祭祀场景的描写作了艺术化的提炼,同时融进了动态的质素,使得整幅画面多了跃动之感
农事	客观写实	艺术化、审美性、欣赏性强
亲情	父母、子女以及甥舅之情	母子、兄弟之情
	叙事色彩淡薄,多以比兴手法直抒胸臆	典型的叙事呈现,于不动声色的叙事中抒情

第二节 《诗经》、汉乐府非重合题材

《诗经》中所独有的题材如下。

一 祝颂

《诗经》中有很多纯祝颂诗,多是祝福"君子"如何如何,此类题

材的作品背景没有一定，某些诗篇在很多时候应该是可以通用的，具体有：《周南》之《螽斯》《麟之趾》，《小雅》之《天保》《南山有台》《蓼萧》，《大雅》之《旱麓》《既醉》《假乐》。汉乐府中并非没有祝颂的内容，只是没有像《诗经》那样通篇表达祝颂旨意的诗篇。有些诗主旨存在分歧，在分歧的意见中有被认为是祝颂题材的。如《善哉行》，陈胤倩曰："合乐于堂者，皆富贵人也；为词以进者，皆以祝颂也。富贵人复何可祝？所不知者寿耳；故多言神仙。为词以进者，大抵其客。此客承恩深，故其词如此。"[1] 如此看来，似乎《善哉行》也是祝颂题材的作品。但关于此曲，异解纷出，令人莫衷一是：

《乐府解题》曰："古辞云：'来日大难，口燥唇干。'言人命不可保，当见亲友，且永长年术，与王乔八公游焉……"……然则"善哉"者，盖叹美之辞也。[2]

李子德曰："汉人诗思绪纷披，几不可理，而细绎之，则历历可见。此篇言来者之难，知本劝人及时为乐饮耳；忽而求仙，忽而报恩，忽而恤贫交，无伦无序；然念此数者，将可奈何，大指所归，终于欢醉而已。"陈太初曰："忧时将乱欲救不能者之作也。"[3]

因此暂不将之列入与《诗经》祝颂题材相同的作品。

二　畋猎

这类题材的作品又分为两类：第一类是重在赞美猎人的，如《周

---

[1] 转引自黄节《汉魏乐府风笺》第4卷，第26页。
[2] 郭茂倩：《乐府诗集》第36卷，第535页。
[3] 转引自黄节《汉魏乐府风笺》第4卷，第26页。

南·兔罝》赞美猎人为公侯之助，《召南·驺虞》赞美猎人的高超技艺，《郑风·叔于田》赞美猎人，以对比的手法虚写其美、仁、好、武，《郑风·大叔于田》赞美猎人，以赋法实写，还有《齐风》之《还》《卢令》《猗嗟》。第二类是重在表现整个畋猎场面的，如《秦风·驷驖》，《小雅》之《车攻》《吉日》，写马匹的精良、射夫的勇武、畋猎结束后的论功宴饮等。

汉乐府中《铙歌十八曲》之《艾如张》，王先谦《汉铙歌释文笺正》云："此刺武帝之纵猎也。"① 庄述祖《汉铙歌句解》："艾如张戒好田猎也。田猎以时，爱及微物，则四时和王道成矣。"② 《雉子班》，王先谦《汉铙歌释文笺正》云："此曲武帝时作……汉时从禽恣猎游乐成风如此……盖逸豫盘游，渐染习俗，诸王尤甚焉……意当时帝既以禽鸟穷致远方，不独辇毂之下如固阳李亨辈者应命偕来，即远在藩国之诸王亦且希旨穷搜，恣其弋获。微禽何罪？逢此网罗，此雉子班之所以作也。不敢斥言汉帝，故特举王以见意焉。"③ 似乎这两曲都是为讽刺滥于畋猎而作。

然而对于铙歌的解释向来都存在分歧，这两曲也不例外。关于《艾如张》，夏敬观《汉短箫铙歌注》云："黄雀以比小国，言以德化，则行成而四时和，小国听其归德，不施以兵也。如其为一网打尽之计，则困兽犹斗，谁肯甘心蒙受矢石耶？此盖扬德之辞。"④ 费锡璜《汉诗说》云："艾而张罗言芟刈草木而张罗网，夷于何，夷，创戮也。言当于何处刈草木而伤禽兽乎？仁德之深，于此二语可见矣。行成之四时和，言王政仁及草木禽兽，大化有成，天时当和，顺雨旸以时也。山出

---

① 王先谦：《汉铙歌释文笺正》，第12页。
② 庄述祖：《汉铙歌句解》，《珍艺宧遗书》第12册，第15页。
③ 王先谦：《汉铙歌释文笺正》，第59页。
④ 夏敬观：《汉短箫铙歌注》，第7页。

二句，言鸟高飞则不取。为此二语，言当此熙熙皞皞之时，宜纵情行乐，不必坐困一室，犹'荡涤放情志，何为自结束'之意。"① 关于《雉子班》，陈本礼《汉诗统笺》云："天性之恩，人伦之感，笔能曲曲传出，大可惊天泣鬼。"② 庄述祖《汉铙歌句解》云："雉子班戒贪禄也。秦尚权力，君臣之礼废，汉承其敝而不能改，仕者以爵禄相诱致，已而相谋，多罹法网，贤者皆思遁世焉。"③ 因此暂不将之列入与《诗经》畋猎题材相同的作品。

三　乐舞

《诗经》中乐舞题材的诗篇有《邶风·简兮》《王风·君子阳阳》，都刻画了一个舞师的形象；《陈风·宛丘》是对乐舞场面的描写；《小雅·鼓钟》末章为对演奏钟鼓琴瑟笙磬等乐器的描写，末句"以籥不僭"以及前三章"淑人君子""德"等字眼显示出此篇并非单纯描写乐，它还把乐与德联系了起来。汉乐府中并不是没有关于乐舞的诗句，比如前面讲祭祀题材时就提到，郊祀歌《天地》里就有，只是说没有像《诗经》中有专门的集中的表现乐舞的篇章。

四　育才

这在《诗经》里只有《小雅·菁菁者莪》。毛传："乐育材也。君子能长育人才，则天下喜乐之矣。"④ 程俊英《〈诗经〉注析》："这是一位作者深受贵族的培植与赏赐，写这首诗来表示学有榜样和喜悦的

---

① 《汉诗说》第1卷，第10页。
② 陈本礼：《汉诗统笺·铙歌》，第15页。
③ 庄述祖：《汉铙歌句解》，《珍艺宧遗书》，第12册，第12页。
④ 《毛诗正义》第10卷，阮元校刻《十三经注疏》，第422页。

心情。"[①] 现存汉乐府中没有此类篇章。

汉乐府中独有的题材如下。

1. 丧歌

《诗经》中有纯祝颂内容的诗歌，汉乐府中没有，不过汉乐府中的丧歌，《诗经》里亦不具备，《相和曲》之《薤露》《蒿里》即是。

2. 炫富夸势

相和歌辞《相逢行》与《长安有狭斜行》是典型的炫富夸势之作。《鸡鸣》是一篇拼凑分割而成的歌辞，全篇并无统一主题，语句也并不一气贯注，但其中也含有炫富夸势的内容。《相逢行》《长安有狭斜行》全篇都是《鸡鸣》中"黄金为君门，璧玉为轩堂。上有双樽酒，作使邯郸倡。刘王碧青甓，后出郭门王。舍后有方池，池中双鸳鸯。鸳鸯七十二，罗列自成行。鸣声何啾啾，闻我殿东厢。兄弟四五人，皆为侍中郎。五日一时来，观者满路傍。黄金络马头，颎颎何煌煌"一段的改造与充实。

3. 游仙

游仙题材的作品也是汉乐府相比于《诗经》所特有的。如《王子乔》《长歌行》《董逃行》《步出夏门行》。此外，还有一篇之中部分掺入游仙内容的，如《善哉行》第二解、第六解。这些游仙诗模式与词句大都类似，都有仙人（如王乔）、游仙地点（山、云端）、神药、祥瑞（芝草、麟）、非凡的坐骑（白鹿、六龙）以及祈祷长寿的颂词，其中《董逃行》描写最为详细，多了对仙界景色的铺写、仙人与凡吏的对话、神物捣药的情形等，仙界的逼真仿佛让人触手可及。

---

① 程俊英、蒋见元：《〈诗经〉注析》下册，第495页。

游仙题材在出土文献中有大量表现。如黄明兰《洛阳西汉卜千秋壁画墓发掘简报》写道："三、壁画　绘画内容包括三部分：（1）天空、始祖；（2）吉祥、驱邪；（3）升仙……1、墓门内上额壁画（图三〇）画在墓门上额梯形山墙正中空心砖上的是人首鸟身像。人首长发髻，两缕黑发下垂鬓角，两长耳平伸。鸟立在山顶，似展翅欲飞。有人认为此像是仙人王子乔，有人认为是标明墓主人尸体已瘗的吉祥神。2、墓顶脊壁画（图版贰、叁；图三一）……（4）仙翁（方士）披羽衣，袒腹，双手持节，身微前曲，二目前视；长发向后飞飘，腾空驾云姿态。"① 在汉画像砖石中更有相当丰富的资料，见表4-2。

表4-2　画像砖石中神怪题材表现统计

序号	图版出处及编号	图版相关信息	图版描述
1	《中国画像石全集》（以下简称《全集》）第1卷，图三〇	武氏东阙正阙身南面画像；东汉桓帝建和元年（公元147年）；清代乾隆五十一年（公元1786年）山东省嘉祥县武宅山村北出土；嘉祥县武氏祠保管所藏	第二层，左边二人拱手相对立；中一怪兽，三头人面；右一怪兽，八头人面，虎身蹲踞，《山海经·大荒东经》载："有神人八首，人面虎身，小尾，名曰天吴"，视此兽为水神天吴②
2	《全集》第1卷，图一二八	安丘汉墓门楣画像；东汉晚期（公元147~220年）；1959年12月至次年3月发掘于山东省安丘市董家庄；安丘市博物馆藏	画像为高浮雕，刻一卧鹿，右前肢前伸。鹿前一仙人攀鹿角，右足踩在鹿的前右肢上，左足上抬，似跨步欲上鹿首③

---

① 《文物》1977年第6期，载孙进己、孙海主编《中国考古集成》华北卷（河南省、山东省）第16册，战国至秦汉（三），第1970~1971页。
② 中国画像石全集编辑委员会、蒋英炬主编《山东汉画像石》，《中国画像石全集》第1卷，山东美术出版社，2000，图版说明部分，第10页。
③ 中国画像石全集编辑委员会、蒋英炬主编《山东汉画像石》，《中国画像石全集》第1卷，图版说明部分，第42页。

续表

序号	图版出处及编号	图版相关信息	图版描述
3	《全集》第1卷,图一四七	安丘汉墓中室室顶南坡东段画像;东汉晚期（公元147~220年）;1959年12月至次年3月发掘于山东省安丘市董家庄;安丘市博物馆藏	其左二仙人执瑞草,其右一仙人执槌,一仙人执瑞草,一仙人执鞭①
4	《全集》第1卷,图一五四	安丘汉墓后室东间东壁画像;东汉晚期（公元147~220年）;1959年12月至次年3月发掘于山东省安丘市董家庄;安丘市博物馆藏	中刻仙人戏虎、仙人戏鹿②
5	《全集》第1卷,图一五五	安丘汉墓后室东间北壁画像;东汉晚期（公元147~220年）;1959年12月至次年3月发掘于山东省安丘市董家庄;安丘市博物馆藏	右端一仙人戏翼虎,仙人左下一小兽③
6	《全集》第2卷,图七七	鱼车、出行、建鼓画像;西汉哀帝至平帝时期（公元前6至公元5年）;1974年邹城市北宿镇南落陵村出土;邹城孟庙藏	此图为线刻。画面三格:左格鱼车。无轮车竖杆上悬二鱼,三鱼拉车,车上坐二仙人,一人面鱼身为导行;车后一神人骑一马,双手举曲杆,杆挂放光宝灯,其上一飞鸟……右格,一双虎共头座建鼓立中央④
7	《全集》第2卷,图一九六	扬幡招魂画像;东汉晚期（公元147~189年）;1992年滕州市官桥镇车站村出土;滕州市博物馆藏	此图为浅浮雕。画面一裸体神怪,龇牙瞪目,右手挥斧,左手扬幡招魂,脚下云气缭绕。画面外饰三角纹、垂帐纹⑤

---

① 中国画像石全集编辑委员会、蒋英炬主编《山东汉画像石》,《中国画像石全集》第1卷,图版说明部分,第49页。
② 中国画像石全集编辑委员会、蒋英炬主编《山东汉画像石》,《中国画像石全集》第1卷,图版说明部分,第51页。
③ 中国画像石全集编辑委员会、蒋英炬主编《山东汉画像石》,《中国画像石全集》第1卷,图版说明部分,第52页。
④ 中国画像石全集编辑委员会、赖非主编《山东汉画像石》,《中国画像石全集》第2卷,图版说明部分,第26页。
⑤ 中国画像石全集编辑委员会、赖非主编《山东汉画像石》,《中国画像石全集》第2卷,图版说明部分,第66页。

续表

序号	图版出处及编号	图版相关信息	图版描述
8	《全集》第3卷,图二一一	河伯出行、车马、泗水起鼎画像;东汉(公元25～220年);山东省泰安市出土;泰安市博物馆藏	第二层,河伯出行,河伯坐在由四条鱼拉的辂车上,前有二鱼引导①
9	《全集》第4卷,图四一	神人出行画像;东汉(公元25～220年);1956年徐州市洪楼发现;徐州汉画像石艺术馆藏	该石为洪楼汉墓祠堂顶部,已残缺。画面中刻神人出行图,左有水人弄蛇,伎人吐火、转石成雷、象奴戏象等。右有三鱼驾云车、三龙驾鼓车等②
10	《全集》第5卷,图一八三	绥德四十里铺墓门右立柱画像;东汉(公元25～220年);1976年11月陕西省绥德县四十里铺出土;绥德县博物馆藏	画面自上而下分五格……舞蹈……博山炉、仙草(笔者按:舞蹈在第三格,博山炉、仙草在第五格)③
11	《全集》第7卷,图七五	渠县赵家坪西无铭阙　六博;东汉(公元25～220年);四川渠县赵家坪出土;原址保存	楼部背面。刻仙人六博,二人对弈。右者头上插花……二人均为女性④

汉画像砖石中保存的这些资料向我们展示了仙人羽人的具体形象、仙人戏虎戏鹿、仙人揽芝草、仙人出行的排场等,足可与汉乐府中的描写相参。当然汉画像石中保存的神鬼世界远远较汉乐府的描写丰富。

---

① 中国画像石全集编辑委员会、焦德森主编《山东汉画像石》,《中国画像石全集》第3卷,图版说明部分,第72页。
② 中国画像石全集编辑委员会、汤池主编《江苏、安徽、浙江汉画像石》,《中国画像石全集》第4卷,山东美术出版社,2000,图版说明部分,第14页。
③ 中国画像石全集编辑委员会、汤池主编《陕西、山西汉画像石》,《中国画像石全集》第5卷,山东美术出版社,2000,图版说明部分,第48页。
④ 中国画像石全集编辑委员会、高文主编《四川汉画像石》,《中国画像石全集》第7卷,河南美术出版社,2000,图版说明部分,第24页。

4. 道德训诫

《诗经》中并非没有道德训诫的内容，只是没有像汉乐府这样成篇的说教色彩集中而鲜明的作品而已。《平调曲·长歌行》"青青园中葵"，《乐府解题》曰："古辞云'青青园中葵，朝露待日晞'，言芳华不久，当努力为乐，无至老大乃伤悲也。"① 劝人惜取少年时，无待老大无成之时徒劳伤悲。《平调曲·君子行》，《乐府解题》曰："古辞云'君子防未然'，盖言远嫌疑也。"② 刘熙载《诗概》："乐府有陈善纳诲之意者，《雅》之属也，如《君子行》便是。"③ 从这样两种说法我们可以看出人们对《君子行》诗旨的阐释是不同的，这主要是由于该诗前后旨意由道德期待转向了修身、治国的期待，诗意稍显割裂。即使如此，诗中的道德说教色彩还是很浓的。

《长歌行》以比兴手法进行原创，未用任何语典事典。《君子行》"劳谦"为语典，系用《易·谦卦》；"周公"为事典，系用周公事迹。《瑟调曲·折杨柳行》比较特殊。诗分四解，每解都用事典，用典频率极高。关于此诗诗旨，有以下几种说法：费锡璜《汉诗说》云："昔人谓'纨绔不饿死，儒冠多误身'，为一篇之主。此诗首言'默默施行违，厥罚随事来'，后十数句皆应此二语，工部实本此。"④ 朱止谿曰："折杨柳歌默默，诲于王道，澄主鉴也。主鉴清明，天道备，王事浃。首二句提纲，下分四解，凡国家听断失衡，一切嫌疑犹豫之故，治乱倚伏形焉，天下之情备矣。"朱柜堂曰："折杨柳曲起已远。《庄子·天地》篇：'折杨皇华，则嗑然而笑。'《诗·采薇》遣戍役，有'杨柳依依'之句，故折赠行人，后世遂为故事。此悲贤人去国而歌以送之，

---

① 郭茂倩：《乐府诗集》第 30 卷，第 442 页。
② 郭茂倩：《乐府诗集》第 32 卷，第 467 页。
③ 刘熙载：《诗概》，郭绍虞编选，富寿荪校点《清诗话续编》，第 2439 页。
④ 《汉诗说》第 3 卷，第 11 页。

以篇末'接舆归草庐'句为主。"陈胤倩曰:"乐府惟二意,非祝颂则规戒。此应是贤者谏不得行,而作诗以讽,其言危切。"[1] 可谓是众说纷纭。不过此篇通篇用事典,以此来进行历史的道德的说教,目的很明确。

小　结

本章将《诗经》与汉乐府的题材进行对比,总结出九类重合题材。这九类题材中,与《诗经》相比,汉乐府大多都有它独特之处。《诗经》独有的四类题材中,畋猎与乐舞在汉代主要是在汉赋中得到了淋漓尽致的铺写,乐府诗较少见到。汉乐府独有的四类题材中,丧歌由来已久,并非汉乐府独创。炫富夸势、游仙、道德训诫类题材的诗篇体现了汉世独特的时代风貌。

---

[1]　转引自黄节《汉魏乐府风笺》第4卷,第31页。

结　论

　　本书名为《两汉乐府诗研究》，这一研究其实可以有一个副标题，即《诗骚流变视域中的汉乐府特点研究》，是以《诗经》《楚辞》作为参照，对两汉时期的乐府诗特点所作的考察。将对汉乐府的研究置于先秦两汉诗歌发展的大背景下与音乐文学发展的流脉中，考察汉乐府与《诗经》《楚辞》有何继承和创新，以一种历史的、动态的视角对汉乐府的题名、配器、体式、题材几个问题进行了研究，揭示了汉乐府在相关层面的复与变，凸显了其时代特征。具体结论如下。

　　《诗经》开创了篇首命题法的曲名主流命名方法，不过也有个别曲名已与诗章内容发生或疏或密的关联，甚者已初具总括性的意味。汉乐府曲名命名方式大部分延续了《诗经》主流命题法即篇首命题法，概括性的曲名更多了一些，而且出现了具有象征、隐喻的符号性质的曲名。汉乐府诗题的命名、记载并未将调名、曲名、篇名或者说大的音乐归属、在其之下更为具体细致的曲的特征以及篇题明确分开，使得一个乐府诗题内部音乐性、文学性各有分工。这种混乱一定程度上可以说是汉人对乐府诗题命名、记载的一种变相的反思,此中的得与失、继承与创新为乐府诗题命名、记载的完善提供了改进的新起点。《乐府诗集》中汉乐府曲名"一曰""亦曰"以及不同曲类中汉乐府存在相同、近似曲名等情况亦各有成因。

汉郊庙歌辞的配器分别显示出对诗骚配器的继承。汉世俗乐配器深受楚国音乐文化的影响。汉世相和歌存在沈约所总结的"丝竹更相和,执节者歌"的表演情形,但只是极少的,汉世更多的是与充斥着喧嚣躁动、歌舞喧阗接近大众审美品位的俗乐表演形态一致的吹吹打打的热闹的相和歌,配器以打击乐器和吹管乐器的合奏为主。沈约所言,确切地说,是对南朝时期汉乐府相和歌诗表演情形的描述。顺承汉末三国以来俗乐配器情况中打击乐器、吹管乐器日渐少用而弹拨乐器日益发达的趋势,汉乐府相和歌在南朝时期相对于它在汉世的表演有一个大的转变,从吹吹打打的扰攘喧闹变成了以弹拨乐器为主的细腻的演绎,音乐审美品位渐趋文人化、小众化。

先秦诗歌中,感叹词在随机的音乐文学、准音乐文学、非音乐文学中扮演了重要的抒情角色,发挥了强大的抒情功能。在《楚辞》当中,实字的达意与感叹词的表情实现了完美的统一。《诗经》中感叹词的运用急剧沦丧,这一趋势在汉乐府中得到进一步扩展。这有音乐、修辞两方面的原因。《诗经》语言程式化程度非常高,中国古代音乐文学自汉乐府开始,结束了《诗经》语言的高度程式化。导致这种现象的原因之一可能是,汉乐府虽也经过朝廷音乐机关的加工,但也许更多地保留了民间的原生态。汉乐府中少量的诗篇继承了《诗经》语言的相似性,兼顾了音乐与文辞,继续实现着文辞、主题的统一、鲜明。然而,汉乐府在这种继承之中也发生着更为巨大的新变,相似性之中实已蕴含着

结 论

拼凑分割性质的元素，不少诗篇已经开始重音乐甚于重文辞了，乐府歌辞的拼凑和分割现象就此产生并蔓延至后世。

《诗经》、汉乐府有九类重合题材，这九类题材中，相比于《诗经》，汉乐府大多都有它独特之处，这从每类题材中单篇的对比即可看出。《诗经》独有的四类题材中，畋猎与乐舞在汉赋中得到了淋漓尽致的铺写。汉乐府独有的四类题材中，丧歌由来已久，并非汉乐府独创。炫富夸势、游仙、道德训诫类题材的描写体现了汉世独特的时代风貌。

参考文献

论 著

阮元校刻《十三经注疏》,中华书局,1980。

陈子展:《诗经直解》,复旦大学出版社,1983。

程俊英、蒋见元:《〈诗经〉注析》,中华书局,1991。

司马迁:《史记》,中华书局,1982。

班固:《汉书》,中华书局,1962。

王先谦:《汉书补注》,中华书局,1983。

范晔:《后汉书》,中华书局,1965。

陈寿:《三国志》,中华书局,1982。

沈约:《宋书》,中华书局,1974。

郑樵撰,王树民点校《通志》,中华书局,1995。

刘文典撰,冯逸、乔华点校《淮南鸿烈集解》,中华书局,1989。

萧统编，李善注《文选》，中华书局，1977。

郭茂倩编《乐府诗集》，中华书局，1979。

洪兴祖撰，白化文、许德楠、李如鸾、方进点校《楚辞补注》，中华书局，1983。

逯钦立辑校《先秦汉魏晋南北朝诗》，中华书局，1983。

费锡璜、沈用济：《汉诗说》，清康熙间刻本。

陈本礼：《汉诗统笺》，嘉庆间裛露轩刻本。

庄述祖：《汉铙歌句解》，《珍艺宧遗书》，清嘉道间脊令舫刻本。

王先恭释文，王先谦笺正《汉铙歌释文笺正》，清同治十一年虚受堂王氏刻本。

夏敬观：《汉短箫铙歌注》，商务印书馆，1931。

黄节：《汉魏乐府风笺》，学海出版社，1990。

刘勰著，詹锳义证《文心雕龙义证》，上海古籍出版社，1989。

严羽著，郭绍虞校释《〈沧浪诗话〉校释》，人民文学出版社，1983。

胡应麟：《诗薮》，上海古籍出版社，1979。

许学夷著，杜维沫校点《诗源辩体》，人民文学出版社，1987。

吴景旭：《历代诗话》，《文渊阁四库全书》，第1483册，上海古籍出版社，2003。

冯班：《钝吟杂录》，《文渊阁四库全书》，第886册，上海古籍出版社，2003。

王夫之等撰，丁福保编、郭绍虞校订《清诗话》，中华书局，1963。

郭绍虞编选，富寿荪校点《清诗话续编》，上海古籍出版社，1983。

何文焕辑《历代诗话》，中华书局，1981。

丁福保辑《历代诗话续编》，中华书局，1983。

《中国画像石全集》（8卷），山东美术出版社，河南美术出版社，2000。

孙进己、孙海主编《中国考古集成》华北卷（河南省、山东省），中州古籍出版社，1999。

孙进己、孙海主编《中国考古集成》西北卷（甘肃省、青海省、新疆维吾尔自治区），中州古籍出版社，2000。

孙海、蔺新建主编《中国考古集成》华东卷（江苏省、安徽省），中州古籍出版社，2006。

杨荫浏：《中国古代音乐史稿》，人民音乐出版社，1981。

萧亢达：《汉代乐舞百戏艺术研究》，文物出版社，1991。

李纯一：《中国上古出土乐器综论》，文物出版社，1996。

王昆吾：《隋唐五代燕乐杂言歌辞研究》，中华书局，1996。

王子初：《中国音乐考古学》，福建教育出版社，2003。

阴法鲁：《阴法鲁学术论文集》，中华书局，2008。

梁启超：《中国之美文及其历史》，中华书局，1936。

王易：《乐府通论》，民国丛书第四编，民国丛书编辑委员会编，上海书店，1992。

陆侃如、冯沅君：《中国诗史》，百花文艺出版社，1999。

〔日〕吉川幸次郎：《中国诗史》，复旦大学出版社，2001。

罗根泽：《乐府文学史》，东方出版社，1996。

萧涤非：《汉魏六朝乐府文学史》，人民文学出版社，1984。

闻一多：《闻一多全集》，生活·读书·新知三联书店，1982。

逯钦立遗著，吴云整理《汉魏六朝文学论集》，陕西人民出版社，1984。

王运熙：《乐府诗述论》，上海古籍出版社，1996。

赵敏俐：《两汉诗歌研究》，文津出版社，1993。

姚小鸥：《吹埙奏雅录——姚小鸥自选集》，北京广播学院出版社，2004。

曹道衡、刘跃进：《先秦两汉文学史料学》，中华书局，2004。

赵敏俐：《周汉诗歌综论》，学苑出版社，2002。

赵敏俐等：《中国古代歌诗研究：从〈诗经〉到元曲的艺术生产史》，北京大学出版社，2005。

赵敏俐：《汉代乐府制度与歌诗研究》，商务印书馆，2009。

王福利：《郊庙燕射歌辞研究》，北京大学出版社，2009。

韩宁：《鼓吹横吹曲辞研究》，北京大学出版社，2009。

向回：《杂曲歌辞与杂歌谣辞研究》，北京大学出版社，2009。

杨树达：《汉代婚丧礼俗考》，上海古籍出版社，2007。

论 文

余冠英：《乐府歌辞的拼凑和分割》，《国文月刊》1947年第61期。

何裕：《"陌上桑"本事辩证》，《经世日报》1948年1月21日第3版。

何裕：《"陌上桑"异名考释》，《经世日报》1948年3月17日第3版。

丘琼荪：《汉大曲管窥》，《中华文史论丛》1962年第1辑，中华书局，1962。

李纯一：《关于歌钟、行钟及蔡侯编钟》，《文物》1973年第7期。

黄仕忠：《和、乱、艳、趋、送与戏曲帮腔合考》，《文献》1992年第2期。

李幼平：《楚系乐器组合研究》，《黄钟（武汉音乐学院学报）》

1992 年第 1 期。

陈四海：《从秦乐府钟秦封泥的出土谈秦始皇建立乐府的音乐思想》，《中国音乐学》（季刊）2004 年第 1 期。

曹道衡：《试论"铙歌"的演变》，《中国社会科学院研究生院学报》1994 年第 3 期。

曹道衡：《关于乐府诗的几个问题》，《齐鲁学刊》1994 年第 3 期。

曹道衡：《乐府诗二题》，《齐鲁学刊》1995 年第 1 期。

葛晓音：《关于"行"之释义的补正》，《文学遗产》1999 年第 4 期。

葛晓音：《四言体的形成及其与辞赋的关系》，《中国社会科学》2002 年第 6 期。

葛晓音：《论汉魏三言体的发展及其与七言的关系》，《上海大学学报（社会科学版）》2006 年第 3 期。

葛晓音：《汉魏两晋四言诗的新变和体式的重构》，《北京大学学报（哲学社会科学版）》2006 年第 5 期。

葛晓音：《论早期五言诗的生成途径及其对汉诗艺术的影响》，《文学遗产》2006 年第 6 期。

葛晓音：《早期七言的体式特征和生成原理——兼论汉魏七言诗发展滞后的原因》，《中国社会科学》2007 年第 3 期。

葛晓音：《先唐杂言诗的节奏特征和发展趋向》，《文学遗产》2008 年第 3 期。

户仓英美：《汉铙歌〈战城南〉考——并论汉铙歌与后代鼓吹曲的关系》，吴相洲主编《乐府学》第 1 辑，学苑出版社，2006。

赵敏俐：《汉鼓吹铙歌十八曲研究》，《文史》2004 年第 4 期。

赵敏俐：《汉代文人的乐府歌诗创作及其意义》，吴相洲主编《乐府学》第 1 辑，学苑出版社，2006。

赵敏俐：《汉乐府歌诗演唱与语言形式之关系》，《首都师范大学学报（社会科学版）》2007 年第 6 期。

钱志熙：《乐府古辞的经典价值——魏晋至唐代文人乐府诗的发展》，《文学评论》1998 年第 2 期。

钱志熙：《汉代社会与乐府艺术》，《文学前沿》1999 年第 1 期。

钱志熙：《音乐史上的雅俗之变与汉代的乐府艺术》，《浙江社会科学》2000 年第 4 期。

钱志熙：《周汉"房中乐"考论》，《文史》2007 年第 2 辑，中华书局，2007。

王福利：《汉武帝"始立乐府"的真正含义及其礼乐问题》，吴相洲主编《乐府学》第 1 辑，学苑出版社，2006。

王福利：《汉郊祀歌中"邹子乐"的含义及其相关问题》，吴相洲主编《乐府学》第 3 辑，学苑出版社，2008。

廖群：《厅堂说唱与汉乐府艺术特质探析——兼论古代文学传播方式对文本的制约和影响》，《文史哲》2005 年第 3 期。

王淑梅：《魏晋乐府诗研究》，首都师范大学博士学位论文，2007。

附录一
《诗经》题名命名情况分类表

与首句首几字完全相同	出自首句首几字或篇中几字	其他
1.《周南·螽斯》	1.《周南·关雎》"关关雎鸠"	1.《小雅·鹿鸣之什》:《南陔》《白华》《华黍》,有其义而亡其辞。
2.《周南·麟之趾》	2.《周南·葛覃》"葛之覃兮"	
3.《召南·羔羊》	3.《周南·卷耳》"采采卷耳"	
4.《召南·殷其雷》	4.《周南·樛木》"南有樛木"	2.《小雅·南有嘉鱼之什》:《由庚》《崇丘》《由仪》,有其义而亡其辞。
5.《召南·摽有梅》	5.《周南·桃夭》"桃之夭夭"	
6.《召南·江有汜》	6.《周南·兔罝》"肃肃兔罝"	
7.《召南·野有死麕》	7.《周南·芣苢》"采采芣苢"	3.《小雅·雨无正》,通篇没有与"雨无正"相关的语句,唯在小序中讲:"雨自上下者也,众多如雨,而非所以为政也。"
8.《召南·何彼襛矣》	8.《周南·汉广》第一章"汉之广矣"	
9.《邶风·燕燕》		
10.《邶风·终风》	9.《周南·汝坟》"遵彼汝坟"	
11.《邶风·击鼓》	10.《召南·鹊巢》"维鹊有巢"	4.《小雅·小旻》,首句为"旻天疾威","小旻"取首句之"旻"又前加"小"字。
12.《邶风·凯风》	11.《召南·采蘩》"于以采蘩"	
13.《邶风·雄雉》	12.《召南·草虫》"喓喓草虫"	
14.《邶风·匏有苦叶》	13.《召南·采蘋》"于以采蘋"	
15.《邶风·式微》	14.《召南·甘棠》"蔽芾甘棠"	5.《小雅·小宛》,首句为"宛彼鸣鸠","小宛"取首句之"宛"又前加"小"字。
16.《邶风·旄丘》	15.《召南·行露》"厌浥行露"	
17.《邶风·简兮》	16.《召南·小星》"嘒彼小星"	
18.《邶风·北风》	17.《召南·驺虞》第一章"于嗟乎驺虞"	6.《小雅·小弁》,首句为"弁彼鸒斯","小弁"取首句之"弁"又前加"小"字。
19.《邶风·静女》		
20.《邶风·新台》	18.《邶风·柏舟》"泛彼柏舟"	

附录一 《诗经》题名命名情况分类表

续表

与首句首几字完全相同	出自首句首几字或篇中几字	其 他
21.《邶风·二子乘舟》	19.《邶风·绿衣》"绿兮衣兮，绿衣黄里"	7.《小雅·巷伯》，全篇无与"巷伯"有关的字句，之所以命篇的原因是："巷伯，奄官。寺人，内小臣也。奄官上士四人，掌王后之命，于宫中为近，故谓之巷伯，与寺人之官相近。逸人谮寺人，寺人又伤其将及巷伯，故以名篇。"
22.《鄘风·墙有茨》	20.《邶风·日月》"日居月诸"	
23.《鄘风·君子偕老》	21.《邶风·谷风》"习习谷风"	
24.《鄘风·鹑之奔奔》	22.《邶风·泉水》"毖彼泉水"	
25.《鄘风·定之方中》	23.《邶风·北门》"出自北门"	
26.《鄘风·蝃蝀》	24.《邶风·柏舟》"泛彼柏舟"	
27.《鄘风·相鼠》	25.《鄘风·桑中》第一章"期我乎桑中"	
28.《鄘风·载驰》	26.《鄘风·干旄》"孑孑干旄"	8.《小雅·小明》，首句为"明明上天"，"小明"取首句之"明"又前加"小"字。
29.《卫风·考槃》	27.《卫风·淇奥》"瞻彼淇奥"	
30.《卫风·硕人》	28.《卫风·竹竿》"籊籊竹竿"	
31.《卫风·氓》	29.《卫风·河广》"谁谓河广"	9.《大雅·大明》，首句为"明明在下"，"大明"取首句之"明"又前加"大"字。
32.《卫风·芄兰》	30.《卫风·木瓜》"投我以木瓜"	
33.《卫风·伯兮》	31.《王风·黍离》"彼黍离离"	
34.《卫风·有狐》	32.《王风·兔爰》"有兔爰爰"	10.《大雅·常武》，通篇没有与"常武"相关的语句，唯在小序中讲："召穆公美宣王也。有常德以立武事，因以为戒然。"
35.《王风·君子于役》	33.《王风·葛藟》"绵绵葛藟"	
36.《王风·君子阳阳》	34.《王风·采葛》"彼采葛兮"	
37.《王风·扬之水》	35.《郑风·狡童》"彼狡童兮"	
38.《王风·中谷有蓷》	36.《郑风·褰裳》第一章"子惠思我，褰裳涉溱"	11.《大雅·召旻》，小序："凡伯刺幽王大坏也。旻，闵也，闵天下无如召公之臣也。"第一章"旻天疾威"，第七章"昔先王受命，有如召公"。
39.《王风·大车》	37.《郑风·丰》"子之丰兮"	
40.《王风·丘中有麻》	38.《郑风·子衿》"青青子衿"	
41.《郑风·缁衣》	39.《郑风·溱洧》"溱与洧"	
42.《郑风·将仲子》	40.《齐风·鸡鸣》"鸡既鸣矣"	
43.《郑风·叔于田》	41.《齐风·还》"子之还兮"	
44.《郑风·大叔于田》	42.《齐风·著》"俟我于著乎而"	12.《周颂·小毖》，取首句"予其惩而毖后患"之"毖"，加"小"字。
45.《郑风·清人》	43.《齐风·甫田》"无田甫田"	
46.《郑风·羔裘》	44.《魏风·葛屦》"纠纠葛屦"	
47.《郑风·遵大路》	45.《魏风·汾沮洳》"彼汾沮洳"	13.《周颂·酌》，通篇没有与"酌"相关的语句，唯在小序中讲："告成《大武》也。言能酌先祖之道，以养天下也。"
48.《郑风·女曰鸡鸣》	46.《魏风·陟岵》"陟彼岵兮"	
49.《郑风·有女同车》	47.《魏风·伐檀》"坎坎伐檀兮"	
50.《郑风·山有扶苏》	48.《唐风·杕杜》"有杕之杜"	
51.《郑风·萚兮》	49.《唐风·鸨羽》"肃肃鸨羽"	
52.《郑风·东门之墠》	50.《唐风·无衣》"岂曰无衣七兮"	14.《周颂·赉》，通篇没有与"赉"相关的语句，唯在小序中讲："大封于庙也。赉，予也，言所以锡予善人也。"
53.《郑风·风雨》		
54.《郑风·扬之水》	51.《秦风·车邻》"有车邻邻"	
55.《郑风·出其东门》	52.《秦风·黄鸟》"交交黄鸟"	
56.《郑风·野有蔓草》	53.《秦风·晨风》"鴥彼晨风"	15.《周颂·般》，通篇没有与"般"相关的语句。
57.《齐风·东方之日》	54.《秦风·无衣》"岂曰无衣"	
58.《齐风·东方未明》		
59.《齐风·南山》		
60.《齐风·卢令》		
61.《齐风·敝笱》		

199

续表

与首句首几字完全相同	出自首句首几字或篇中几字	其 他
62.《齐风·载驱》	55.《秦风·渭阳》第一章"我送舅氏，曰至渭阳"	
63.《齐风·猗嗟》	56.《秦风·权舆》第一章"于嗟乎，不承权舆"	
64.《魏风·园有桃》		
65.《魏风·十亩之间》		
66.《魏风·硕鼠》	57.《陈风·宛丘》第一章"子之汤兮，宛丘之上"	
67.《唐风·蟋蟀》		
68.《唐风·山有枢》	58.《陈风·株林》"胡为乎株林"	
69.《唐风·扬之水》	59.《陈风·泽陂》"彼泽之陂"	
70.《唐风·椒聊》	60.《桧风·素冠》"庶见素冠兮"	
71.《唐风·绸缪》	61.《曹风·候人》"彼候人兮"	
72.《唐风·羔裘》	62.《曹风·下泉》"洌彼下泉"	
73.《唐风·有杕之杜》	63.《豳风·东山》"我徂东山"	
74.《唐风·葛生》	64.《豳风·破斧》"既破我斧"	
75.《唐风·采苓》	65.《小雅·鹿鸣》"呦呦鹿鸣"	
76.《秦风·驷驖》	66.《小雅·出车》"我出我车"	
77.《秦风·小戎》	67.《小雅·杕杜》"有杕之杜"	
78.《秦风·蒹葭》	68.《小雅·蓼萧》"蓼彼萧斯"	
79.《秦风·终南》	69.《小雅·湛露》"湛湛露斯"	
80.《陈风·东门之枌》	70.《小雅·采芑》"薄言采芑"	
81.《陈风·衡门》	71.《小雅·车攻》"我车既攻"	
82.《陈风·东门之池》	72.《小雅·庭燎》第一章"庭燎之光"	
83.《陈风·东门之杨》		
84.《陈风·墓门》	73.《小雅·沔水》"沔彼流水"	
85.《陈风·防有鹊巢》	74.《小雅·白驹》"皎皎白驹"	
86.《陈风·月出》	75.《小雅·斯干》"秩秩斯干"	
87.《桧风·羔裘》	76.《小雅·无羊》"谁谓尔无羊"	
88.《桧风·隰有苌楚》	77.《小雅·节南山》"节彼南山"	
89.《桧风·匪风》	78.《小雅·巧言》第五章"巧言如簧"	
90.《曹风·蜉蝣》		
91.《曹风·鸤鸠》	79.《小雅·何人斯》"彼何人斯"	
92.《豳风·七月》	80.《小雅·谷风》"习习谷风"	
93.《豳风·鸱鸮》	81.《小雅·蓼莪》"蓼蓼者莪"	
94.《豳风·伐柯》	82.《小雅·大东》第二章"小东大东"	
95.《豳风·九罭》		
96.《豳风·狼跋》	83.《小雅·北山》"陟彼北山"	
97.《小雅·四牡》	84.《小雅·楚茨》"楚楚者茨"	
98.《小雅·皇皇者华》	85.《小雅·信南山》"信彼南山"	
99.《小雅·常棣》	86.《小雅·甫田》"倬彼甫田"	
100.《小雅·伐木》	87.《小雅·桑扈》"交交桑扈"	
101.《小雅·天保》	88.《小雅·頍弁》"有頍者弁"	
102.《小雅·采薇》		

续表

与首句首几字完全相同	出自首句首几字或篇中几字	其 他
103.《小雅·鱼丽》	89.《小雅·车舝》"间关车之舝兮"	
104.《小雅·南有嘉鱼》		
105.《小雅·南山有台》	90.《小雅·青蝇》"营营青蝇"	
106.《小雅·彤弓》	91.《小雅·鱼藻》"鱼在在藻"	
107.《小雅·菁菁者莪》	92.《小雅·角弓》"骍骍角弓"	
108.《小雅·六月》	93.《小雅·菀柳》"有菀者柳"	
109.《小雅·吉日》	94.《小雅·都人士》"彼都人士"	
110.《小雅·鸿雁》	95.《小雅·采绿》"终朝采绿"	
111.《小雅·鹤鸣》	96.《小雅·黍苗》"芃芃黍苗"	
112.《小雅·祈父》	97.《小雅·瓠叶》"幡幡瓠叶"	
113.《小雅·黄鸟》	98.《大雅·棫朴》"芃芃棫朴"	
114.《小雅·我行其野》	99.《大雅·旱麓》"瞻彼旱麓"	
115.《小雅·正月》	100.《大雅·灵台》"经始灵台"	
116.《小雅·十月之交》	101.《大雅·生民》"厥初生民"	
117.《小雅·四月》	102.《大雅·行苇》"敦彼行苇"	
118.《小雅·无将大车》	103.《大雅·公刘》"笃公刘"	
119.《小雅·鼓钟》	104.《大雅·卷阿》"有卷者阿"	
120.《小雅·大田》	105.《大雅·民劳》"民亦劳止"	
121.《小雅·瞻彼洛矣》	106.《大雅·板》"上帝板板"	
122.《小雅·裳裳者华》	107.《大雅·桑柔》"菀彼桑柔"	
123.《小雅·鸳鸯》	108.《大雅·云汉》"倬彼云汉"	
124.《小雅·宾之初筵》	109.《大雅·烝民》"天生烝民"	
125.《小雅·采菽》	110.《大雅·韩奕》第一章"奕奕梁山,维禹甸之。有倬其道,韩侯受命"	
126.《小雅·隰桑》		
127.《小雅·白华》		
128.《小雅·绵蛮》	111.《周颂·清庙》"於穆清庙"	
129.《小雅·渐渐之石》	112.《周颂·臣工》"嗟嗟臣工"	
130.《小雅·苕之华》	113.《周颂·潜》"猗与漆沮,潜有多鱼"	
131.《小雅·何草不黄》		
132.《大雅·文王》	114.《周颂·雍》"有来雍雍"	
133.《大雅·绵》	115.《周颂·武》"於皇武王"	
134.《大雅·思齐》	116.《周颂·访落》"访予落止"	
135.《大雅·皇矣》	117.《周颂·良耜》"畟畟良耜"	
136.《大雅·下武》	118.《周颂·桓》"……桓桓武王……"	
137.《大雅·文王有声》		
138.《大雅·既醉》	119.《鲁颂·泮水》"思乐泮水"	
139.《大雅·凫鹥》	120.《商颂·那》"猗与那与"	
140.《大雅·假乐》	121.《商颂·烈祖》"嗟嗟烈祖"	
141.《大雅·泂酌》	122.《商颂·玄鸟》"天命玄鸟"	
142.《大雅·荡》	123.《商颂·长发》"濬哲维商,长发其祥"	
143.《大雅·抑》		

续表

与首句首几字完全相同	出自首句首几字或篇中几字	其 他
144.《大雅·崧高》	124.《商颂·殷武》"挞彼殷武"	
145.《大雅·江汉》		
146.《大雅·瞻卬》		
147.《周颂·维天之命》		
148.《周颂·维清》		
149.《周颂·烈文》		
150.《周颂·天作》		
151.《周颂·昊天有成命》		
152.《周颂·我将》		
153.《周颂·时迈》		
154.《周颂·执竞》		
155.《周颂·思文》		
156.《周颂·噫嘻》		
157.《周颂·振鹭》		
158.《周颂·丰年》		
159.《周颂·有瞽》		
160.《周颂·载见》		
161.《周颂·有客》		
162.《周颂·闵予小子》		
163.《周颂·敬之》		
164.《周颂·载芟》		
165.《周颂·丝衣》		
166.《鲁颂·駉》		
167.《鲁颂·有駜》		
168.《鲁颂·閟宫》		

第二类命名情况即"出自首句首几字或篇中几字"一栏分类：

一、首句全同：

1、3、4、6、7、9、11、12、13、14、15、16、18、21、22、23、24、26、27、28、29、30、31、32、33、34、35、37、38、41、42、43、44、45、47、49、50、51、52、53、54、58、60、61、62、63、65、69、70、74、75、76、79、80、83、86、87、90、92、94、95、96、97、98、99、100、101、102、103、106、107、108、109、111、112、114、115、

117、119、120、121、122、124；

二、首句变通：

2、5、10、20、39、40、46、48、59、64、66、67、68、71、73、77、81、84、85、88、89、91、93、104、105、116；

三、篇中全同：

17、25、36、55、56、57、72、78、82、113、118、123；

四、篇中变通：

8、110；

五、特殊者：

19。

附录二
《中国画像石全集》收录汉世乐舞场合配器情况表[*]

序号	图版出处及编号	图版相关信息	图版描述	乐队组合与配器情况
1	《中国画像石全集》（以下简称《全集》）第1卷，图一至三	孙氏阙画像；东汉章帝元和二年（公元85年）；1965年2月山东省莒南县北园镇东蓝墩村出土；山东省石刻艺术博物馆藏	第一层刻……建鼓、倒立伎……第三层刻一人跳长袖舞，二人抚琴、击拍伴奏①	a. 建鼓（2人） b. 击拍者、琴（2人）

---

[*] 笔者按：对《中国画像石全集》图版说明部分的乐器判断有疑问者，均在相关部分下按语，同时在相应乐器后加问号，有些兼附上笔者的判断；能对图版说明部分的乐器判断出现失误者辨别出的，在配器情况一列直接写上改正后的配器。另，乐队总人数在配器后面附上，不同乐队组合以a、b、c等标示出。

① 中国画像石全集编辑委员会、蒋英炬主编《山东汉画像石》，《中国画像石全集》第1卷，图版说明部分，第1页。

附录二 《中国画像石全集》收录汉世乐舞场合配器情况表

续表

序号	图版出处及编号	图版相关信息	图版描述	乐队组合与配器情况
2	《全集》第1卷，图八	皇圣卿东阙南面画像；东汉章帝元和三年（公元86年）；1932年由山东省平邑县平邑镇八埠顶迁移至平邑镇小学内；平邑县文物管理所藏	第四层，乐舞百戏：左一人倒立，一人跳长袖舞；右四人跽坐，分别抚琴、吹排箫、吹竽①（笔者按：四人中离舞者最近一人手持乐器不清）	琴、排箫、竽（4人）
3	《全集》第1卷，图九	皇圣卿东阙西面画像；东汉章帝元和三年（公元86年）；1932年由山东省平邑县平邑镇八埠顶迁移至平邑镇小学内；平邑县文物管理所藏	第四层，中树建鼓，两侧各一人执桴舞击建鼓②	建鼓（2人）
4	《全集》第1卷，图一二	功曹阙南面画像；东汉章帝章和元年（公元87年）；1932年由山东省平邑县平邑镇八埠顶迁移至平邑镇小学内；平邑县文物管理所藏	第三层，乐舞：中树建鼓，两侧各一人执桴击鼓；另有舞蹈艺伎③	建鼓（2人）
5	《全集》第1卷，图一三	功曹阙西面画像；东汉章帝章和元年（公元87年）；1932年由山东省平邑县平邑镇八埠顶迁移至平邑镇小学内；平邑县文物管理所藏	第三层，左边树一建鼓，二人执桴舞击建鼓；右边一侧立、二跽坐的观者④	建鼓（2人）

---

① 中国画像石全集编辑委员会、蒋英炬主编《山东汉画像石》，《中国画像石全集》第1卷，图版说明部分，第2页。
② 中国画像石全集编辑委员会、蒋英炬主编《山东汉画像石》，《中国画像石全集》第1卷，图版说明部分，第3页。
③ 中国画像石全集编辑委员会、蒋英炬主编《山东汉画像石》，《中国画像石全集》第1卷，图版说明部分，第4页。
④ 中国画像石全集编辑委员会、蒋英炬主编《山东汉画像石》，《中国画像石全集》第1卷，图版说明部分，第4页。

续表

序号	图版出处及编号	图版相关信息	图版描述	乐队组合与配器情况
6	《全集》第1卷，图七七	武氏祠左石室东壁下石画像；约东汉桓帝建和二年（公元148年）；清代乾隆五十一年（公元1786年）山东省嘉祥县武宅山村北出土；嘉祥县武氏祠保管所藏	画像分左右两格。左格自上而下分三层。第一层，左三人作踏鼓舞；右六人相对跽坐，演奏箫、排箫、琴等乐器①（笔者按：《尔雅》释箫，有十六管，有二十三管，要之，箫有数管，而画面中所谓"演奏箫"者手持则为一竖吹长管，几乎及地，所以此处将此乐器判为"箫"并非允当，应系长笛。依据为："乐舞百戏图中，常见一种竖吹竹类单管乐器，形制一致，双手持管，跽坐吹奏，管长近地。"②）	长笛、排箫、琴、击节者（?）（6人）（笔者按：六人中最后二人似为以掌击节者。另，与鼓琴者对坐之人一手抬在离琴尾很近的上方、另一手置于胸前，是否持有乐器由于拓片不清、无法辨别。其在乐队中的角色可依7大致辨别。7中"一男伴唱"，画面中男伎一手触摸琴尾、另一手上扬至与鼻端平行的前方。此二伎姿势比较接近，故此图中与鼓琴者对坐之人或亦系伴唱乐伎。乐队只是提供音乐的旋律与节奏的，所以伴唱之伎不算在内。由于无法判断其另一手中是否持有乐器，再者，上文已辨，其角色或系伴唱伎，因此他或许不应列入乐队组合之一。但由于拓片不清，人数还暂依图版说明部分定为六人，将此人列入乐队组合）
7	《全集》第1卷，图九〇	宋山小石祠东壁画像；约东汉桓、灵帝时期（公元147~189年）；1978年山东省嘉祥县满硐乡宋山村北出土；山东省石刻艺术博物馆藏	第二层，左边一妇女抚琴，其后一女，其前一男伴唱；右边三人踏鼓舞蹈，中者执桴作抚踏摩跌状③	琴（1人）

---

① 中国画像石全集编辑委员会、蒋英炬主编《山东汉画像石》，《中国画像石全集》第1卷，图版说明部分，第25页。
② 萧亢达：《汉代乐舞百戏艺术研究》，第143~144页。
③ 中国画像石全集编辑委员会、蒋英炬主编《山东汉画像石》，《中国画像石全集》第1卷，图版说明部分，第29页。

附录二 《中国画像石全集》收录汉世乐舞场合配器情况表

续表

序号	图版出处及编号	图版相关信息	图版描述	乐队组合与配器情况
8	《全集》第1卷，图一〇四	济宁师专十号石椁墓东壁画像；西汉元帝至平帝时期（公元前48年至公元5年）；1986年8月山东省济宁师范专科学校出土；济宁市博物馆藏	画面自左而右分为三格……左格，上列二人挥动长巾翩翩起舞，二人跽坐昂首伴唱；下列五人跽坐，分别抚琴、击鼓、敲铙、吹箫伴奏①（笔者按：图版中所谓的"箫"形制不清楚。另，赵春生、武健《山东济宁师专西汉墓群清理简报》："下部五人或击鼓、或抚琴、或击钹、或吹箫伴奏。"② 其关于"箫"的判定与《全集》同，但关于敲击的对象《全集》作"铙"，而此文作"钹"。《全集》或系讹误）	琴、铙（？钹）、鼓（？）、箫（？）、击节者（？）（5人）（笔者按：抚琴者对面似为以掌击节者。另，所谓箫、鼓形制不清。鼓较小，但不能分辨是置于地上还是持于手中击打）
9	《全集》第1卷，图一〇五	济宁师专十号石椁墓西壁画像；西汉元帝至平帝时期（公元前48年至公元5年）；1986年8月山东省济宁师范专科学校出土；济宁市博物馆藏	左格，上刻一建鼓竖于虎座上，羽葆平飘，两侧各一人执双桴舞击建鼓；下刻伴奏乐人五人，其中一人执槌击磬，二人吹排箫，一人作长袖舞，一人高歌伴唱③（笔者按：画面悬四磬）	建鼓为主，余为伴奏，磬、排箫（5人）

---

① 中国画像石全集编辑委员会、蒋英炬主编《山东汉画像石》，《中国画像石全集》第1卷，图版说明部分，第34页。
② 《文物》1992年第9期，载孙进己、孙海主编《中国考古集成》华北卷（河南省、山东省）第17册，战国至秦汉（四），中州古籍出版社，1999，第3290页。
③ 中国画像石全集编辑委员会、蒋英炬主编《山东汉画像石》，《中国画像石全集》第1卷，图版说明部分，第34页。

续表

序号	图版出处及编号	图版相关信息	图版描述	乐队组合与配器情况
10	《全集》第1卷，图一一二	"东安汉里"石椁墓中隔板东面画像；西汉末至东汉初（公元9~88年）；1937年山东省曲阜市韩家铺村出土；曲阜市文物管理委员会藏	画面中部竖一建鼓，上饰羽葆飘带，两侧各一人执桴舞击建鼓。右边一人长袖起舞，其左二人跽坐吹奏排箫。右边二人相对跽坐博弈，二人间有方席、六博棋盘①	建鼓、排箫（4人）
11	《全集》第1卷，图一一三	"东安汉里"石椁墓中隔板西面画像；西汉末至东汉初（公元9~88年）；1937年山东省曲阜市韩家铺村出土；曲阜市文物管理委员会藏	画像刻乐舞宴饮。中间一女挥长袖起舞，一女拍掌作和，地上置一樽。左边两女跽坐观赏……右边亦两女跽坐观赏，前者回首与后者交谈②	无。拍掌作和（1人）
12	《全集》第1卷，图一二六	前凉台墓髠刑、乐舞百戏画像；东汉顺、桓时期（公元126~167年）；1967年6月山东省诸城市前凉台村出土；诸城市博物馆藏	下组，刻乐舞百戏图：上边跽坐二列十二人的乐人，分别吹排箫、吹埙、击鼓、击铙等，右侧也有三人击鼓、三人伴唱，并站立二观者。左下则为艺伎表演长袖舞、踏鼓七盘舞、摇鼗说唱、飞剑掷丸、倒立、叠案、杂耍等，并有三人击鼓③	a. 排箫、埙、直立扁鼓、铙、置地扁鼓（15人）（笔者按：有些乐人所持器不清晰，但人数还是可以辨别的，确系15。另，鼓为有幢竿穿过的直立的扁鼓，两侧鼓面前各跽坐一人，其中一人执双桴击鼓）b. 置地扁鼓（3人）

---

① 中国画像石全集编辑委员会、蒋英炬主编《山东汉画像石》，《中国画像石全集》第1卷，图版说明部分，第37页。
② 中国画像石全集编辑委员会、蒋英炬主编《山东汉画像石》，《中国画像石全集》第1卷，图版说明部分，第37页。
③ 中国画像石全集编辑委员会、蒋英炬主编《山东汉画像石》，《中国画像石全集》第1卷，图版说明部分，第42页。

附录二 《中国画像石全集》收录汉世乐舞场合配器情况表

续表

序号	图版出处及编号	图版相关信息	图版描述	乐队组合与配器情况
13	《全集》第1卷,图一五〇	安丘汉墓中室室顶北坡西段画像; 东汉晚期(公元147~220年); 1959年12月至次年3月发掘于山东省安丘市董家庄; 安丘市博物馆藏	画像刻乐舞百戏图。左上方二人踏鼓对舞,左者执便面,挥长巾;其左二人坐观,右三人坐于席上击铙、鼓伴奏①	铙(?)、鼓(?)(3人) (笔者按:画面只能辨别人数,乐器形制不清晰)
14	《全集》第1卷,图二〇三	沂南汉墓中室东壁横额画像; 东汉晚期(公元147~220年); 1954年3月山东省沂南县北寨村出土; 沂南北寨汉画像石墓博物馆藏	画像刻乐舞百戏图。自左而右分为三组。第一组,左刻艺人飞剑掷丸、顶橦悬竿、七盘舞。右刻二组伴奏乐队,上为击建鼓、撞编钟(笔者按:画面有2钟)、敲石磬(笔者按:画面悬4磬)的雅乐;下为三排跽坐于席上演奏小鼓的女乐和吹排箫、击铙、吹埙、抚琴、吹笙的男乐;其后有侍者捧盘、杯……第三组,刻马戏和戏车……车舆内四乐人吹排箫、击建鼓和唱歌;车后三人荷桎似欲击地上小鼓②(笔者按:文物出版社1991年版萧亢达《汉代乐舞百戏艺术研究》讲"钟"引用了此图,该书第48页将《全集》图版说明中的"钟"更细致地命名为纽钟。另,该书讲"节"也	a. 建鼓1人、纽钟1人、磬1人,共3人,小鼓(?节)、排箫、铙、埙、琴(?瑟)、笙(3排,各排人数分别为5、5、4,共14人);乐队一共17人 b. 戏车内,排箫、建鼓(3人);戏车后,置地扁鼓(3人),共6人

---

① 中国画像石全集编辑委员会、蒋英炬主编《山东汉画像石》,《中国画像石全集》第1卷,图版说明部分,第50页。

② 中国画像石全集编辑委员会、蒋英炬主编《山东汉画像石》,《中国画像石全集》第1卷,图版说明部分,第66页。

209

续表

序号	图版出处及编号	图版相关信息	图版描述	乐队组合与配器情况
14			引用了此图，第88～89页将《全集》图版说明中女伎所击之"小鼓"命名为"节"。在讲瑟时也引用了此图，将说明中所谓的"琴"判定为"瑟"，详参该书第103页。另，戏车内自左至右，第一人似吹排箫，第二人吹排箫，第三人击建鼓，第四人手中无乐器，似为歌唱）	
15	《全集》第2卷，图一	乐舞、门阙、出行画像；西汉元帝至平帝时期（公元前48年至公元5年）；1988年济宁师专院内出土；济宁市博物馆藏	四人舞蹈，二人摇鼗，一人端坐，二人击悬鼓，边击边舞①	鼗、悬鼓（4人）
16	《全集》第2卷，图七	出行、献俘、乐舞画像；东汉晚期（公元147～189年）；1970年济宁市喻屯镇城南张出土；济宁市博物馆藏	右端为乐舞场面，上列为乐队，有吹箫、吹排箫、击节者②（笔者按：笔者仔细观看了图版，自左至右依次为：一站立侍者，二跽坐观者，一人吹埙，一人拍手击节，二人相对吹排箫、其中一人兼摇鼗，二人吹埙、其中一人侧坐，二人持竖管吹奏、其中左面一人手中所持似较右面一人手中所持竖管为长。按照萧亢达等人著作中关于乐器的描述，此二竖管应为长笛）	埙、击节者、排箫、鼗、长笛（8人）

---

① 中国画像石全集编辑委员会、赖非主编《山东汉画像石》，《中国画像石全集》第2卷，图版说明部分，第1页。
② 中国画像石全集编辑委员会、赖非主编《山东汉画像石》，《中国画像石全集》第2卷，图版说明部分，第3页。

附录二 《中国画像石全集》收录汉世乐舞场合配器情况表

续表

序号	图版出处及编号	图版相关信息	图版描述	乐队组合与配器情况
17	《全集》第2卷，图一四	人物、建鼓、异兽画像；东汉晚期（公元147~189年）；1970年济宁市喻屯镇城南张出土；济宁市博物馆藏	此图为浅浮雕。画面三层：上层，人物三列……其中第三列有吹箫、竽、排箫和击节者。中层，建鼓，鼓座为二虎共头形，两击鼓人物骑坐在虎身座上①（笔者按：图版与说明部分描绘的"箫"相对的实是一竖吹管状乐器，与16图中相似，应该也是长笛，而非箫，但此乐器的持握、吹奏方式却与16中的两支长笛略有不同，16中，二人宽衣大袖、整装端坐吹奏，手形、持握方式、笛子的孔数形制等均难以辨清，而此图中吹奏者衣袖上捋至臂弯，持握方式为左手在下、右手在上）	a. 长笛、竽、排箫、击节者（4人） b. 建鼓（2人）
18	《全集》第2卷，图二一	人物、乐舞、升鼎画像；东汉晚期（公元147~189年）；早年济宁城南出土；鱼台县文物保管所藏	此图为浅浮雕。画面二层……下层，左半建鼓竖中央，鸟首羽葆飘扬，二虎共首座上各骑一人击鼓；左侧有一人倒立，二人舞剑；右侧有一人弄丸，上方有抚琴、舞蹈及端坐观赏女子；羽葆上刻雀鸟数只②	a. 建鼓（2人） b. 琴（？瑟）（1人）

---

① 中国画像石全集编辑委员会、赖非主编《山东汉画像石》，《中国画像石全集》第2卷，图版说明部分，第5页。
② 中国画像石全集编辑委员会、赖非主编《山东汉画像石》，《中国画像石全集》第2卷，图版说明部分，第7页。

续表

序号	图版出处及编号	图版相关信息	图版描述	乐队组合与配器情况
19	《全集》第2卷，图二六	群兽、狩猎、建鼓画像；西汉元帝至平帝时期（公元前48年至公元5年）；1981年兖州市农机学校出土；兖州市博物馆藏	此图为线刻。画面三格……右格，建鼓乐舞，一建鼓立中央，羽葆飘两旁，二人执桴击鼓，一人摇鼗鼓，一人舞蹈，二人对饮①	建鼓，鼗鼓（3人）
20	《全集》第2卷，图三八	建鼓、乐舞、庖厨画像；东汉早期（公元25~88年）；1989年梁山县前集乡郑垓村出土；梁山县文物保管所藏	此图为凹面线刻。画面四层：一层，奏乐人物。左二人中一人吹排箫，一人吹竽；右二人中一人抚琴，一人以手击节。二层，建鼓、舞蹈、虎座建鼓立中央，二人边击边舞，左二人长袖起舞，另一人摇鼗②	a. 排箫、竽、琴、击节者（6人）（笔者按：中间2人所持乐器不清晰） b. 建鼓、鼗（3人）
21	《全集》第2卷，图四七	亭、人物、乐舞画像；东汉中、晚期（公元89~189年）；微山县两城镇出土；微山县文化馆藏	画面两层……下层，乐舞杂技，其中右为乐舞，一人抚琴、二人舞蹈③	琴（1人）
22	《全集》第2卷，图四八	建鼓、乐舞、杂技画像；东汉中、晚期（公元89~189年）；早年微山县两城镇出土；曲阜孔庙藏	画面中央立高杆建鼓……两人双手执桴击鼓；鼓旁为乐舞杂技，抚琴者、吹竽者、吹排箫者列坐左边；右边……一人舞蹈④	建鼓、琴、竽、排箫（5人）

---

① 中国画像石全集编辑委员会、赖非主编《山东汉画像石》，《中国画像石全集》第2卷，图版说明部分，第9页。
② 中国画像石全集编辑委员会、赖非主编《山东汉画像石》，《中国画像石全集》第2卷，图版说明部分，第12页。
③ 中国画像石全集编辑委员会、赖非主编《山东汉画像石》，《中国画像石全集》第2卷，图版说明部分，第15页。
④ 中国画像石全集编辑委员会、赖非主编《山东汉画像石》，《中国画像石全集》第2卷，图版说明部分，第16页。

附录二 《中国画像石全集》收录汉世乐舞场合配器情况表

续表

序号	图版出处及编号	图版相关信息	图版描述	乐队组合与配器情况
23	《全集》第2卷,图五一	乐舞、杂技、人物画像;东汉中、晚期(公元89~189年);早年微山县两城镇出土;曲阜孔庙藏	一人抚琴,二人舞蹈①	琴(1人)
24	《全集》第2卷,图五三	厅堂、人物、建鼓画像;东汉中、晚期(公元89~189年);微山县两城镇出土;微山县文化馆藏	下层中央立一建鼓……右边……有三童子作赤身舞蹈②	建鼓(2人)
25	《全集》第2卷,图五七	庖厨、楼堂、乐舞画像;西汉宣帝至元帝时期(公元前73至公元前33年);1976年微山县微山岛沟南村出土;石存原地	画面三格……右格,乐舞。虎座建鼓立中央……二人击鼓……下有二人长袖起舞,旁有乐人伴奏③(笔者按:伴奏乐人自左至右依次为,一人以掌击节,二人右手摇鼗左手执排箫吹奏,一人抚琴)	建鼓、击节者、鼗、排箫、琴(6人)
26	《全集》第2卷,图五八	狩猎、乐舞、杂技、人物、凤鸟画像;西汉宣帝至元帝时期(公元前73年至公元前33年);1976年微山县微山岛沟南村出土;石存原地	画面三格……中格,乐舞百戏。左竖一建鼓……两端各一人执枹正击……建鼓相立三角形架,架顶上一人倒立,长袖挥舞……周围有抚琴、吹竽及观者数人④	建鼓、琴、竽(4人)

---

① 中国画像石全集编辑委员会、赖非主编《山东汉画像石》,《中国画像石全集》第2卷,图版说明部分,第17页。
② 中国画像石全集编辑委员会、赖非主编《山东汉画像石》,《中国画像石全集》第2卷,图版说明部分,第17页。
③ 中国画像石全集编辑委员会、赖非主编《山东汉画像石》,《中国画像石全集》第2卷,图版说明部分,第19页。
④ 中国画像石全集编辑委员会、赖非主编《山东汉画像石》,《中国画像石全集》第2卷,图版说明部分,第20页。

续表

序号	图版出处及编号	图版相关信息	图版描述	乐队组合与配器情况
27	《全集》第2卷，图六一	建鼓、乐舞画像；东汉晚期（公元147~189年）；1990年邹城市郭里乡高李村出土；邹城孟庙藏	画面正中立一建鼓……二人执桴骑虎击鼓；鼓左有人抚琴，有人长袖起舞，有人击节……建鼓右侧上方二人倒立，下有三人奏乐，其中一人吹竽，二人吹排箫①	建鼓、琴、击节者、排箫（7人）
28	《全集》第2卷，图七七	鱼车、出行、建鼓画像；西汉哀帝至平帝时期（公元前6年至公元5年）；1974年邹城市北宿镇南落陵村出土；邹城孟庙藏	画面三格……右格，一双虎共头座建鼓立中央，羽葆飘两旁，二人执桴立虎座背上击鼓，旁有二人长袖起舞②	建鼓（2人）
29	《全集》第2卷，图七八	乐舞、断桥、楼阙画像；西汉平帝时期（公元1~5年）；1975年邹城市南落陵村出土；邹城孟庙藏	此图为线刻。画面三格：左格，上立建鼓……两边有舞者③	建鼓（2人）
30	《全集》第2卷，图八二	人物拜见、建鼓画像；东汉中期（公元89~146年）；邹城市高庄乡金斗山出土；邹城孟庙藏	下部中间立建鼓……二人执桴击鼓，旁有长袖舞者④	建鼓（2人）

---

① 中国画像石全集编辑委员会、赖非主编《山东汉画像石》，《中国画像石全集》第2卷，图版说明部分，第21页。
② 中国画像石全集编辑委员会、赖非主编《山东汉画像石》，《中国画像石全集》第2卷，图版说明部分，第26页。
③ 中国画像石全集编辑委员会、赖非主编《山东汉画像石》，《中国画像石全集》第2卷，图版说明部分，第27页。
④ 中国画像石全集编辑委员会、赖非主编《山东汉画像石》，《中国画像石全集》第2卷，图版说明部分，第28页。

附录二　《中国画像石全集》收录汉世乐舞场合配器情况表

续表

序号	图版出处及编号	图版相关信息	图版描述	乐队组合与配器情况
31	《全集》第2卷，图八五	骑士、建鼓、水鸟啄鱼画像；西汉宣帝至元帝时期（公元前73年至公元前33年）；1953年邹城市羊场村出土；邹城孟庙藏	画面三格……中格，建鼓立中央，羽葆飘左右，二人执桴击鼓，左右各一摇鼗者①	建鼓、鼗（4人）
32	《全集》第2卷，图八八	胡汉交战、乐舞、庖厨画像；东汉晚期（公元147~189年）；20世纪50年代邹城市郭里乡黄路屯村出土；邹城孟庙藏	画面三层……中、下两层，中间立一建鼓……旁有……舞蹈及吹竽、抚琴、击节者②	建鼓、竽、琴、击节者（5人）
33	《全集》第2卷，图九二	杂技、庖厨画像；东汉早期（公元25~88年）；1968年邹城市师范学校附近出土；邹城孟庙藏	画面二格……右格二层：上层乐舞杂技。右刻建鼓，卧羊式座，两旁有击鼓、吹竽、吹排箫者③（笔者按：左下一人似击直立扁鼓，但由于图像不清，图版说明中亦未讲到，故暂不将之计入乐队人数）	建鼓、竽、箫（4人）

---

① 中国画像石全集编辑委员会、赖非主编《山东汉画像石》，《中国画像石全集》第2卷，图版说明部分，第29页。
② 中国画像石全集编辑委员会、赖非主编《山东汉画像石》，《中国画像石全集》第2卷，图版说明部分，第30页。
③ 中国画像石全集编辑委员会、赖非主编《山东汉画像石》，《中国画像石全集》第2卷，图版说明部分，第31页。

续表

序号	图版出处及编号	图版相关信息	图版描述	乐队组合与配器情况
34	《全集》第2卷，图一一七	建鼓、乐舞、庖厨画像；东汉早期（公元25~88年）；1983年嘉祥县纸坊镇敬老院出土；嘉祥县武氏祠文物保管所藏	画面两层：上层，建鼓乐舞。左竖一建鼓……二人执桴边舞边击鼓……上方五人奏乐，其中左三人右手摇鼗鼓，左一人吹排箫，右一人抚琴，一人拍掌击节①	建鼓、鼗鼓、排箫、琴、击节者（7人）
35	《全集》第2卷，图一一八	乐舞、建鼓、庖厨画像；东汉早期（公元25~88年）；1983年嘉祥县纸坊镇敬老院出土；嘉祥县武氏祠文物保管所藏	画面四层：一层，男女主人观看乐舞……中间一人抚琴，一人挥袖起舞。二层，赏乐……一人摇鼗，一人吹排箫，一人吹笛，一人吹笙。三层，建鼓……左右各一人持桴，边击边舞；左方一人挥长袖起舞，一人倒立，右边一人弄丸②（笔者按：关于二层的描述有误。画面自左至右依次为：一人吹笙，一人吹笛，一人吹横笛，一人左手持排箫吹奏、右手摇鼗）	a. 琴（1人） b. 鼗、排箫、笛、横笛、笙（4人） c. 建鼓（2人）
36	《全集》第2卷，图一二一	乐舞、建鼓、庖厨画像；东汉早期（公元25~88年）；20世纪80年代嘉祥县城西十里铺出土；嘉祥县武氏祠文物保管所藏	上层，乐舞。上方自左至右刻一人抚琴，一人以手击节，三人摇鼗鼓、吹排箫；下方一建鼓……二人边击鼓边舞③	建鼓、琴、鼗鼓、排箫、击节者（7人）

---

① 中国画像石全集编辑委员会、赖非主编《山东汉画像石》，《中国画像石全集》第2卷，图版说明部分，第41页。
② 中国画像石全集编辑委员会、赖非主编《山东汉画像石》，《中国画像石全集》第2卷，图版说明部分，第42页。
③ 中国画像石全集编辑委员会、赖非主编《山东汉画像石》，《中国画像石全集》第2卷，图版说明部分，第43页。

附录二 《中国画像石全集》收录汉世乐舞场合配器情况表

续表

序号	图版出处及编号	图版相关信息	图版描述	乐队组合与配器情况
37	《全集》第2卷，图一二六	人物、乐舞画像；东汉中期（公元89~146年）；1977年嘉祥县城西南齐山出土；嘉祥县武氏祠文物保管所藏	画面三层……中层，舞蹈。二人挥长袖起舞，一人倒立于两面鼓上，另一人立一旁手击节。第三层，二男二女奏乐，后边一人双手击节①（笔者按：奏乐乐人自左至右依次为，一男吹长笛，一男吹排箫，一女与之相对跽坐抚琴，一女击节。长笛持握方式为左手在下右手在上）	a. 击节者（1人） b. 长笛、排箫、琴、击节者（4人）
38	《全集》第2卷，图一二八	建鼓、乐舞、杂技画像；东汉早期（公元25~88年）；早年嘉祥县城西南随家庄出土；山东省博物馆藏	一人正中端坐，双手击节；左一人抚琴，右一人吹竽。下层，中竖一建鼓……左右各一人执枹击鼓；左方一人倒立，右方一人作弄丸表演②	a. 击节者、琴（？瑟）、竽（3人） b. 建鼓（2人）
39	《全集》第2卷，图一三〇	乐舞、建鼓、庖厨画像；东汉早期（公元25~88年）；1981年嘉祥县城东北五老洼出土；山东石刻艺术博物馆藏	左二人右手摇鼗鼓，左手握排箫吹奏；右三人，一人吹管，一人吹排箫，一人吹竽。中层，建鼓舞……右三人……一人倒立，一人赤膊舞练③（笔者按：图版说明中所谓的"管"状似长笛，但又长未及地，比长笛短。另，说明部分所谓"排箫"在图版中显示实为一横吹单管乐器，似篪）	a. 鼗鼓、排箫、管（？）、竽、篪（？）（5人） b. 建鼓（2人）

---

① 中国画像石全集编辑委员会、赖非主编《山东汉画像石》，《中国画像石全集》第2卷，图版说明部分，第44页。
② 中国画像石全集编辑委员会、赖非主编《山东汉画像石》，《中国画像石全集》第2卷，图版说明部分，第45页。
③ 中国画像石全集编辑委员会、赖非主编《山东汉画像石》，《中国画像石全集》第2卷，图版说明部分，第46页。

续表

序号	图版出处及编号	图版相关信息	图版描述	乐队组合与配器情况
40	《全集》第2卷，图一三四	东王公、庖厨、车骑出行画像； 东汉晚期（公元147~189年）； 1969年嘉祥县城南南武山出土； 嘉祥县武氏祠文物保管所藏	画面四层……二层，奏乐场面。左三女子，一人抚琴，二人以掌击节；右四男子，一人吹排箫，一人吹管，一人吹竽，一人吹埙①（笔者按：画面中所谓的琴形制较为方正，一端著弹奏者膝上、斜置、另一端着地且有三圆枘，弦数似为五。吹箫者与鼓琴者相对跽坐，其右手触带三枘的一端，左手持箫。所谓的管，长及地，吹奏者左手在上右手在下，两手间距离较小。按照萧亢达等人著作中关于乐器的描述，这里的管应为长笛）	琴、击节者、排箫、长笛、竽、埙（7人）
41	《全集》第2卷，图一四三	东王公、建鼓、乐舞、人物画像； 东汉晚期（公元147~189年）； 1990年枣庄市山亭区冯卯乡鸥峪村出土； 枣庄市博物馆藏	画面七层……四至七层中央竖建鼓，二人击鼓，二人倒立。四层，抚琴、舞蹈人物②（笔者按：说明中的琴在图版上显示，其弦数似乎为七）	a. 建鼓（2人） b. 琴（1人）

---

① 中国画像石全集编辑委员会、赖非主编《山东汉画像石》，《中国画像石全集》第2卷，图版说明部分，第47页。
② 中国画像石全集编辑委员会、赖非主编《山东汉画像石》，《中国画像石全集》第2卷，图版说明部分，第50页。

附录二 《中国画像石全集》收录汉世乐舞场合配器情况表

续表

序号	图版出处及编号	图版相关信息	图版描述	乐队组合与配器情况
42	《全集》第2卷，图一六〇	建鼓、百戏画像；东汉晚期（公元147～189年）；早年滕州市龙阳店镇附近出土；山东省博物馆藏	画面两层：上层中央竖建鼓……二人边击边舞；鼓杆顶上蹲一人，建鼓周围有舞蹈者、摇鼗者、倒立者、飞剑者、跳丸者①（笔者按：所谓的摇鼗者共有二人，分布在画面上端两侧，且每人手握一鼗，共四鼗。但萧书亦引此图并判断其为"鞞"②）	建鼓、鼗（4人）
43	《全集》第2卷，图一八八	建鼓、乐舞、杂技画像；东汉晚期（公元147～189年）；1982年滕州市岗头镇西古村出土；滕州市博物馆藏	画面正中竖一建鼓……二人执桴击鼓；鼓左侧一人抚琴、一人倒立、一人弄丸③	建鼓、琴（3人）
44	《全集》第2卷，图二〇〇	建鼓、楼阙、水榭画像；西汉哀帝至平帝时期（公元前6年至公元5年）；1976年滕州市城郊马王村出土；滕州市博物馆藏	画面三格：左格，建鼓高立中央……二人持桴边击鼓边舞蹈；另二人吹排箫④	建鼓、排箫（4人）

---

① 中国画像石全集编辑委员会、赖非主编《山东汉画像石》，《中国画像石全集》第2卷，图版说明部分，第55页。
② 萧亢达：《汉代乐舞百戏艺术研究》，第206～207页。
③ 中国画像石全集编辑委员会、赖非主编《山东汉画像石》，《中国画像石全集》第2卷，图版说明部分，第64页。
④ 中国画像石全集编辑委员会、赖非主编《山东汉画像石》，《中国画像石全集》第2卷，图版说明部分，第67页。

续表

序号	图版出处及编号	图版相关信息	图版描述	乐队组合与配器情况
45	《全集》第2卷，图二〇五	六博游戏、乐舞画像；东汉中期（公元89~146年）；滕州市桑村镇大郭村出土；滕州市博物馆藏	画面三层……下层，鸟首座建鼓竖中央……旁有舞蹈者和观者①	建鼓（2人）
46	《全集》第2卷，图二二一	西王母、建鼓画像；东汉早期（公元25~88年）；1958年滕州市桑村镇西户口村出土；滕州市博物馆藏	画面分五层……二层以下，中间竖建鼓，两旁是乐舞、杂技②（笔者按：三四层，中间两人执桴击建鼓，左上四人吹竽，右上二人长袖对舞，左下自左而右配器依次为长笛、横笛、排箫、竽，右下自左而右配器依次为竽、排箫、长笛、横笛）	建鼓、竽、长笛、横笛、排箫（14人）
47	《全集》第2卷，图二二九	西王母、讲经人物、建鼓画像；东汉晚期（公元147~189年）；1958年滕州市桑村镇西户口村出土；滕州市博物馆藏	画面八层……四、五、六层，中间刻一建鼓，羽葆飘两旁，左右二人执桴击鼓③	建鼓（2人）
48	《全集》第3卷，图五	乐舞、车骑出行画像；东汉（公元25~220年）；1972年冬山东省临沂市白庄出土；临沂市博物馆藏	画面分上下二层：上层为乐舞画面……左边是乐舞伎，或舞长袖，或掷倒立，或鼓瑟④（笔者按：画面一人拍掌击节，旁为鼓瑟者）	瑟、击节者（2人）

① 中国画像石全集编辑委员会、赖非主编《山东汉画像石》，《中国画像石全集》第2卷，图版说明部分，第69页。
② 中国画像石全集编辑委员会、赖非主编《山东汉画像石》，《中国画像石全集》第2卷，图版说明部分，第73页。
③ 中国画像石全集编辑委员会、赖非主编《山东汉画像石》，《中国画像石全集》第2卷，图版说明部分，第76页。
④ 中国画像石全集编辑委员会、焦德森主编《山东汉画像石》，《中国画像石全集》第3卷，图版说明部分，第2页。

附录二　《中国画像石全集》收录汉世乐舞场合配器情况表

续表

序号	图版出处及编号	图版相关信息	图版描述	乐队组合与配器情况
49	《全集》第3卷，图七	乐舞、迎宾画像；东汉（公元25~220年）；1972年冬山东省临沂市白庄出土；临沂市博物馆藏	身旁一侍者执便面为其扇风纳凉，中间二人作长袖舞，一人抢桴击鼓，三人吹排箫，一人吹埙，一人振铎，一人以手击鼓①（笔者按：此处部分描述不当。自左至右依次为：一人抢桴击地上扁鼓，二人吹排箫，一人吹埙，一人振铎，一人吹竽，一人以手击地上扁鼓，一人一手持小鼓、另一手击打）	置地扁鼓、排箫、埙、铎、竽、小鼓（8人）
50	《全集》第3卷，图八	乐舞、车骑出行画像；东汉（公元25~220年）；1972年冬山东省临沂市白庄出土；临沂市博物馆藏	右边是吹竽、吹排箫、吹埙的乐队②	竽、排箫、埙（3人）
51	《全集》第3卷，图三五	乐舞画像；东汉（公元25~220年）；1972年冬山东省临沂市白庄出土；临沂市博物馆藏	两边是吹箫、击鼓的乐舞场面③	箫（？排箫）、鼓（？）（笔者按：图版说明中所谓的"箫"从画面看似为排箫，余所持乐器均不清，人数亦难辨）
52	《全集》第3卷，图三七	出行、拜见、鼓舞画像；东汉（公元25~220年）；1972年山东省临沂市崔庄出土；临沂市博物馆藏	画面由界栏分为上下五层……第四层，中悬一鼓，二人击鼓而舞，旁有观者④	悬鼓（2人）

---

① 中国画像石全集编辑委员会、焦德森主编《山东汉画像石》，《中国画像石全集》第3卷，图版说明部分，第3页。
② 中国画像石全集编辑委员会、焦德森主编《山东汉画像石》，《中国画像石全集》第3卷，图版说明部分，第3页。
③ 中国画像石全集编辑委员会、焦德森主编《山东汉画像石》，《中国画像石全集》第3卷，图版说明部分，第12页。
④ 中国画像石全集编辑委员会、焦德森主编《山东汉画像石》，《中国画像石全集》第3卷，图版说明部分，第13页。

续表

序号	图版出处及编号	图版相关信息	图版描述	乐队组合与配器情况
53	《全集》第3卷，图五七	人物宴乐画像；东汉（公元25~220年）；山东省临沂市独树头镇西张官庄出土；石存当地	一人跪其前抚瑟①（笔者按：文物出版社1991年版萧亢达《汉代乐舞百戏艺术研究》在讲"筝"时亦引用此图，但判定其中乐器为筝，而非如图版说明中的瑟，详参该书第108页）	瑟（？筝）(1人)
54	《全集》第3卷，图七六	羽人饲凤、乐舞百戏画像；东汉（公元25~220年）；1972年山东省沂水县韩家曲出土；沂水县博物馆藏	下层，乐舞百戏，中部为宾主相对宴饮，身旁有手执便面的侍者；左右是抚琴、长袖舞、倒立、跳丸、盘舞、吹排箫的乐舞场面②（笔者按：说明部分所谓的琴在图版中显示，其弦数似乎为七。另，文物出版社1991年版萧亢达《汉代乐舞百戏艺术研究》在讲"筝"时亦引用此图，但判定其中乐器为筝，而非如图版说明中的琴，详参该书第108页）	琴（？筝）、排箫（2人）
55	《全集》第3卷，图七八	庖厨、乐舞画像；东汉（公元25~220年）；1981年山东省平邑县东埠阴出土；平邑县博物馆藏	下层，乐舞图，画面中部一人长袖起舞，一人拍手击节；右边一人抚琴③	击节者、琴（2人）

---

① 中国画像石全集编辑委员会、焦德森主编《山东汉画像石》，《中国画像石全集》第3卷，图版说明部分，第19页。
② 中国画像石全集编辑委员会、焦德森主编《山东汉画像石》，《中国画像石全集》第3卷，图版说明部分，第26页。
③ 中国画像石全集编辑委员会、焦德森主编《山东汉画像石》，《中国画像石全集》第3卷，图版说明部分，第26页。

附录二 《中国画像石全集》收录汉世乐舞场合配器情况表

续表

序号	图版出处及编号	图版相关信息	图版描述	乐队组合与配器情况
56	《全集》第3卷，图八六	乐舞百戏画像；东汉（公元25~220年）；1966年山东省费县垛庄镇潘疃家瞳发现；原地封存	画面为乐舞百戏：自左而右，一人吹排箫，一人振铎，一人执便面为其扇风，一人吹埙，一人敲应鼓，一人跳丸，一人踏鼓而舞，五女伎为其击鼓伴奏；右边男、女主人端坐观看，旁有侍女①（笔者按：文物出版社1991年版萧亢达《汉代乐舞百戏艺术研究》讲"笛"时引用了此图，该书第148~149页将《全集》图版说明中的"埙"命名为"笛"。另，女伎所击之鼓为置于面前的小扁鼓）	排箫、铎、笛、应鼓、置地扁鼓（9人）
57	《全集》第3卷，图一〇五	城前村墓门楣背面画像；汉桓帝元嘉元年（公元151年）；1973年山东省苍山县城前村出土；苍山县博物馆藏	下层，乐舞百戏，左边三个乐手，一吹排箫，一吹埙、一吹竽；中部四人舞蹈，二人长袖对舞……右边四女子跽坐观舞，前者持桴击鼓②（笔者按：鼓为置于前的小扁鼓）	排箫、埙、竽、置地扁鼓（4人）
58	《全集》第3卷，图一四〇	门大夫、历史故事、庖厨画像；东汉（公元25~220年）；1993年山东省莒县东莞镇东莞村出土；莒县博物馆藏	第六层，乐舞百戏，弹琴、吹箫、跳鼓舞③（笔者按：图版说明部分所谓的"箫"从画面看实为"排箫"，说明误）	琴、排箫（2人）

---

① 中国画像石全集编辑委员会、焦德森主编《山东汉画像石》，《中国画像石全集》第3卷，图版说明部分，第29页。
② 中国画像石全集编辑委员会、焦德森主编《山东汉画像石》，《中国画像石全集》第3卷，图版说明部分，第35页。
③ 中国画像石全集编辑委员会、焦德森主编《山东汉画像石》，《中国画像石全集》第3卷，图版说明部分，第48页。

续表

序号	图版出处及编号	图版相关信息	图版描述	乐队组合与配器情况
59	《全集》第3卷，图一四一	周公辅成王、乐舞画像；东汉（公元25～220年）；1993年山东省莒县东莞镇东莞村出土；莒县博物馆藏	乐人或击鼓、弹琴，或踏盘而舞①（笔者按：鼓为置于前的小扁鼓）	琴、置地扁鼓（2人）
60	《全集》第3卷，图一四七	车骑出行、拜谒、乐舞百戏画像；东汉（公元25～220年）；1954年山东省安丘市王封村发现；原地封存	右边有题刻一行："此上人马皆食于天仓。"下层，乐舞百戏，中部一人跳丸，一人执巾跳鼓舞，周围有乐人抚琴、击鼓、吹竽，左右有坐立观者②（笔者按：图版显示乐人组合为，一人吹竽，二人击面前小扁鼓，一人抚琴，一人以掌击节）	琴、置地扁鼓、竽、击节者（5人）
61	《全集》第3卷，图一五七	龙、乐舞百戏画像；东汉（公元25～220年）；山东省历城区全福庄出土；山东省博物馆藏	下部为乐舞百戏，左边是建鼓舞③	建鼓（2人）
62	《全集》第3卷，图一六〇	七盘舞画像；东汉（公元25～220年）；1974年山东省历城区黄台山出土；四门塔文物保管所藏	画面上部一女子抛长袖踏盘而舞，盘间有一小鼓；下部一人击鼓伴奏④（笔者按：所击之鼓形制不清）	鼓（?）（1人）

---

① 中国画像石全集编辑委员会、焦德森主编《山东汉画像石》，《中国画像石全集》第3卷，图版说明部分，第48页。
② 中国画像石全集编辑委员会、焦德森主编《山东汉画像石》，《中国画像石全集》第3卷，图版说明部分，第50页。
③ 中国画像石全集编辑委员会、焦德森主编《山东汉画像石》，《中国画像石全集》第3卷，图版说明部分，第54页。
④ 中国画像石全集编辑委员会、焦德森主编《山东汉画像石》，《中国画像石全集》第3卷，图版说明部分，第55页。

附录二　《中国画像石全集》收录汉世乐舞场合配器情况表

续表

序号	图版出处及编号	图版相关信息	图版描述	乐队组合与配器情况
63	《全集》第3卷，图一六一	人物对坐、长袖鼓舞画像；东汉（公元25~220年）；1974年山东省历城区黄台山出土；四门塔文物保管所藏	画面……中部一人执便面踏鼓而舞；一女子击鼓伴奏①（笔者按：击者执桴，所击鼓似为置地小扁鼓）	鼓（？置地扁鼓）（1人）
64	《全集》第3卷，图二一三	战争、楼阁双阙、乐舞百戏画像；汉章帝建初八年（公元83年）；1956年山东省肥城市栾镇村出土；山东省博物馆藏	楼上三人歌舞弹琴，楼下四人击鼓、吹笙、吹排箫、横吹②（笔者按：图版中鼓为幢竿穿过植立，中部最为凸出，往两边鼓面过渡渐细。笙形制不清晰。说明部分所谓的"横吹"不恰当，文物出版社1991年版萧亢达《汉代乐舞百戏艺术研究》讲"篪"时引用了此图，该书第150页将《全集》图版说明中的"横吹"命名为"篪"）	a. 琴（1人） b. 直立圆鼓、笙（？）、排箫、篪（4人）
65	《全集》第3卷，图二一四	战争、车骑、楼阁双阙画像；东汉（公元25~220年）；1956年山东省肥城市栾镇村出土；山东省博物馆藏	楼上乐舞③（笔者按：只能看清一人跽坐抚弄一弹拨乐器）	乐器形制、人数均难辨

---

① 中国画像石全集编辑委员会、焦德森主编《山东汉画像石》，《中国画像石全集》第3卷，图版说明部分，第55页。
② 中国画像石全集编辑委员会、焦德森主编《山东汉画像石》，《中国画像石全集》第3卷，图版说明部分，第73页。
③ 中国画像石全集编辑委员会、焦德森主编《山东汉画像石》，《中国画像石全集》第3卷，图版说明部分，第73页。

续表

序号	图版出处及编号	图版相关信息	图版描述	乐队组合与配器情况
66	《全集》第3卷，图二二六	乐舞、马队画像；东汉（公元25~220年）；1975年山东省东平县宿城乡王村出土；东平县文物管理所藏	上层，乐舞场面，中部竖一建鼓，二人击鼓起舞，左右有长袖舞者①（笔者按：自左至右依次为，二人左手持排箫吹奏右手摇鼗，一人左脚踏置地小扁鼓而舞，二人建鼓舞，一人长袖起舞）	建鼓、排箫、鼗（4人）
67	《全集》第4卷，图一	永平四年画像；东汉永平四年（公元61年）；1992年铜山县汉王乡东沿村出土；徐州博物馆藏	一人抚琴弄乐，三人坐而长歌②	琴（1人）
68	《全集》第4卷，图二	乐舞、六博画像；东汉早期（公元25~88年）；清道光年间沛县古泗水出土；徐州汉画像石艺术馆藏	中格右方刻饰二层羽葆流苏的建鼓，左右二人执桴击鼓；左方上列有四人吹竽、吹箫、吹笛、抚琴弄乐；下列有男女二人起舞③（笔者按：说明部分所谓的"竽"、"箫"、"笛"在图版中形制不清）	建鼓、竽（?）、箫（?）、笛（?）、琴（6人）

---

① 中国画像石全集编辑委员会、焦德森主编《山东汉画像石》，《中国画像石全集》第3卷，图版说明部分，第78页。
② 中国画像石全集编辑委员会、汤池主编《江苏、安徽、浙江汉画像石》，《中国画像石全集》第4卷，图版说明部分，第1页。
③ 中国画像石全集编辑委员会、汤池主编《江苏、安徽、浙江汉画像石》，《中国画像石全集》第4卷，图版说明部分，第1页。

附录二 《中国画像石全集》收录汉世乐舞场合配器情况表

续表

序号	图版出处及编号	图版相关信息	图版描述	乐队组合与配器情况
69	《全集》第4卷，图三	庖厨、车马、乐舞画像；东汉早期（公元25~88年）；清道光年间沛县古泗水出土；徐州汉画像石艺术馆藏	画面……左格方框内以建鼓为中心分成三组画面，下组二人持桴击鼓……右上组刻二人表演巾舞①（笔者按：建鼓舞左侧一人似以掌击节，右侧一人手执似乎是两舂牍）	建鼓、击节者（?）、舂牍（?）（4人?）
70	《全集》第4卷，图五	六博、车骑、乐舞画像；东汉早期（公元25~88年）；1977年徐州市沛县栖山出土；徐州汉画像石艺术馆藏	画面右上方刻二组人物，一组刻抚琴、吹竽弄乐者和一对舞女，正作翘袖折腰舞②	琴、竽（2人）
71	《全集》第4卷，图一二	六博、乐舞画像；东汉元和三年（公元86年）；1986年铜山县汉王乡东沿村发现；徐州汉画像石艺术馆藏	第四层正中刻建鼓舞，建鼓为兽形趺座，鼓上饰幢、羽葆等物，旁有鼓员二人。左侧刻有弄丸艺人，右侧刻吹竽、吹排箫、抚琴、摇鼗鼓等乐师③（笔者按：说明部分所谓的"琴"、"鼗鼓"在图版中形制不清晰）	建鼓、竽、排箫、琴（?）、鼗鼓（?）（笔者按：似乎是6人，画面不清晰，人数亦难确辨）

---

① 中国画像石全集编辑委员会、汤池主编《江苏、安徽、浙江汉画像石》，《中国画像石全集》第4卷，图版说明部分，第1页。
② 中国画像石全集编辑委员会、汤池主编《江苏、安徽、浙江汉画像石》，《中国画像石全集》第4卷，图版说明部分，第2页。
③ 中国画像石全集编辑委员会、汤池主编《江苏、安徽、浙江汉画像石》，《中国画像石全集》第4卷，图版说明部分，第4页。

续表

序号	图版出处及编号	图版相关信息	图版描述	乐队组合与配器情况
72	《全集》第4卷，图一三	庖厨、乐舞画像；东汉元和三年（公元86年）；1986年铜山县汉王乡东沿村发现；徐州汉画像石艺术馆藏	下层中间刻建鼓，兽形跗座，鼓两侧有二人蹴鞠跳动舞桴击鼓，左侧有伎人弄丸作戏，右侧有乐人吹竽、摇鼗鼓伴奏，上方一伎人拂袖作舞①	建鼓、竽、鼗鼓（4人）
73	《全集》第4卷，图一五	建鼓、庖厨画像；东汉元和三年（公元86年）；1986年铜山县汉王乡东沿村发现；徐州汉画像石艺术馆藏	第二层刻建鼓，虎形鼓座，建木上端有三层羽葆，鼓旁二人持桴击鼓，左侧乐人吹竽、击磬，右侧乐人击铙，右下方一女伎作双手倒立表演②（笔者按：画面上有三磬悬挂，另，铙悬）	建鼓、竽、磬、铙（5人）
74	《全集》第4卷，图一六	乐舞、庖厨画像；东汉元和三年（公元86年）；1986年铜山县汉王乡东沿村发现；徐州汉画像石艺术馆藏	第一层自左至右刻一人吹笙，一人吹箫，一人倒立，一人舞蹈。第二层画面中心刻建鼓，兽形跗座，上有幢，饰羽葆流苏，鼓员二人弓步持桴击鼓；左侧乐人抚琴，右侧乐人振铎击磬③（笔者按：说明部分所谓的"箫"在图版上显示似为"排箫"，由于砖体断裂，难以确辨。另，画面上悬磬二、铎一）	a. 笙、箫（？排箫）（2人）；b. 建鼓、琴、铎、磬（4人）

① 中国画像石全集编辑委员会、汤池主编《江苏、安徽、浙江汉画像石》，《中国画像石全集》第4卷，图版说明部分，第5页。
② 中国画像石全集编辑委员会、汤池主编《江苏、安徽、浙江汉画像石》，《中国画像石全集》第4卷，图版说明部分，第5页。
③ 中国画像石全集编辑委员会、汤池主编《江苏、安徽、浙江汉画像石》，《中国画像石全集》第4卷，图版说明部分，第6页。

附录二 《中国画像石全集》收录汉世乐舞场合配器情况表

续表

序号	图版出处及编号	图版相关信息	图版描述	乐队组合与配器情况
75	《全集》第4卷，图四六	拜会、乐舞百戏、纺织画像；东汉（公元25~220年）；1956年徐州市洪楼发现；中国历史博物馆藏	右边为乐舞百戏：广场中间树建鼓，二人持桴击鼓，一旁有乐人吹排箫伴奏，艺人在作抛丸、案上倒立等表演①（笔者按：2人吹排箫）	建鼓、排箫（4人）
76	《全集》第4卷，图五二	乐舞画像；东汉（公元25~220年）；1956年徐州市铜山县苗山发现；徐州汉画像石艺术馆藏	画面中部刻一乐师吹奏横笛，二乐师吹奏排箫，前排一乐师吹笙，一乐师抚琴。画面左方一伎人在表演翘袖折腰之舞，一人为之击节作歌②	横笛、排箫、笙、琴、击节者（6人）（笔者按：由于砖体断裂、残泐，琴的放置似乎为一端著膝上、斜置、另一端着地）
77	《全集》第4卷，图一〇七	乐舞、车马、建筑画像；东汉（公元25~220年）；睢宁县双沟征集；徐州汉画像石艺术馆藏	中层右刻建鼓，羽葆华盖，装饰华丽，有二人持桴击鼓，另有乐人击铎吹箫，伎人倒立、飞跳表演③（笔者按：说明部分所谓的"铎"、"箫"在图版中形制不清）	建鼓、铎（?）、箫（?）（笔者按：画面不清晰，人数难以确辨）
78	《全集》第4卷，图一一八	墓山一号墓前室画像；东汉（公元25~220年）；1991年睢宁县墓山发现；睢宁县博物馆藏	院外两侧有建鼓舞……还有吹排箫、笙、竽伴奏乐人及观者④（笔者按：画面上建鼓旁二人，上面左右各一人吹排箫，右下页有一人持一吹管乐器吹奏，似乎是笙，而并非吹笙、吹竽者俱有）	建鼓、排箫、笙（?竽?）（5人）

① 中国画像石全集编辑委员会、汤池主编《江苏、安徽、浙江汉画像石》，《中国画像石全集》第4卷，图版说明部分，第16页。
② 中国画像石全集编辑委员会、汤池主编《江苏、安徽、浙江汉画像石》，《中国画像石全集》第4卷，图版说明部分，第18页。
③ 中国画像石全集编辑委员会、汤池主编《江苏、安徽、浙江汉画像石》，《中国画像石全集》第4卷，图版说明部分，第36页。
④ 中国画像石全集编辑委员会、汤池主编《江苏、安徽、浙江汉画像石》，《中国画像石全集》第4卷，图版说明部分，第40页。

续表

序号	图版出处及编号	图版相关信息	图版描述	乐队组合与配器情况
79	《全集》第4卷，图一六四	鞞舞、长袖舞画像；东汉（公元25～220年）；1956年安徽宿县褚兰镇墓山孜出土；原地保存	左边十人表演鞞（鼓）舞①（笔者按：7人持鞞）	鞞（7人）
80	《全集》第4卷，图一七七	阳嘉三年建鼓画像；东汉阳嘉三年（公元134年）；安徽灵璧县征集；灵璧县文物管理所藏	庭院内正献演建鼓舞，有琴、笙、排箫伴奏②（笔者按：此画吹排箫者乃俯身跪吹，相比于其他画像石中一般是一手持排箫吹奏、一手摇鼗的方式，此处属于比较独特的吹奏排箫的方法）	建鼓、琴、笙、排箫（5人）
81	《全集》第4卷，图一七八	听琴画像；东汉（公元25～220年）；安徽宿县符离集出土；安徽博物馆藏	楼下一女子抚琴，一女子凭几听琴③（笔者按：与之相对的似在吹竖笛）	琴、竖笛（？）（2人？）
82	《全集》第4卷，图一九七	建鼓舞画像；东汉（公元25～220年）；安徽淮北市北山乡出土；北山中学藏	上层，刻建鼓……二舞伎系鼓对舞。下层，四乐师列坐伴奏④（笔者按：四乐师左一、右二人均不清晰，只能看清左二为吹竖笛）	建鼓、竖笛（6人）

---

① 中国画像石全集编辑委员会、汤池主编《江苏、安徽、浙江汉画像石》，《中国画像石全集》第4卷，图版说明部分，第55页。
② 中国画像石全集编辑委员会、汤池主编《江苏、安徽、浙江汉画像石》，《中国画像石全集》第4卷，图版说明部分，第59页。
③ 中国画像石全集编辑委员会、汤池主编《江苏、安徽、浙江汉画像石》，《中国画像石全集》第4卷，图版说明部分，第60页。
④ 中国画像石全集编辑委员会、汤池主编《江苏、安徽、浙江汉画像石》，《中国画像石全集》第4卷，图版说明部分，第66页。

附录二 《中国画像石全集》收录汉世乐舞场合配器情况表

续表

序号	图版出处及编号	图版相关信息	图版描述	乐队组合与配器情况
83	《全集》第4卷，图二一〇	乐舞百戏画像；东汉（公元25~220年）；安徽定远县靠山乡出土；定远县文物管理所藏	此石为墓室横枋。画像横列刻有拳术、倒立、盘舞、舞钩镶、击拊、吹竖笛的艺人①（笔者按：画面上笛长及地，当为长笛）	拊、长笛（2人）
84	《全集》第4卷，图二三四	鼙舞画像；东汉晚期（公元147~220年）；1973年海宁市长安镇海宁中学出土；原地保存	此石位于南壁墓门东侧。画面刻三人，一人直立，右手执鼙鼓，左手执带状物；一人长袍曳地，右手执巾对舞；另一人直立，着宽袖袍服②	鼙鼓（1人）
85	《全集》第5卷，图一九一	子洲淮宁湾墓门右立柱画像；东汉（公元25~220年）；1975年陕西省子洲县淮宁湾出土；子洲县文物管理所藏	第四组，两人抚琴③（笔者按：左一人鼓琴，右一人拍手击节）	琴（？瑟）、击节者（2人）
86	《全集》第5卷，图一九三	子洲淮宁湾墓室北壁横额画像；东汉（公元25~220年）；1975年陕西省子洲县淮宁湾征集；子洲县文物管理所藏	图为淮宁湾三号墓嵌于墓室北壁上的三块画像……左边下层……二人持巾起舞，一人持鼗鼓伴奏。右边下层……两舞伎着长裙拖地……一跽坐者伴奏④（笔者按：跽坐伴奏者似以掌击节）	a. 鼗鼓（1人） b. 击节者（？）（1人）

---

① 中国画像石全集编辑委员会、汤池主编《江苏、安徽、浙江汉画像石》，《中国画像石全集》第4卷，图版说明部分，第70页。
② 中国画像石全集编辑委员会、汤池主编《江苏、安徽、浙江汉画像石》，《中国画像石全集》第4卷，图版说明部分，第78页。
③ 中国画像石全集编辑委员会、汤池主编《陕西、山西汉画像石》，《中国画像石全集》第5卷，图版说明部分，第50页。
④ 中国画像石全集编辑委员会、汤池主编《陕西、山西汉画像石》，《中国画像石全集》第5卷，图版说明部分，第51页。

续表

序号	图版出处及编号	图版相关信息	图版描述	乐队组合与配器情况
87	《全集》第5卷，图二二七	神木大保当墓门左立柱画像石；东汉（公元25～220年）；1996年陕西省神木县大保当乡出土；陕西省考古研究所藏	画面分三格……右上格……下为乐舞百戏图。自上而下分为四组：两人戴进贤冠……一人执巾，一人袖手；两人……举手似在作某种游戏；一人……跽坐吹笛……两人戴帻，赤上身，着裈作角抵戏①	长笛（1人）
88	《全集》第5卷，图二三三	靖边寨山墓门左立柱画像；东汉（公元25～220年）；1992年陕西省靖边县寨山村出土；靖边县文物管理所藏	右格下有一舞伎长裙拖地，跳长袖舞，一人抱鼓一旁伴奏助舞②（笔者按：鼓形制不清晰）	鼓（？）（1人）
89	《全集》第6卷，图一一	唐河针织厂 乐舞·六博 西汉（公元前206年至公元8年）；1972年河南唐河针织厂墓出土；河南省南阳汉画馆藏	画分三层：上层……右一人鼓瑟。中层三人奏乐……一女伎作长袖舞，一女伎似为伴唱③（笔者按：奏乐三人只能看清中间一人手中为弹拨乐器，余二人均不清）	a. 瑟（1人） b. 乐器形制不清（3人）

---

① 中国画像石全集编辑委员会、汤池主编《陕西、山西汉画像石》，《中国画像石全集》第5卷，图版说明部分，第64页。
② 中国画像石全集编辑委员会、汤池主编《陕西、山西汉画像石》，《中国画像石全集》第5卷，图版说明部分，第66页。
③ 中国画像石全集编辑委员会、王建中主编《河南汉画像石》，《中国画像石全集》第6卷，图版说明部分，河南美术出版社，2000，第5页。

附录二 《中国画像石全集》收录汉世乐舞场合配器情况表

续表

序号	图版出处及编号	图版相关信息	图版描述	乐队组合与配器情况
90	《全集》第6卷，图二五至二八	唐河电厂 拜谒·乐伎·百戏·跽坐； 西汉（公元前206年至公元8年）； 1973年河南唐河电厂墓出土； 河南省南阳汉画馆藏	东侧室、东主室、西主室、西侧室门楣。四幅相连，组成宾主观看乐舞百戏场面……四乐伎皆戴帻，长衣跽坐，一人握埙吹奏，三人摇鼗吹排箫。另组五人……一人执桴击鼓，一人吹埙①（笔者按：图中的鼓为置地小扁鼓）	a. 埙，鼗，排箫（4人） b. 置地扁鼓，埙（2人）
91	《全集》第6卷，图三七	唐河冯君孺人墓 乐舞百戏； 新莽天凤五年（公元18年）； 1978年河南唐河郁平大尹墓出土； 河南省南阳汉画馆藏	南阁室南壁。左一长几，旁坐乐伎四人：左起第一人侧身跽坐，捧竽吹奏，竽管上端有羽葆、流苏之类装饰；第二、三人正襟而坐，左手持排箫，右手摇鼗鼓；第四人似持竖管演奏。长几右侧有二女伎……折腰而舞，甩袖呈燕飞之状……最右端站立一俳优，戴尖顶冠，赤上身，背双手作滑稽戏②（笔者按：说明中所谓"竖管"在图版中形制不清晰）	竽、排箫、鼗鼓、竖管（？）（4人）

---

① 中国画像石全集编辑委员会、王建中主编《河南汉画像石》，《中国画像石全集》第6卷，图版说明部分，第10页。
② 中国画像石全集编辑委员会、王建中主编《河南汉画像石》，《中国画像石全集》第6卷，图版说明部分，第14页。

续表

序号	图版出处及编号	图版相关信息	图版描述	乐队组合与配器情况
92	《全集》第6卷，图三九	唐河冯君孺人墓　乐舞百戏；新莽天凤五年（公元18年）；1978年河南唐河郁平大尹墓出土；河南省南阳汉画馆藏	北阁室北壁。左起一伎跽坐，持管吹奏。旁一伎跽坐，右手摇鼗鼓，左手执排箫吹奏。中一女伎，挥袖作盘舞。右刻一赤裸上身的俳优，左手托双系壶，右手执两丸①（笔者按：说明中所谓"管"在图版中形制不清晰，似为竖吹单管乐器、很短）	管（?）、鼗鼓、排箫（2人）
93	《全集》第6卷，图四七	方城东关　乐舞；东汉（公元25~220年）；1976年河南方城东关墓出土；河南省南阳汉画馆藏	南门北扉背。上层三人跽坐：一人吹埙，二人边吹排箫边摇鼗鼓或击柎。中层二男伎对舞，地上置一鼓、一酒樽②	埙、排箫、鼗鼓、柎（3人）
94	《全集》第6卷，图四八	方城东关　鼓舞；东汉（公元25~220年）；1976年河南方城东关墓出土；河南省南阳汉画馆藏	南门南扉背。中刻鼓，柱端加华盖饰羽葆，柱间有两横木，挂铎四面，铃两支……下方刻三乐伎，皆吹排箫，其一伎兼摇鼗，另一伎兼击柎③（笔者按：此处之"铎"萧亢达将之命为铜锣，笔者以为然。《周礼》"以金铎通鼓"郑注："铎，大铃也。"但画面上所谓"铎"的形制与"铃两支"之"铃"差别很大，	建鼓、铜锣、铃、排箫、鼗、柎（5人）

---

① 中国画像石全集编辑委员会、王建中主编《河南汉画像石》，《中国画像石全集》第6卷，图版说明部分，第15页。
② 中国画像石全集编辑委员会、王建中主编《河南汉画像石》，《中国画像石全集》第6卷，图版说明部分，第18页。
③ 中国画像石全集编辑委员会、王建中主编《河南汉画像石》，《中国画像石全集》第6卷，图版说明部分，第19页。

附录二 《中国画像石全集》收录汉世乐舞场合配器情况表

续表

序号	图版出处及编号	图版相关信息	图版描述	乐队组合与配器情况
94			却与萧亢达所论铜锣形制相符:"锣边沿有三只小环耳(但不是等距离布列),穿绳系于建鼓上面横木和下面框架两侧,大、小各两面,共四面。"说明中所谓的"铃"萧亢达将之命为"钟(?)",此处他在后面括号中加了问号,还是比较谨慎的。笔者以为从大小、形制上来看,还是图版说明中判为"铃"更恰当。萧亢达所论详参文物出版社1991年所出版其著作《汉代乐舞百戏艺术研究》第173页)	
95	《全集》第6卷,图八四、八五	邓县长冢店 乐舞百戏;东汉(公元25~220年);1973年河南邓县长冢店墓出土;原地保存	北侧室左、右门楣。上图一乐队,自左至右:踞坐鼓瑟者一人;第二、四人手摇鼗,口吹排箫;第三人踞坐吹埙;其右二人踞坐击建鼓。下图刻百戏,自左至右:一女伎戴冠,腰如巾素,挥袖起舞……其右三人踞坐,皆右手执桴作讴歌控节状①	a. 瑟、排箫、鼗、埙、建鼓(6人) b. 执桴控节者(3人)
96	《全集》第6卷,图一一四	南阳沙岗店 百戏·升仙;东汉(公元25~220年);1987年河南南阳卧龙区沙岗店出土;河南省南阳汉画馆藏	左起一伎击柎……一伎挥长袖踏鼓作舞,一伎袒胸露臂作滑稽戏,二伎踞坐吹排箫②	柎、排箫(3人)

---

① 中国画像石全集编辑委员会、王建中主编《河南汉画像石》,《中国画像石全集》第6卷,图版说明部分,第29页。

② 中国画像石全集编辑委员会、王建中主编《河南汉画像石》,《中国画像石全集》第6卷,图版说明部分,第39页。

续表

序号	图版出处及编号	图版相关信息	图版描述	乐队组合与配器情况
97	《全集》第6卷，图一一五	南阳沙岗店 百戏·宴饮·车骑出行；东汉（公元25~220年）；1987年河南南阳卧龙区沙岗店出土；河南省南阳汉画馆藏	一伎甩长袖作踏鼓舞，一人掌拊以合节拍，二人执桴击拊①	以掌击拍者、拊（3人）
98	《全集》第6卷，图一一八	南阳石桥 鼓舞；东汉（公元25~220年）；1935年河南南阳卧龙区石桥镇出土；河南省南阳汉画馆藏	一人吹埙，二人摇鼗鼓吹排箫②	建鼓、埙、鼗鼓、排箫（5人）
99	《全集》第6卷，图一二四	南阳石桥 乐舞百戏；东汉（公元25~220年）；1935年河南南阳卧龙区石桥镇出土；河南省南阳汉画馆藏	北耳室门楣。中一女伎，高髻束腰，挥长巾踏拊而舞。左一女伎在樽上作单手倒立，旁一伎侧身举臂伴舞。右刻一俳优举旗，旁二伎似伴歌舞相和③	无
100	《全集》第6卷，图一二七	南阳麒麟岗 乐舞百戏；东汉（公元25~220年）；1964年河南南阳卧龙区麒麟岗汉墓出土；河南省南阳汉画馆藏	其右四人为乐伎：一鼓瑟，一吹埙，两人击鞞鼓④	瑟、埙、鞞鼓（4人）

---

① 中国画像石全集编辑委员会、王建中主编《河南汉画像石》，《中国画像石全集》第6卷，图版说明部分，第40页。
② 中国画像石全集编辑委员会、王建中主编《河南汉画像石》，《中国画像石全集》第6卷，图版说明部分，第41页。
③ 中国画像石全集编辑委员会、王建中主编《河南汉画像石》，《中国画像石全集》第6卷，图版说明部分，第43页。
④ 中国画像石全集编辑委员会、王建中主编《河南汉画像石》，《中国画像石全集》第6卷，图版说明部分，第44页。

附录二 《中国画像石全集》收录汉世乐舞场合配器情况表

续表

序号	图版出处及编号	图版相关信息	图版描述	乐队组合与配器情况
101	《全集》第6卷,图一四六、一四七	南阳王寨 乐舞百戏;东汉（公元25~220年）;1973年河南南阳卧龙区王寨墓出土;河南省南阳汉画馆藏	两主室门楣。画由两石组成,刻乐舞百戏。上方垂帷幔,中置一镈钟,一建鼓。镈钟两侧各一人,皆一手抚钟架,一手执棒击钟。建鼓两侧各一人……鼓右三人：一女伎甩长袖翩翩起舞；一男子手摇鼗吹排箫；另一乐伎吹埙。画两端各一伴唱之伎①	镈钟、建鼓、鼗、排箫、埙（6人）
102	《全集》第6卷,图一五二	南阳王庄 乐舞百戏;东汉（公元25~220年）;1983年河南南阳卧龙区王庄墓出土;河南省南阳汉画馆藏	左三人,一女伎挥长袖蹁跹起舞；一男子头戴面具,赤裸上身作滑稽戏；一女子双手撑地作倒立之伎。右刻五乐伎,左一人鼓瑟,余四人皆执桴作挥动状②（笔者按：此处执柎作挥动状的四人的角色当如上面第95中的执桴控节者）	瑟、执桴控节者（5人）
103	《全集》第6卷,图一六五	南阳瓦店 乐舞百戏（一）;东汉（公元25~220年）;1935年河南南阳宛城区瓦店出土;河南省南阳汉画馆藏	中置建鼓,鼓两侧伎人……手执两桴且鼓且舞。右为百戏……一人高髻束腰,舒长袖踏鼓而舞……左为伴奏乐伎：二人右手执桴击鞞鼓,左手执排箫吹奏,后一人吹竽③	建鼓、鞞鼓、排箫、竽（5人）

---

① 中国画像石全集编辑委员会、王建中主编《河南汉画像石》,《中国画像石全集》第6卷,图版说明部分,第51页。
② 中国画像石全集编辑委员会、王建中主编《河南汉画像石》,《中国画像石全集》第6卷,图版说明部分,第53页。
③ 中国画像石全集编辑委员会、王建中主编《河南汉画像石》,《中国画像石全集》第6卷,图版说明部分,第58页。

237

续表

序号	图版出处及编号	图版相关信息	图版描述	乐队组合与配器情况
104	《全集》第6卷，图一六六	南阳七孔桥　乐舞百戏（二）；东汉（公元25~220年）；1957年河南南阳宛城区七孔桥出土；河南省南阳汉画馆藏	右五人奏乐：第一人鼓瑟，第二、四两人摇鼗吹排箫，第三人吹埙，第五人击铙①	瑟、鼗、排箫、埙、铙（5人）
105	《全集》第6卷，图一六七	南阳七孔桥　乐舞百戏（三）；东汉（公元25~220年）；1957年河南南阳宛城区七孔桥出土；河南省南阳汉画馆藏	一女伎揄长袖作舞，下一女伎跽坐鼓瑟……右二人，皆右手执枹击鞞鼓②（笔者按：图版中瑟的形制不清。另，此图中的鞞鼓与上面第103中的不同，似为置地小扁鼓）	瑟（?）、鞞鼓（? 置地扁鼓）（3人）
106	《全集》第6卷，图一六九	南阳英庄　鼓舞；东汉（公元25~220年）；1965年河南南阳宛城区英庄墓出土；河南省南阳汉画馆藏	南门楣背。自左起，一人执管状乐器躬身吹奏；一人执排箫吹奏并执鼗鼓摇之；一人持铙击奏。画中一建鼓……③（笔者按：说明中所谓"管"的形制在图版中显示与上面第92中的"管"相似）	管（?）、排箫、鼗鼓、铙、建鼓（5人）

---

① 中国画像石全集编辑委员会、王建中主编《河南汉画像石》，《中国画像石全集》第6卷，图版说明部分，第59页。
② 中国画像石全集编辑委员会、王建中主编《河南汉画像石》，《中国画像石全集》第6卷，图版说明部分，第59页。
③ 中国画像石全集编辑委员会、王建中主编《河南汉画像石》，《中国画像石全集》第6卷，图版说明部分，第60页。

附录二 《中国画像石全集》收录汉世乐舞场合配器情况表

续表

序号	图版出处及编号	图版相关信息	图版描述	乐队组合与配器情况
107	《全集》第6卷，图一九一	南阳军帐营 鼓舞；东汉（公元25~220年）；1966年河南南阳宛城区军帐营墓出土；河南省南阳汉画馆藏	墓门右门楣。左刻二人，且击鼓且跳舞。右四人奏乐，其中一人执桴撞钟，两人摇鼗、吹排箫，一人吹埙①（笔者按：文物出版社1991年版萧亢达《汉代乐舞百戏艺术研究》讲"钲"时引用了此图，该书第54页将《全集》图版说明中的"钟"命名为"钲"）	建鼓、钟（？钲）、鼗、排箫、埙（6人）
108	《全集》第6卷，图二〇二	南阳东关 许阿瞿墓志画像；东汉建宁三年（公元170年）；1973年河南南阳东关李相公庄出土；河南省南阳汉画馆藏	下组舞乐百戏……中一女伎头梳双髻，展长袖跳七盘舞。右二乐伎鼓瑟吹排箫伴奏②	瑟、排箫（2人）
109	《全集》第7卷，图一一	乐山虎头湾崖墓 琵琶乐伎；东汉（公元25~220年）；四川乐山市凌云山麻浩虎头湾三号崖墓出土；原址保存	墓门上方。图为一男性，着帻，斜抱琵琶……从许多考古材料看，此图为中国最早的琵琶图像③	琵琶（1人）

---

① 中国画像石全集编辑委员会、王建中主编《河南汉画像石》，《中国画像石全集》第6卷，图版说明部分，第66页。
② 中国画像石全集编辑委员会、王建中主编《河南汉画像石》，《中国画像石全集》第6卷，图版说明部分，第70页。
③ 中国画像石全集编辑委员会、高文主编《四川汉画像石》，《中国画像石全集》第7卷，图版说明部分，第3页。

续表

序号	图版出处及编号	图版相关信息	图版描述	乐队组合与配器情况
110	《全集》第7卷，图二六	内江岩边山崖墓　乐舞杂技；东汉（公元25~220年）；四川内江市岩边山一号崖墓出土；原址保存	左起第一人吹箫，第二人吹芦笙，第三人女性，高髻，弹琴，第四人击鼓①（笔者按：图版说明部分所谓的"箫"图版显示为一女子侧身踞坐，手持一竖吹管状物，此乐器当为长笛，而非箫。另，图版中"琴"、"鼓"的形制均不清晰）	长笛、芦笙、琴（?）、鼓（?）（4人）
111	《全集》第7卷，图三九	中江崖墓　吹笛；东汉（公元25~220年）；四川中江县玉桂乡天平梁子崖墓出土；原址保存	刻一人，戴冠，一腿盘坐，一腿弯曲，双手执竖笛正在吹奏②（笔者按：持握方式为右手在上、左手在下）	竖笛（1人）
112	《全集》第7卷，图一六六	壁山二号石棺　吹奏·朝拜；东汉（公元25~220年）；1987年四川壁山云坪乡水井湾崖墓出土；四川省壁山县文物管理所藏	一人端坐吹奏，左右二人跳舞③（笔者按：乐器持握方式为左手在上、右手在下）	竖笛（?）（1人）

---

① 中国画像石全集编辑委员会、高文主编《四川汉画像石》，《中国画像石全集》第7卷，图版说明部分，第8页。
② 中国画像石全集编辑委员会、高文主编《四川汉画像石》，《中国画像石全集》第7卷，图版说明部分，第12页。
③ 中国画像石全集编辑委员会、高文主编《四川汉画像石》，《中国画像石全集》第7卷，图版说明部分，第52页。

续表

序号	图版出处及编号	图版相关信息	图版描述	乐队组合与配器情况
113	《全集》第7卷，图二〇一	新津崖墓石画；东汉（公元25~220年）；四川新津崖墓出土；原函已毁	一鼓琴、一捧物①（笔者按：文物出版社1991年版萧亢达《汉代乐舞百戏艺术研究》在讲"筝"时引用此图，将之命为筝，而非图版说明中的琴，详参该书第107页）	琴（？筝）（1人）

---

① 中国画像石全集编辑委员会、高文主编《四川汉画像石》，《中国画像石全集》第7卷，图版说明部分，第64页。

附录三
明清文学批评论著中与
汉乐府相关的论述

一 汉乐府整体观照

1. 音乐

《答万季埜诗问》:"三百篇莫不入于歌喉。汉人穷经,声歌、意义,分为二途。太常主声歌,经学之士主意义,即失夫子雅颂正乐之意。"①

《论乐府与钱颐仲》:"汉时有苏、李五言,枚乘诸作,然吴兢《乐录》有古诗。而李善注《文选》,多引枚乘乐府,诗文皆在古诗中,疑五言诸作,皆可歌也。大略歌诗分界,疑在汉、魏之间。伶伦所奏,谓

---

① 吴乔:《答万季埜诗问》,王夫之等撰,丁福保编,郭绍虞校订《清诗话》,中华书局,1963,第33页。

之乐府；文人所制，不妨有不合乐之诗。乐之所用，在郊庙宴享诸大体，或有民间私造，用之宴饮者。"①

《师友师传录》："乐府不特另具风神，而亦具有体格。古今拟乐府者，皆东家施捧心伎俩也。雅、颂为乐府之原。西汉以来，如《安世房中歌》、《郊祀》十九章、《铙歌》十八曲，不惟音节不传，而字句亦多鲁鱼失真。然其辞之古穆精奇，迥乎神笔，岂操觚家效颦所可施？……乐府者，正乐也。不袛神妙天然，而叶应律吕，非可骋辞纵臆为之者。观汉之大乐，其初皆掌之协律都尉李延年，非苟然也。固知古诗可拟而乐府必不可拟。"②

《说诗晬语》卷上："骚体有少歌，有倡，有乱。歌词未申发其意为倡，独倡无和总篇终为乱。盖言之不足，故长言之；长言之不足，故反覆咏叹之也。汉人五言兴而音节渐亡……"③

《说诗晬语》卷上："诗三百篇，可以被诸管弦，皆古乐章也。汉时诗乐始分，乃立乐府，《安世房中歌》，系唐山夫人所制，而清调、平调、瑟调，皆其遗音，此南与风之变也。朝会道路所用，谓之鼓吹曲；军中马上所用，谓之横吹曲，此雅之变也。汉以后因之，而节奏渐失。……乐府之妙，全在繁音促节，其来于于，其去徐徐，往往于回翔屈折处感人，是即依永和声之遗意也。"④

《诗辩坻》："乐府兴于汉孝武皇帝，曲可弦歌，调谐笙磬……盖以商、周雅、颂歌法失传，故遣严、马之徒维新厥制，已而才人辞士，下逮于闾巷闺襜，咸各有作，飙流滥焉。"⑤

---

① 冯班：《钝吟杂录》，王夫之等撰，丁福保编，郭绍虞校订《清诗话》，第40页。
② 《师友诗传录》，王夫之等撰，丁福保编，郭绍虞校订《清诗话》，第128页。
③ 沈德潜：《说诗晬语》，王夫之等撰，丁福保编，郭绍虞校订《清诗话》，第528页。
④ 沈德潜：《说诗晬语》，王夫之等撰，丁福保编，郭绍虞校订《清诗话》，第529页。
⑤ 毛先舒：《诗辩坻》第1卷，郭绍虞编选，富寿荪校点《清诗话续编》，第6页。

《诗辩坻》:"古乐府掉尾多用'今日乐相乐,延年万岁期',又'延年寿千秋',又'别后莫相忘'等语,有与上意绝不相蒙者。此非作者本词所有,盖是歌工承袭为祝颂好语,随词谱入,奏于曲终耳。……古人制乐府,有因词创题者,有缘调填曲者。创者便词与题附,缘者便题与词离。"①

《竹林答问》:"问:古乐府音节有可寻否?乐府音节,虽每篇各异,大抵前路多纡徐,后路多曲折。其节拍前舒后急,离合往复,有'朱弦疏越,一唱三叹'之神,可以意会,不可以言传。"②

《诗概》:"《楚辞大招》云:'四上竞气,极声变只。'此即古乐节之'升歌笙入,间歌合乐'也。屈子《九歌》全是此法。乐府家转韵转意转调,无不以之。……乐府声律居最要,而意境即次之,尤须意境与声律相称,乃为当行。……乐府调有疾徐,韵有疏数。大抵徐疏在前,疾数在后者,常也;若变者,又当心知其意焉。"③

《诗薮》:"三百篇荐郊庙,被弦歌,诗即乐府,乐府即诗,犹兵寓于农,未尝二也。诗亡乐废,屈、宋代兴,《九歌》等篇以侑乐,《九章》等作以抒情,途辙渐兆。至汉《郊祀十九章》,《古诗十九首》,不相为用,诗与乐府,门类始分,然厥体未甚远也。如'青青园中葵',曷异古风;'盈盈楼上女',靡非乐府。"④

《诗薮》:"乐府大篇必仿汉、魏,小言间取六朝,近体旁参唐律。用本题事而不失本曲调,上也;调不失而题小舛,次也;题甚合而调或乖,则失之千里矣。"⑤

---

① 毛先舒:《诗辩坻》第 1 卷,郭绍虞编选,富寿荪校点《清诗话续编》,第 23~24 页。
② 《竹林答问》,郭绍虞编选,富寿荪校点《清诗话续编》,第 2233 页。
③ 刘熙载《诗概》,郭绍虞编选,富寿荪校点《清诗话续编》,第 2439~2440 页。
④ 胡应麟:《诗薮》内编第 1 卷,上海古籍出版社,1979,第 13 页。
⑤ 胡应麟:《诗薮》内编第 1 卷,第 16 页。

附录三　明清文学批评论著中与汉乐府相关的论述

《诗薮》："郊祀、铙歌诸作，凡结语，率以延龄益算为言。盖主祝颂君上，荫庇神休，体故当尔。乐府诸作，亦有然者，意致率同，后学或以为汉人套语，非也。甄后《塘上行》，末言'从军致独乐，延年寿千秋'，本汉诗遗意，而注家以为妇人缠绵忠厚，由不熟东、西京乐府耳。……乐府尾句，多用'今日乐相乐'等语，至有与题意及上文略不相蒙者，旧亦疑之。盖汉、魏诗皆以被之弦歌，必燕会间用之。尾句如此，率为听乐者设，即郊祀延年意也。读古人书有不得解处，能多方参会，当自瞭然。"①

《诗薮》："七言古诗，概曰歌行。余漫考之，歌之名义，由来远矣。……汉则安世、房中、郊祀、鼓吹，咸系歌名，并登乐府。或四言上规风、雅，或杂调下仿离骚，名义虽同，体裁则异。孝武以还，乐府大演，陇西、豫章、长安、京洛、东、西门行等，不可胜数，而行之名，于是著焉。较之歌曲，名虽小异，体实大同。至长、短、燕、鞠诸篇，合而一之，不复分别。又总而目之，曰相和等歌。则知歌者曲调之总名，原于上古；行者歌中之一体，创自汉人明矣。"②

《升庵诗话》："揭调：乐府家谓揭调者，高调也。"③

2. 文学

费锡璜《汉诗总说》："千古绝调必成于失意不可解之时，惟其失意不可解而发言乃绝千古……乐府有三等，房中郊祀，典雅宏奥，中学难窥，为最上品。陌上桑、羽林郎、东门行、西门行、妇病行、孤儿行等诗，有情有致，学者有径路可寻，的是诗家正宗、才人鼻祖，为第二品。谣谚等作词气虽古未免俚质，为第三品。……四言长短有兮字歌是

---

① 胡应麟：《诗薮》内编第1卷，第19页。
② 胡应麟：《诗薮》内编第3卷，第41页。
③ 杨慎：《升庵诗话》第10卷，丁福保辑《历代诗话续编》（中），中华书局，1983，第836页。

汉人古体，五言是汉人近体，诗到约以五言便整齐许多……古诗有箴、有戒，皆警惕之词，汉诗结处多用之，如努力崇明德、皓首以为期，箴戒之辞也；古诗有祝皆颂祷之意，汉诗末句多用祝辞。古谚古铭可训可戒，与经表里。惟汉诗尚存此意，吾故曰汉人善学古人……读汉诗须读汉文汉赋，会通其意，始渐有解处，淮南史汉太玄易林诸书不可不读而楚辞犹为汉诗祖祢……汉诗有绝不可解者，如圣人制礼乐篇之类，惟铙歌在可解不可解之间……圣贤学问，极敛约缜栗，而万物不能过。周诗敛约之至，缜栗之至，惟汉诗尚存此气味，所以百世不逮。晋宋渐入于文，渐取清雅。言之文，实诗之衰也。后世有志复古，不深入汉人壁垒，犹入室而不由门也……羽林郎、董娇娆、日出东南隅行诸诗，情词并丽，意旨殊工，皆诗家之正则，学者所当揣摩。唐之卢骆王岑钱刘皆于此数诗中得力……汉诗有前后绝不相蒙者如东城高且长、天上何所有、青青河畔草，未可强合亦不必以后人贯串法为古人斡旋，疑此等诗有前解后解之别，可分可合。如十五从军征在古诗三首内则至泪落沾我衣为一首，在乐府则分为数解。十九首内分入乐府散为解者甚多，他如白头吟、塘上行，或增或减，多读古诗自得之。"[1]

《答万季埜诗问》："汉人五言古诗，平淡高远，而乐府则浓谲吞吐；意者乐府入歌喉，而古诗已是遣兴写怀之作也。"[2]

《师友诗传录》问："乐府五、七言与五、七言古何以分别？学乐府宜宗何人？"历友答："西汉乐府隶于太常，为后代乐府之宗，皆其用之于天地群祀与宗庙者。其字句之长短虽存；而节奏之声音莫辨。……盖乐府主纪功，古诗主言情，亦微有别。且乐府间杂以三言、四言以至九言，不专五、七言也。……"萧亭答："乐府之异于诗者，

---

[1] 《汉诗说》，第 2~5 页。
[2] 《答万季埜诗问》，王夫之等撰，丁福保编，郭绍虞校订《清诗话》，第 33 页。

往往叙事。诗贵温裕纯雅；乐府贵遒深劲绝，又其不同也。……"①

《诗辩坻》："乐府、古诗，相去不远。然大抵古诗以和婉为旨，以详雅为绪，以典则为其辞。乐府以淫泆凄戾为旨，以变乱为绪，以俳谐诘屈为其词。古诗色尚清腴，其调尚优。乐府色尚秾，其调尚迅。古诗近于三百篇，乐府近于楚骚，所由盖异矣。……然则乐府非德音邪？呈新声于雅、颂之外，乃有乐府；节变徵于楚辞之余，乃有古诗，故古诗尚矣。"②

《诗筏》："汉人乐府，不独其短篇质奥，长篇庞厚，非后人力量所及，即其音韵节目，轻重疾徐，所以调意，既与古调不合，后人字句比拟，亦于工歌无当。……乐府古诗佳境，每在转接无端，闪铄光怪，忽断忽续，不伦不次。如群峰相连，烟云断之，水势相属，缥缈间之。然使无烟云缥缈，则亦不见山连水属之妙矣。《孤儿行》从'不如早去，下从地下黄泉'后，忽接'春气动，草萌芽'，《饮马长城窟》篇从'展转不可见'，忽接'枯桑知天风，海水知天寒'，语意原不相承，然通篇精神脉络，不接而接，全在此处。末段'客从远方来'，至'下有长相忆'，突然而止，又似以他人起手作结语。通篇零零碎碎，无首无尾，断为数层，连如一绪，变化浑沦，无迹可寻，其神化所至耶！若陆士衡拟此题，则一味板调，读之徒令人厌。昭明以二诗并列，谬矣。"③

《诗学源流考》："盖《房中歌》意拟《周南》，而义则取诸《文王之什》，是《大雅》之遗也。《郊祀十九章》学《颂》，《铙歌十八曲》学《小雅》，其余《相和曲》、《清调》、《平调》、《瑟调》、《舞曲歌词》、《杂曲歌词》，皆风之遗也。故自汉以来，乐府而外，凡学士大夫

---

① 《师友师传录》，王夫之等撰，丁福保编，郭绍虞校订《清诗话》，第132页。
② 毛先舒：《诗辩坻》第1卷，郭绍虞编选，富寿荪校点《清诗话续编》，第23页。
③ 贺贻孙：《诗筏》，郭绍虞编选，富寿荪校点《清诗话续编》，第150~151页。

之作，别为徒诗，殆其音节与丝竹不相调欤？"①

《诗概》："《九歌》，乐府之先声也。……赋不歌而诵，乐府歌而不诵，诗兼歌诵，而以时出之。……诵显而歌微。故长篇诵，短篇歌；叙事诵，抒情歌。……乐府易不得，难不得。深于此事者，能使豪杰起舞，愚夫愚妇解颐，其神妙不可思议。"②

《诗薮》："《离骚》盛于楚，汉一变而为乐府。"③

《诗薮》："汉乐府多于古诗……乐府三言，须模仿郊祀，裁其峻峭，剂以和平；四言，当拟则房中，加以舂容，畅其体制；五言，熟悉相和诸篇，愈近愈工，无流艰涩；七言，间效铙歌诸作，愈高愈雅，毋堕卑陬……此乐府之大法也。"④

《诗薮》："熟参国风、雅、颂之体，则郊祀、房中若建瓴矣；熟读白云、黄鹄等辞，则相和、清平如食蔗矣。"⑤

《诗薮》："诗与文判不相入，乐府乃时近之。安世歌多用实字，如慈、孝、肃、雍之类，语之近文者也；鼓吹曲多用虚字，如者、哉、而、以之类，句之近文者也。相和诸曲，雁门、折杨柳等篇，则纯是文词，去诗反远矣……雁门太守行通篇皆赞词，折杨柳通篇皆戒词，名虽乐府，实寡风韵。"⑥

《诗薮》："汉仙诗，若《上元》、《太真马明》，皆浮艳太过，古质意象，毫不复存，俱后人伪作也。汉乐府中如《王子乔》及'仙人骑白鹿'等，虽间作丽语，然古意浑郁其间。"⑦

---

① 鲁九皋：《诗学源流考》，郭绍虞编选，富寿荪校点《清诗话续编》，第 1353～1354 页。
② 刘熙载：《诗概》，郭绍虞编选，富寿荪校点《清诗话续编》，第 2439～2440 页。
③ 胡应麟：《诗薮》内编第 1 卷，第 6 页。
④ 胡应麟：《诗薮》内编第 1 卷，第 13 页。
⑤ 胡应麟：《诗薮》内编第 1 卷，第 14 页。
⑥ 胡应麟：《诗薮》内编第 1 卷，第 15 页。
⑦ 胡应麟：《诗薮》内编第 1 卷，第 19 页。

附录三　明清文学批评论著中与汉乐府相关的论述

《诗薮》："乐府长短句体亦多出《离骚》，而辞大不类。乐府入俗语则工，《离骚》入俗字则拙。"①

《诗薮》："乐府五言多首尾叙事，七言东、西门行等则不然。"②

《诗镜总论》："古乐府多俚言，然韵甚趣甚。后人视之为粗，古人出之自精，故大巧者若拙。"③

《诗源辩体》："汉人乐府五言与古诗，体各不同。古诗体既委婉，而语复悠圆，乐府体既轶荡，而语更真率。下流至曹子建乐府五言。盖乐府多是叙事之诗，不如此不足以尽倾倒，且轶荡宜于节奏，而真率又易晓也。赵凡夫谓：'凡名乐府，皆作者一一自配音节。'予未敢信。乐府如长歌、变歌、伤歌、怨诗等，与古诗初无少异，故知汉人乐府已不必尽被管弦，况魏晋以下乎？若云采词以度曲，则《十九首》、苏李等篇，皆可入乐府矣。元微之乐府古题序，亦未尽得。"④

《诗源辩体》："汉人乐府五言，轶荡宜于节奏，乐之大体也。如白头吟、塘上行等，后人添设字句以配音节，乐之律调也。其他亦必有添设字句者，但不尽传耳，初非作者自配音节也。若杂言诸作，则又不可概论。"⑤

《诗源辩体》："汉人乐府五言有歌、行、篇、引等，目名虽不同，而体则无甚分别。后人必欲于乐府诸名辩之，恐不免穿凿耳。今试举乐府数篇而隐其名，有能别其为歌、为行、为篇、为引者，则予为无识矣。茂秦、元瑞亦尝言之。……汉人乐府五言，如相逢行、羽林郎、陌

---

① 胡应麟：《诗薮》内编第1卷，第20页。
② 胡应麟：《诗薮》外编第1卷，第141页。
③ 陆时雍：《诗镜总论》，丁福保辑《历代诗话续编》（下），第1404页。
④ 许学夷著，杜维沫校点《诗源辩体》第3卷，第67页。
⑤ 许学夷著，杜维沫校点《诗源辩体》第3卷，第67页。

上桑等，古色内含而华藻外见，可为绝唱。①

《诗源辩体》："汉人乐府杂言如古歌、悲歌、满歌、西门行、东门行、艳歌何尝行，文从字顺，轶荡自如，最为可法。乌生、王子乔、董逃行、孤儿行、妇病行，语虽奇古，中有不可解、不可读者。然满歌而下，实为孟德、子桓杂言之祖。②

《诗源辩体》："汉人乐府杂言如董逃行、雁门太守行，词意与题全不相类，疑别有古词，此但习其声调耳。"③

《谈艺录》："汉祚鸿朗，文章作新，安世楚声，温纯厚雅，孝武乐府，壮丽宏奇……美哉歌咏，汉德雍扬，可为雅颂之嗣也。及夫兴怀触感，民各有情。贤人逸士，呻吟于下里，弃妻思妇，歌咏于中闺。鼓吹奏乎军曲，童谣发于闾巷，亦十五国风之次也。东京继轨，大演五言，而歌诗之声微矣。"④

《谈艺录》："乐府往往叙事，故与诗殊。盖叙事辞缓，则冗不精。"⑤

二 郊庙歌辞

费锡璜《汉诗总说》："练时日、华烨烨、天门开，多原于楚骚；房中曲多原于雅颂……汉诗如先秦文不可段落。诗中所称君字、汝我妾等字，皆不必顺一人口气。"⑥

费锡璜、沈方舟《汉诗说》卷二："十九章皆严练，独日出入稍觉放纵，似铙歌。""郊祀歌极谨严庄重，铙歌便稍肆，盖郊祀以对上帝，

---

① 许学夷著，杜维沫校点《诗源辩体》第3卷，第67~68页。
② 许学夷著，杜维沫校点《诗源辩体》第3卷，第69~70页。
③ 许学夷著，杜维沫校点《诗源辩体》第3卷，第70页。
④ 徐祯卿：《谈艺录》，何文焕辑《历代诗话》（下），中华书局，1981，第764页。
⑤ 徐祯卿：《谈艺录》，何文焕辑《历代诗话》（下），第769页。
⑥ 费锡璜：《汉诗说》，第7页。

体宜祗肃，铙歌出军之乐，体可稍肆。郊祀歌与安世乐微不同，安世乐肃穆敦和，郊祀少加奇谲，盖武帝好尚乃尔。"①

费锡璜、沈方舟《汉诗说》卷四："汉家累代庙号皆首孝字，安世房中歌首言大孝备矣，后又言大哉孝熙、皇帝孝德、呜呼孝哉、孝德随世、反覆称之。数百年家法皆自此诗开之，与成周比隆，庶几无愧。"②

《龙性堂诗话初集》："乐府，汉、魏以质胜……汉郊祀词幽音峻旨，典奥绝伦，体裁实本《离骚》。愚意郊天飨帝非《招魂》比，如《练时日》、《赤蛟》等篇，虽极奇特，未免失体。"③

刘熙载《诗概》："或问安世房中歌与孝武郊祀诸歌孰为奇正？曰：房中，正之正也；郊祀，奇而正也。……汉郊祀诸乐府，以乐而象礼者也。所以典硕肃穆，视他乐府别为一格。"④

胡应麟《诗薮》："三言之工，盖莫过于《练时日》、《天马来》等篇。"⑤

胡应麟《诗薮》："汉人事事不可及，庸讵五言！……郊祀歌《练时日》、《天马》、《华烨烨》、《五神》、《象载瑜》、《赤蛟》六章，三言；《日出入》、《天门》、《景星》三章，杂言；余皆四言。虽语极古奥，倘潜心读之，皆文从字顺，旨趣瞭然。惟杂言难通，计中必有脱误，不可考矣。……郊祀，煅辞炼字，幽深无际，古雅有余。"⑥

---

① 《汉诗说》第2卷，第4、8页。
② 《汉诗说》第4卷，第13页。
③ 叶矫然：《龙性堂诗话初集》，郭绍虞编选，富寿荪校点《清诗话续编》，第952页。
④ 刘熙载《诗概》，郭绍虞编选，富寿荪校点《清诗话续编》，第2419页。
⑤ 胡应麟：《诗薮》内编第1卷，第6页。
⑥ 胡应麟：《诗薮》内编第1卷，第7页。

胡应麟《诗薮》："汉郊祀歌十九章，以为司马相如等作，而青阳、朱明四章，史题邹子乐名。按四章体气如一，皆四字为句，辞虽淳古，而意极典明，当出一人之手，是为邹作无疑，史缺文耳。余练时日等篇，辞极古奥，意至幽深，错以流丽。大率祖骚九歌，然骚语和平，而此太峻刻。至天门、景星篇中，间有句读难定、文义眇通处。日出入一篇，绝与铙歌相类，又与郊祀体殊，大率非一人作，未可据为长卿也。……练时日，骚辞也；维泰元，颂体也，二篇章法绝整。练时日，三言之极奇者；维泰元，四言之极典者；一则赡丽精工，一则淳质古雅。后人拟郊祀者，当熟读为法。华烨烨、赤蛟二章，类练时日。青阳四章，短体之工者，亦当熟参。"①

胡应麟《诗薮》："郊祀之精深，房中之典则，秋风之藻艳，诸如此类，蹊径具存，不尽无意，然皆匪五言。郊祀则颂，房中则雅，秋风则骚，极盛在前，固难继也。"②

胡应麟《诗薮》："若唐山安世房中，自当以雅、颂目之，非汉人语。"③

杨慎《升庵诗话》卷一"天马歌"条："《天马歌》：'天马徕，历无草'。'草'即'皂'字，从'艸'从'早'，'草'字可染皂也，后借为'皂隶'之'皂'。'历'解为槽枥之'枥'，言其性安驯，不烦控制也。师古解为水草之'草'，失之。"④

杨慎《升庵诗话》卷三"四言诗"条："或曰：'唐山夫人房中乐歌何如？'曰：'是真可以继关雎，不当以句法摘也。'"⑤

---

① 胡应麟：《诗薮》内编第1卷，第17页。
② 胡应麟：《诗薮》外编第1卷，第131页。
③ 胡应麟：《诗薮》外编第1卷，第134~135页。
④ 杨慎：《升庵诗话》第1卷，丁福保辑《历代诗话续编》（中），第656页。
⑤ 杨慎：《升庵诗话》第3卷，丁福保辑《历代诗话续编》（中），第682页。

谢榛《四溟诗话》："唐山夫人房中乐十七章，格韵高严，规模简古，骎骎乎商周之颂。迨苏李五言一出，诗体变矣。无复为汉初乐章，以继风雅，惜哉！"①

《诗源辩体》："周之雅颂，多周公之徒所制，故其体为正，而其句有则，语既显明，而义实广大。汉之房中、郊祀，乃相如之徒所为，故其体多变，而句甚杂，语既深酷，而义实卑浅。……郊祀三言，如练时日、天马徕、华烨烨、赤蛟绥等篇，气甚遒迈，语甚轶荡，为三言绝唱。然自是汉人乐府，若以颂体求之，则失之远矣。"②

三 铙歌

《贞一斋诗说》："乐府'妃呼豨'等句，正是《尚书》'吊由灵'之类，假如作古文雅意学之，岂不供人大噱。'妃呼豨'是摹写风声。"③

《诗薮》："铙歌曲句读多讹，意义难绎，而音响格调，隐中自见。至其可解者，往往工绝。……铙歌，陈事述情，句格峥嵘，兴象标拔。惜中多不可解。……铙歌《朱鹭》、《思悲翁》、《艾如张》，语甚难绎，而意尚可寻。惟《石留》篇名词义，皆漫无指归，后人臆度纷纷，终属讹舛。《翁离》一章有脱简，非全首也。"④

《诗薮》："郊祀多近房中，奥眇过之，和平少乏。……铙歌多近乐府，峻峭莫并，叙述时艰。汉人诗文，率明白典雅，惟此稍觉不类，亦犹《书》之《盘庚》，《易》之《太玄》耳。……铙歌词句难解，多由脱误致然，观其命名，皆雅致之极。如《战城南》、《将进

---

① 谢榛：《四溟诗话》第1卷，丁福保辑《历代诗话续编》（下），第1137页。
② 许学夷著，杜维沫校点《诗源辩体》第3卷，第55页。
③ 李重华：《贞一斋诗说》，王夫之等撰，丁福保编、郭绍虞校订《清诗话》，第928页。
④ 胡应麟：《诗薮》内编第1卷，第7~8页。

酒》、《巫山高》、《有所思》、《临高台》、《朱鹭》、《上陵》、《芳树》、《雉子斑》、《君马黄》等，后人一以入诗，无不佳者。视他乐府篇目，尤为过之。意当时制作，工不可言。今所存意义明了，仅十二三耳，而皆无完篇，殊可惜也。《石流》、《上耶》等篇名，亦当有脱误字，与诸题不类。"①

《诗薮》："郊祀用实字，愈实愈典；铙歌用虚字，愈虚愈奇，皆妙于用文者也，而源流实本三百篇。盖雅、颂语多典实，虚字助语，则全诗所同，但铙歌下得更奇耳。"②

《诗薮》："拟郊祀，须得其体气典奥处；拟铙歌，须得其步骤神奇处。"③

《诗薮》："铙歌十八章，说者咸谓字句讹脱及声文混淆，固然；要亦当时体制大概如此。如郊祀歌日出入、象载瑜，乐府乌生八九子等篇，步骤往往相类，岂皆讹脱混淆耶？又魏缪袭、吴韦昭、晋傅玄，皆有拟铙歌辞。当时去汉未远，诸人固应见其全文，而所拟辞，节奏意度，亦绝与今所传汉词相类。推此论之，铙歌体制，概可见矣。……铙歌如上之回、巫山高、战城南三篇，皆首尾一意，文义瞭然，间有数字艰诘耳。君马黄一篇，章法尤为整比，断非讹脱也。而有所思一篇，题意语词，最为明了，大类乐府东门行等。上邪言情，临高台言景，并短篇中神品，无一字难通者。'妃呼豨'、'收中吾'二句，或是其音，当直为衍文，不害全篇美也。《上陵》一篇，尤奇丽，微觉断续，后半类郊祀歌，前半类东京乐府，盖羽林郎、陌上桑之祖也。"④

---

① 胡应麟：《诗薮》内编第1卷，第8页。
② 胡应麟：《诗薮》内编第1卷，第15页。
③ 胡应麟：《诗薮》内编第1卷，第17页。
④ 胡应麟：《诗薮》内编第1卷，第18页。

《诗薮》:"芳树一篇,不甚可解,而'君有他心,乐不可禁'二语,殊为妙绝。然是乐府四言所自出,亦曹、李诸人之祖,非风、雅体也。"①

《诗薮》:"乐府至诘屈者,朱鹭、临高台等篇。"②

《诗源辩体》:"汉人乐府杂言有铙歌十八曲,中多警绝之语。但全篇多难解及迫诘屈曲者,或谓有缺文断简,或谓曲调之遗声,或谓兼正辞填调,大小混录,其意义明了,仅十二三耳。"③

《雨村诗话》卷上:"《临高台》,军中铙歌题也。作者胸中民胞物与,慨然有皋、夔、稷、契之思,故借题以展其宿抱。末句'收中吾'三字,是乐工标记语,言此《临高台》一阕,其收声之音,则在'吾'字之中音耳。此句不列章内。"④

四 相和歌

《诗薮》:"乐府……至峻绝者,乌生、东门行等篇。"⑤

《说诗晬语》卷上:"汉《东门行》:'今时清廉,难犯教言,君独自爱莫为非。'重言以丁宁之,去风人未远。"⑥

《诗辩坻》:"《白头吟》古辞,突然而起,忽然而收,无句不奇,无调不变。……文君《白头》,悲恨讦直,其《日月》之风乎?……婕妤《纨扇》,凄怨含蓄,《绿衣》之流也。"⑦

《茧斋诗谈》第八卷"杂录":"'鱼戏莲叶北',窃意此曲上三句

---

① 胡应麟:《诗薮》内编第1卷,第19页。
② 胡应麟:《诗薮》内编第2卷,第26页。
③ 许学夷著,杜维沫校点《诗源辩体》第3卷,第69页。
④ 李调元:《雨村诗话》,郭绍虞编选,富寿荪校点《清诗话续编》,第1518~1519页。
⑤ 胡应麟:《诗薮》内编第2卷,第26页。
⑥ 沈德潜:《说诗晬语》,王夫之等撰,丁福保编、郭绍虞校订《清诗话》,第525页。
⑦ 毛先舒:《诗辩坻》第1卷,郭绍虞编选,富寿荪校点《清诗话续编》,第19页。

用韵,下分四方,或一人唱一句,故不用韵。盖有韵者正词,无韵是煞拍赞和语耳。"①

《诗概》:"乐府有陈善纳诲之意者,《雅》之属也,如《君子行》便是。"②

---

① 张谦宜:《𦆯斋诗谈》第8卷,郭绍虞编选,富寿荪校点《清诗话续编》,第899页。
② 刘熙载:《诗概》,郭绍虞编选、富寿荪校点《清诗话续编》,第2439页。

后　记

本书是我的博士论文修改稿。

2007年秋，承蒙吴师不弃，我挥别汴梁古城，来到首善之区，开始了博士研究生生活。恰逢吴师主持"乐府诗断代研究"项目，我有幸被选中做两汉乐府诗研究。听闻这一消息，既有被信任的感动，又深感压力之大，因两汉乐府诗留存文献少，前代以及当代学人又已经有诸多厚重的研究著作，而渺小的我学殖尚浅，要想在这一选题上有新的开掘，殊非易事。但既已选择，只有迎难而上，尽自己最大努力把这个事情做好。

入学第一年，在吴师指导下，我阅读了大量的唐前元典，极大地丰富了知识储备，每次讨论之后吴师妙语连珠的点评，都令我豁然开朗，使我在以后的研究中受益匪浅。从二年级开题，到论文进入写作阶段，论文进展的每一个环节，吴师都倾注了大量的心血。面对学生的愚钝，吴师一再地启发我思考、促进我写作，帮助我把论文尽量做好。毕业之后，吴师依然一再鞭策我修改论文，为结项做最大程度的努力。对吴师的严格要求与培养，我一直心存感激。

从开题到答辩，范子烨、李炳海、鲁洪生、马自力、孙明君、赵敏俐、左东岭等专家教授对我的论文也提出了不少宝贵意见，在此，对诸位先生致以我衷心的感谢。

此外，我要感谢我的硕士导师王立群先生。先生自我2007年离开河南大学之后，在学习、生活等方面仍时时关心我，一如既往地给我诸多的帮助，解疑释难、指点迷津。先生的重情重义令我感念不已。

本书得以付梓，还离不开社会科学文献出版社黄丹编辑等出版界同仁的鼎力相助，在此一并致谢。

由于学术积累有限，书中难免有纰漏不当之处，敬请方家批评指正。

学无止境，学问的精进是需要一辈子勤奋努力的，不足之处，留待今后的日子里不断学习与改进。

陈利辉

2013年7月7日

图书在版编目(CIP)数据

两汉乐府诗研究/陈利辉著.—北京：社会科学文献出版社，2013.8
（乐府诗断代研究）
ISBN 978-7-5097-4912-8

Ⅰ.①两… Ⅱ.①陈… Ⅲ.①乐府诗-诗歌研究-中国-汉代 Ⅳ.①I207.22

中国版本图书馆 CIP 数据核字（2013）第 170598 号

·乐府诗断代研究·
两汉乐府诗研究

| 主　　编 / 吴相洲 |
| 著　　者 / 陈利辉 |

出 版 人 / 谢寿光
出 版 者 / 社会科学文献出版社
地　　址 / 北京市西城区北三环中路甲29号院3号楼华龙大厦
邮政编码 / 100029

责任部门 / 人文分社　(010) 59367215	责任编辑 / 黄　丹
电子信箱 / renwen@ ssap.cn	责任校对 / 李卫华
项目统筹 / 黄　丹	责任印制 / 岳　阳
经　　销 / 社会科学文献出版社市场营销中心　(010) 59367081　59367089
读者服务 / 读者服务中心　(010) 59367028

印　　装 / 三河市尚艺印装有限公司	
开　　本 / 787mm×1092mm　1/16	印　张 / 17
版　　次 / 2013年8月第1版	字　数 / 217千字
印　　次 / 2013年8月第1次印刷	
书　　号 / ISBN 978-7-5097-4912-8	
定　　价 / 69.00元	

本书如有破损、缺页、装订错误，请与本社读者服务中心联系更换

▲ 版权所有　翻印必究